HEYNE BÜCHER

SCIENCE FICTION

Herausgegeben
von Wolfgang Jeschke

Aus der Serie »Die Abenteuer des Raumschiffs ›Enterprise‹«
in der Reihe HEYNE SCIENCE FICTION & FANTASY
sind bereits erschienen:

Vonda N. McIntyre, *Star Trek II: Der Zorn des Khan* · 06/3971
Vonda N. McIntyre, *Der Entropie-Effekt* · 06/3988
Robert E. Vardeman, *Das Klingon-Gambit* · 06/4035
Lee Correy, *Hort des Lebens* · 06/4083
Vonda N. McIntyre,
Star Trek III: Auf der Suche nach Mr. Spock · 06/4181
M. S. Murdock, *Das Netz der Romulaner* · 06/4209
Sonni Cooper, *Schwarzes Feuer* · 06/4270
Robert E. Vardeman, *Meuterei auf der Enterprise* · 06/4285
Howard Weinstein, *Die Macht der Krone* · 06/4342
Sondra Marshak & Myrna Culbreath,
Das Prometheus-Projekt · 06/4379
Sondra Marshak & Myrna Culbreath, *Tödliches Dreieck* · 06/4411
A. C. Crispin, *Sohn der Vergangenheit* · 06/4431
Diane Duane, *Der verwundete Himmel* · 06/4458
David Dvorkin, *Die Trellisane-Konfrontation* · 06/4474 (in Vorb.)

A. C. CRISPIN

SOHN DER VERGANGENHEIT

Die neuen Abenteuer des Raumschiffs ›Enterprise‹

Science Fiction Roman

Deutsche Erstveröffentlichung

WILHELM HEYNE VERLAG
MÜNCHEN

HEYNE SCIENCE FICTION & FANTASY
Band 06/4431

Titel der amerikanischen Originalausgabe
YESTERDAY'S SON
Deutsche Übersetzung von Andreas Brandhorst
Das Umschlagbild schuf Boris Vallejo

Redaktion: Rainer Michael Rahn

Printed in Germany 1987
Umschlaggestaltung: Atelier Ingrid Schütz, München
Satz: Schaber, Wels
Druck und Bindung: Ebner Ulm

ISBN 3-453-00444-2

Meinen beiden Großmüttern gewidmet
weil sie mir ein Leben lang mit Liebe
und Güte begegneten.
Und für meinen Sohn, Jason Paul Crispin.

PROLOG

Doktor McCoy griff nach dem Turm, setzte ihn einige Felder weiter wieder ab und schlug damit einen gegnerischen Bauern. »So, und jetzt versuchen Sie mal, aus dieser Zwickmühle wieder herauszukommen«, sagte er und lehnte sich zufrieden zurück. Der auf der anderen Seite des Schachbrettes sitzende Mann hob nachdenklich die geschwungenen Augenbrauen.

»Ein interessanter Zug ...«, räumte Spock ein, blickte konzentriert auf die neue Konstellation und machte sich daran, ihre Bedeutung zu erfassen.

McCoy lächelte. Auf seinen Vorschlag hin hatte sich der Vulkanier mit einer Partie des altertümlichen zweidimensionalen Schachs einverstanden erklärt. Und jetzt mußte Spock feststellen, daß die Züge McCoys sich zwar ab und zu durch eine gewisse Unberechenbarkeit auszeichneten, jedoch einer wohlüberlegten Strategie entsprachen und durchaus eine Herausforderung seines logischen Verstandes darstellten. Es handelte sich schließlich nicht um einen Zufall, daß McCoy der beste Spieler des Schachklubs an der medizinischen Fakultät gewesen war.

Während der Erste Offizier nach einer Möglichkeit suchte, die recht schwierige Lage seiner Dame zu verbessern, sah sich McCoy beiläufig in dem großen Aufenthaltsraum um. An den Tischen saßen einige Besatzungsmitglieder der Enterprise, *spielten Karten oder unterhielten sich. Der Blick des Doktors verweilte auf den Zügen einer recht jungen Frau, die im Range eines Fähnrichs stand. Er versuchte, sich an ihren Namen zu erinnern, und kurz darauf fiel er ihm ein: Teresa McNair. Kam direkt von der Akademie und war gerade erst dreiundzwanzig geworden. Prächtiges braunes Haar, grüne Augen. Sie war auf einen Mikrofilmleser konzentriert, und mit großer Sorgfalt studierte sie das Informationsmaterial. Als McCoy seine Aufmerksamkeit gerade wieder auf das Schachbrett richten wollte, ließ die junge Frau das Gerät ruckartig sinken und richtete sich auf. Sie riß die beiden Streifen des Ausdruckes ab, erhob sich und kam direkt auf ihn zu.*

McCoy zwinkerte verlegen, als ihm auffiel, daß er sie regelrecht angestarrt hatte, und er wandte sich ab. Kurz darauf trat McNair an die Seite des Vulkaniers. »Entschuldigen Sie bitte, Mr. Spock.«

Der Erste Offizier hob den Kopf. »Ja, Fähnrich?«

»Sir, wären Sie so freundlich, mir etwas zu erklären? Ich dachte bisher, man könne allgemein davon ausgehen, daß während der frühen Phase die Kolonisierungsbestrebungen Vulkans auf den Sektor in der unmittelbaren Nähe der romulanischen Neutralen Zone beschränkt waren.«

»Das stimmt, Fähnrich.« Spock war zwar die Geduld selbst, blieb jedoch reserviert.

»Können Sie mir dann vielleicht sagen, was es hiermit auf sich hat?« Teresa McNair legte den großen Ausdruck vor Spock auf den Tisch und fuhr fort: »Diese Fotografie ist Teil einer archäologischen Veröffentlichung über das Beta Niobe-System. Es befindet sich praktisch am anderen Ende des erforschten Bereichs der Galaxis, und wenn die Kolonisationsunternehmungen Vulkans nicht in jene Richtung zielten ...« McNair sprach nicht weiter, und ihre letzten Worte klangen verwirrt.

McCoy beobachtete, wie sich bei der Erwähnung des Beta Niobe-Systems kurzzeitig ein Schatten auf die Züge Spocks legte. Er versuchte vergeblich, sich etwas unter der Ortsbezeichnung McNairs vorzustellen. Es hatte keinen Sinn: zu viele Planeten, zu viele Sonnen. Man mußte schon ein biologischer Computer wie Spock sein, um sich auch nur an die Hälfte aller Welten zu erinnern.

Der Vulkanier warf einen Blick auf den Ausdruck und kniff die Augen zusammen. Der Doktor sah zu dem weiblichen Fähnrich auf. »Beta Niobe? Ich weiß nicht recht, aber ich glaube, diesen Namen habe ich schon einmal gehört.«

McNair lächelte und erwiderte: »Das wundert mich nicht, Doktor. Die Enterprise *erhielt den Auftrag, die Bevölkerung Sarpeidons davor zu warnen, daß Beta Niobe bald zu einer Nova wird. Wenn ich mich recht entsinne, gehörten Sie der Landungsgruppe an. Auf dem Planeten gab es einen großen Bibliothekskomplex. Unsere Computer speicherten und analysierten die darin enthaltenen Informationen, bevor Sarpeidon zerstört wurde. Die archäologischen Daten, mit denen ich mich befaßte, stammen direkt aus der Atoz-Registratur.« Sie richtete ihren Blick wieder auf Spock, der noch immer den Ausdruck betrachtete. »Nach der Neutronendatierung sind die dort abgebildeten Höhlenmalereien ungefähr fünftausend Jahre alt – das entspricht der Epoche der letzten Eiszeit Sarpeidons. Dies hier ist eine Vergrößerung des Gesichts, das man auf der linken Seite erkennen kann.« Sie legte einen weiteren Bogen vor dem Ersten Offizier auf den Tisch.*

Spock beugte sich vor, das Gesicht kaum mehr als eine erstarrte Maske, und McCoy runzelte die Stirn angesichts der seltsamen Reaktion des Vulkaniers. Er rückte seinen Sessel zur Seite, so daß er ebenfalls die Darstellungen beobachten konnte.

Das eine Blatt zeigte eine graue und mit rötlichen Mustern versehene Höhlenwand. Bei der ersten Malerei handelte es sich um eine Jagdszene. Zwei menschenähnliche Gestalten standen zwei großen Tieren gegenüber. Eins sah aus wie ein Löwe mit dünnem Hals und langem, zotteligem Fell. Das andere hatte sich auf den Hinterbeinen aufgerichtet und ähnelte einem Bären, der gerade ein Kunststück vollführte. Mit den Schlappohren und der langen Schnauze hätte er eigentlich einen recht komischen Eindruck erwecken müssen – wären nicht die langen und spitzen Reißzähne gewesen. Außerdem war das Wesen fast zweimal so groß wie die beiden Jäger.

Ganz auf der linken Seite der Wand zeigte sich ein weiteres Bild, ein einzelnes Gesicht. McCoy machte einen langen Hals, um einen Blick auf die Fotografie zu werfen, die Vergrößerung jener Darstellung.

Es wirkte geradezu gespenstisch weiß vor dem dunklen Hin-

tergrund des Granits, und es schien direkt vor der nun einen ungläubigen Ausdruck offenbarenden Miene des Doktors in der Leere zu schweben. Zwei ellipsoide Augen, ein dichter Schopf aus dunklem und fransigem Haar, eine Nase, ein Mund. Der Stil war recht primitiv und dennoch beeindruckend, und der unbekannte Künstler hatte die Züge des Gesichtes mit besonderer Sorgfalt festgehalten. Ebenso die spitz zulaufenden Ohren.

McCoy sah Spock an, dessen Antlitz nun noch steinerner wirkte als zuvor. Die Kehle des Doktors war plötzlich trocken, und seine Stimme klang brüchig, als er sagte: »Sarpeidon? Es ist jetzt zwei Jahre her, seit wir ...« Er brach ab, lehnte sich zurück und biß sich auf die Lippe. Spock wandte sich an McNair.

»Vielleicht eine genetische Anomalie, eine evolutionäre Nebenlinie mit erstaunlicher Parallelentwicklung. Vielleicht, und das mag noch wahrscheinlicher sein, handelt es sich auch nur um die Darstellung irgendeiner mythischen Wesenheit. Denken Sie an die terranische Märchen- und Sagengestalt Pan. Wie dem auch sei: Wenn Sie mit dem Studium des betreffenden Aufzeichnungsbandes fertig sind, würde ich mich gern ebenfalls eingehend damit befassen.« Die Stimme des Vulkaniers klang völlig normal. McNair nickte, nahm die Ausdrucke wieder an sich und ging.

Daraufhin wandte sich Spock wieder seinem Schachpartner zu. »Wenn Sie nichts dagegen haben, Doktor, so lassen Sie uns nun das Spiel fortsetzen, denn in fünfundvierzig Komma drei Minuten muß ich meinen Dienst antreten. Ich glaube, ich habe eine Möglichkeit gefunden, Ihrer zwar interessanten, aber unlogischen Strategie zu begegnen.«

McCoy kniff die Augen zusammen. »Sie sind am Zug, Spock. Haben Sie das etwa vergessen?«

Der Vulkanier warf nur einen flüchtigen Blick auf das Schachbrett und bewegte einen Läufer. Dem Doktor entging nicht das kurze Zittern der Hand, das Spock unmittelbar darauf unter Kontrolle brachte.

McCoy begriff, daß der Erste Offizier nicht über das spre-

chen wollte, was ihn bewegte, und deshalb rückte er seinen Sessel wieder zurecht. »Ich habe nicht einen Augenblick daran gezweifelt, daß Sie mich schlagen würden. Ihre ganze Logik muß schließlich zu irgend etwas *gut sein.«*

Dennoch gewann McCoy die Partie.

1. KAPITEL

PERSÖNLICHES LOGBUCH DES CAPTAINS,
STERNZEIT 6324.09

Bei unserer derzeitigen Aufgabe – der Karthographierung des Sektors 70.2 dieses unerforschten Quadranten – kam es bisher zu keinen besonderen Zwischenfällen. Tatsächlich ist die ganze Sache so langweilig, daß ich Gefechts- und Schiffsaufgabeübungen angeordnet habe, um die Leistungsfähigkeit meiner Crew zu erhalten. Wir alle freuen uns bereits auf den planmäßigen Inspektions- und Wartungsaufenthalt in Starbase 11, und die meisten Mannschaftsmitglieder haben bei dieser Gelegenheit um Freigang gebeten. Mit der Moral steht alles zum Besten – größtenteils aufgrund der Party, die für den Abend nach unserer Ankunft geplant ist. Die einzigen Personen an Bord, die die Vorfreude nicht genießen, sind der Erste Bordarzt McCoy und mein Stellvertreter, Mr. Spock. Beide sind während der vergangenen zwei Tage erstaunlich schweigsam gewesen. Ich habe sie nicht nach den Gründen dafür gefragt, beabsichtige aber, das nachzuholen, wenn ihr diesbezügliches Verhalten andauert.

Die *Enterprise,* ein Raumschiff der schweren Kreuzerklasse, glitt mit erhabener Gelassenheit durchs All, unbeeindruckt von der an Bord herrschenden Aufregung angesichts der Annäherung an Starbase 11. Die meisten Besatzungsmitglieder übten sich für die Party in den einen oder anderen Künsten. Lieutenant Sulu und Unteroffizier Phillips zeigten, wie gut sie zu fechten verstanden. Die Chorgruppe probte einige recht derb klingende Balladen über den Captain, die durchaus einen wahren Kern hatten. (Man achtete in dieser Hinsicht darauf, daß sie Kirk nicht vorzeitig zu Ohren kamen.)

Und im Kleinen Theater führte man *H.M.S. Pinafore* auf. Inszenziert wurde das Stück von Lieutenant Uhura, und Chefingenieur Scott, der einen prächtigen Bariton hatte, sang in der Rolle Captain Corcorans. Kirk, Scotty und Uhura saßen gerade beim Mittagessen und sprachen über die Operette, als McCoy sich zu ihnen gesellte.

»Setz dich, Pille.« Entschlossen schob sich der Captain ein großes Blatt grünen Salat in den Mund und spülte es mit einem Schluck Magermilch hinunter. »Wenn du weiterhin auf dieser Diät bestehst, verwandle ich mich noch in ein Kaninchen. Und außerdem leide ich darunter, dauernd zusehen zu müssen, wie Scotty eine ganze Schwarzwälder Kirschtorte verschlingt.«

Der Chefingenieur schluckte und grinste. »Ich muß schließlich bei Kräften bleiben, wenn ich den ganzen Tag über im Maschinenraum schufte und des Nachts auch noch singe und rezitiere!«

»Eigentlich, Captain«, warf Uhura ein und tippte sich mit einem manikürten Finger nachdenklich an die Wange, »sollten wir das Stück ein wenig modernisieren, finden Sie nicht auch? Insbesondere die Rollen Gilberts und Sullivans müßten neu geschrieben werden, um ... den aktuellen Aspekt zu betonen. Warum, zum Beispiel, wählen wir als Handlungsort nicht die *Enterprise* und geben der Operette einen neuen Titel? *U.S.S. Enterprise* klingt mindestens ebensogut wie *H.M.S. Pinafore.* Und dann könnten *Sie* in der Rolle des Captains singen!«

Kirk lachte leise, summte eine der Melodien und intonierte dann: »Und ich werde niemals nimmer krank im Raum ...«, krähte er, wobei es ihm gleich war, ob er den richtigen Ton traf oder nicht. Uhura und Scotty fielen mit ein.

»Was, niemals?«

»Nein, nimmer!«

»Was, *nimmer?*«

»Nun ... nicht immer ...« Kirk brach ab und lächelte McCoy an. »Was meinst du, Pille? Habe ich das Zeug zu einem Opernstar? Könnte ich zum Gesangsidol von ganz Starfleet werden, hm?«

McCoy rollte mit den Augen. »Als Arzt und Mensch, der nicht *alles* zu ertragen vermag, hielte ich es für besser, wenn man dir gleich nach der Geburt den Kehlkopf entfernt hätte, um eine derartige Karriere deinerseits zu verhindern. Als Starship-Captain kann man dich noch akzeptieren. Als Sänger ... Schuster, bleib bei deinem Leisten, Jim.«

Kirk schüttelte bedauernd den Kopf. »Genies unterliegen nun einmal dem Schicksal, verkannt zu werden.« Er warf einen Blick auf das Chronometer und stand auf. »Ich muß jetzt auf die Brücke zurück. Kommst du mit, Pille?«

Als sie die Stille des Korridors erreicht hatten, fragte Kirk wie beiläufig. »Was ist los mit dir, Leonhard?«

McCoy schüttelte den Kopf. Er gab keine Antwort, stellte statt dessen eine Gegenfrage: »Erinnerst du dich an einen Planeten namens Sarpeidon, den wir vor zwei Jahren besuchten?«

Der Captain warf ihm einen scharfen Blick zu. »Es dauerte Wochen, bis die Erinnerung an den Gestank des mittelalterlichen Kerkers keine Übelkeit mehr in mir weckte. Und der verrückte alte Mr. Atoz ... Wie kommst du jetzt darauf?«

Erneut wich McCoy der Antwort aus. Nach einer Weile meinte er: »Hat Spock jemals mit dir über das gesprochen, was wir auf dem Planeten erlebten?«

»Nein, soweit ich mich entsinnen kann. Ihr beide wart in dieser Beziehung recht schweigsam. Aus deinem offiziellen Bericht entnahm ich, daß es in der Eiszeit eine Frau gegeben hat, die euch das Leben gerettet hat. Wie lautete ihr Name?«

McCoy zögerte. »Zarabeth. – Hast du Spock kürzlich gesehen?«

»Nein. Sollte ich? Während der vergangenen sechsunddreißig Stunden hatte er dienstfrei.« Die nußbraunen Augen des Captains musterten nachdenklich das Gesicht des Arztes. »Willst du nicht darüber sprechen?«

McCoy wich dem Blick Kirks nicht aus. »Es gibt in diesem Zusammenhang nichts, was wir erörtern müßten. Wir sehen uns später.«

Kirk blickte ihm nach und war versucht, dem Doktor zu folgen und ihm einige weitere Fragen zu stellen. Dann aber überlegte er es sich anders und setzte seinen Weg fort. McCoy hätte es vielleicht nicht zugegeben, doch es gab einige Gemeinsamkeiten zwischen ihm und Spock. Wenn er sich dem Captain nicht anvertrauen wollte, so hatte es keinen Sinn zu versuchen, ihn zum Sprechen zu bewegen.

Es war recht ruhig auf der Brücke, und alle Systeme funktionierten einwandfrei. Kirk nahm in dem Sessel des Befehlsstandes Platz. Er ging die einzelnen, inzwischen eingetroffenen Berichte durch, doch irgendein Teil des Captains war abgelenkt und zählte die bis zum Dienstantritt Spocks verbleibenden Minuten. Der beste Erste Offizier in der ganzen Flotte – ja, daran konnte nicht der geringste Zweifel bestehen. Was hatte McCoy mit seinem rätselhaften Hinweis auf Sarpeidon zum Ausdruck bringen wollen? Was hatte es mit jener Frau auf sich? Meinte der Arzt etwas, das in erster Linie ihn selbst bewegte? Aus irgendeinem Grund war Kirk geneigt, die letzte Frage zu verneinen. Doch Spock und eine Frau – das war ausgeschlossen. Er hatte noch nie intensive Beziehungen zum weiblichen Geschlecht unterhalten, abgesehen von der Sache auf Omikron Ceti III, und damaligen Sporen ... Seltsam: Er hatte immer angenommen, die Reaktionen des Vulkaniers seien nicht nur der Wirkung der verdammten Sporen zuzuschreiben gewesen ... Und natürlich gab es da noch T'Pring – doch das war eine völlig andere Angelegenheit.

Ruckartig hob Kirk den Kopf und schreckte aus seinen Überlegungen hoch. Die Anzeige des Chronometers wechselte auf 1301, und das bedeutete, daß Spock bereits eine Minute zu spät war. Unmöglich! Doch der Computer bestätigte es.

Hinter Kirk öffnete sich zischend die Tür des Turbolifts, und Spock trat an den Kommandosessel heran, die Hände auf den Rücken gelegt.

»Mr. Spock, stimmt irgend etwas nicht? Sie haben sich verspätet.« Die Stimme des Captains klang ruhig, auch ein wenig besorgt.

»Das bedaure ich, Sir. Es wird nicht wieder vorkommen.« Der Blick des Vulkaniers schweifte in die Ferne und fixierte schließlich einen Punkt, der sich etwa drei Zentimeter über der linken Augenbraue Kirks befand.

Der Captain seufzte innerlich und gab es auf. Aus langer Erfahrung wußte er, daß Spock erst dann sprechen würde, wenn er dazu bereit war – vorausgesetzt, dieser Fall trat jemals ein. Er stand auf und sagte förmlich: »Ich übergebe Ihnen das Kommando, Mr. Spock. Ich werde um 0815 zu einer Inspektion der hydroponischen Anlagen erwartet. Sollte es zu ungewöhnlichen Zwischenfällen kommen, so setzen Sie mich umgehend in Kenntnis. Wie wir alle wissen, kann es in diesem Raumsektor zu heftigen Strahlungsstürmen kommen.«

Im Anschluß an diese Worte verließ der Captain die Brücke und spürte dabei, wie Unruhe in seinem Nacken prickelte. Spock hätte ein solches Empfinden sicher als unlogisch bezeichnet – Kirk nannte es eine Vorahnung.

Spocks und McCoys Schweigen dauerte an, und während der nächsten drei Tage wurde Kirk immer nachdenklicher. Er ließ seinen Ärger an dem Trainingsandroiden im Selbstverteidigungsraum des Sportdecks aus.

Nach einer besonders anstrengenden Übung ruhte er sich in seiner Kabine aus. Bäuchlings hatte er sich auf der Koje ausgestreckt und las – in einem echten Buch, das der Captain den auf Speicherbändern aufgezeichneten Informationen vorzog. Sam Cagley hatte es einmal folgendermaßen ausgedrückt: »Ein solches Buch kann man fühlen, wenn man es in beiden Händen hält.« Das Hobby, eche Einbände zu sammeln, ging auf den Ansporn jenes Rechtsanwaltes zurück, und das überraschend gut erhaltene Buch, mit dem sich Kirk nun befaßte, hatte er in einem Antiquitätengeschäft auf Canopus IV entdeckt. Er war gerade in die Abenteuer Kapitän Nemos und seiner *Nautilus* vertieft, als das Besuchersignal an der Tür aufleuchtete.

»Herein.« Kirk schob das Buch in die Schutzkassette und sah auf, als sich die Tür öffnete und sein Erster Offizier eintrat. Der Captain deutete mit dem einen Arm auf einen Sessel. »Nehmen Sie Platz. Was halten Sie von einem Glas saurianischen Brandys?«

Spock schüttelte den Kopf, und Kirk schenkte nur sich selbst ein. Er ließ sich dem Vulkanier gegenüber nieder, hielt den Cognacschwenker in der Hand und wartete.

Spock zögerte einige Sekunden lang. »Sie haben auf mich gewartet.«

Der Captain nickte. Als der Vulkanier nicht weitersprach, sagte er: »Ich weiß schon seit Tagen, daß mit Ihnen irgend etwas nicht stimmt. Zuerst zog sich McCoy in sich selbst zurück, dann Sie. Offenbar geht es um etwas Ernstes. Möchten Sie darüber reden?«

Spock wandte den Blick von ihm ab und betrachtete ein die *Enterprise* darstellendes Gemälde, das auf der anderen Seite der Kabine an der Wand hing. Kirk mußte sich anstrengen, um die leise gemurmelten Worte des

Vulkaniers zu verstehen. »Ich sehe mich gezwungen, Sie um einen zeitlich unbegrenzten Sonderurlaub zu bitten. Der Grund dafür ist eine ... Familienangelegenheit.«

Kirk nippte an dem Brandy und musterte seinen Freund. Der Vulkanier wirkte müde. Neue Falten hatten sich ihm im Bereich der Augenwinkel in die Haut gegraben, und in der Maske der Selbstkontrolle ließen sich Anzeichen einer gewissen Unruhe erkennen. Kirk horchte aufmerksam, wartete auf die nächsten Bemerkungen Spocks. Und plötzlich spürte er, wie sich inmitten seiner Gedanken etwas Fremdes rührte, fühlte sowohl profunde Entschlossenheit als auch eine Mischung aus Schuld und Scham. Er hielt den Atem an und versuchte, den Blick in sein Inneres zu richten, sich auf das andere zu konzentrieren – und dann brach der Kontakt, wenn es sich wirklich um so etwas handelte, schon wieder ab, verflüchtigte sich wie ein vager Eindruck, den er nicht festzuhalten vermochte.

Spock sah ihn groß an. »Jim – Sie sind kein Telepath, das weiß ich, doch für einen Augenblick ...«

Kirk nickte. »Ich habe es ebenfalls empfunden, ganz kurz. Lange genug aber, um mir darüber klarzuwerden, daß Sie entschlossen sind aufzubrechen – und daß die Situation, worin auch immer sie bestehen mag, ziemlich ernst ist. Doch bevor ich Ihrem Gesuch stattgebe, müssen Sie mir alles sagen, in laut ausgesprochenen Worten, Spock.«

»Ich würde nicht zögern, wäre ich in der Lage dazu, Jim. Ich bin verantwortlich für dieses ... Problem. Ich muß es allein lösen.«

»Irgend etwas sagt mir, daß Sie Anstalten machen, die Konfrontation mit etwas enorm Gefährlichen zu akzeptieren. Habe ich recht?«

Der Vulkanier senkte den Blick und wiederholte: »Ich muß allein los. Bitte verlangen Sie keine Erklärung von mir.«

Kirk beugte sich vor, ergriff seinen Ersten Offizier an den Schultern und schüttelte ihn. »Ich weiß nicht, worum es bei dem Problem geht, aber ich kann mir vorstellen, warum Sie mir nichts sagen wollen. Sie befürchten, ich könnte herausfinden, wir riskant Ihr Projekt ist, und dann bestünde ich vielleicht darauf, Sie zu begleiten. Sie irren sich nicht. Genau das ist der Fall.«

Der Vulkanier schüttelte den Kopf, und seine Stimme klang scharf, als er dem entgegenhielt: »Ich werde es nicht zulassen. Ich kann nicht auch die Verantwortung für Ihr Leben unternehmen. Ich gehe allein.«

Ruckartig stellte Kirk den Cognacschwenker auf den Tisch. »Verdammt, Spock, Sie brauchen mich nicht in alles einzuweihen, wenn Sie das nicht möchten, aber Sie müssen schon desertieren, wenn Sie dieses Schiff ohne mich verlassen wollen.«

Spock preßte die Lippen aufeinander, und in seinen dunklen Augen blitzte es zornig. Kirk hielt dem Blick des Ersten Offiziers stand und fragte sich, was zum Teufel er eigentlich beabsichtigte. McCoy wußte ganz offensichtlich mehr, als er zuzugeben bereit gewesen war ... *Sarpeidon? Doch der Planet existiert nicht mehr in der Gegenwart. Er platzte auseinander. Die Gegenwart ... und die Vergangenheit ... die Frau ... und das Gesicht an der einen Höhlenwand ... Höhle? Gesicht?*

Kirk setzte sich auf. Das Bild vor seinem inneren Auge war ganz klar – die Züge eines Vulkaniers, von geschickter Hand an die Wand der Höhle gemalt ... ein Rätsel. »Ich glaube, ich verstehe langsam, Spock. Nennen Sie es Empathie oder Telepathie, ganz wie Sie wollen. Die Sache hat etwas mit ... mit Biologie zu tun, nicht wahr?«

Der Vulkanier nickte stumm und stützte dann den Kopf in die Hände. Mit gepreßt klingender Stimme sagte er: »Ja. Meine geistigen Barrieren sind offenbar nicht mehr stabil genug, wenn Sie das empfangen konnten. Sicher, es hat schon des öfteren mentale Verbindungen zwischen uns gegeben, aber ... Ich bin müde; bestimmt ist das der Grund.«

»Erklärungen sind jetzt nicht mehr wichtig. Ich weiß Bescheid.« Kirk sah den Vulkanier durchdringend an und holte dann tief Luft. »Es ist unglaublich ... vor fünftausend Jahren, in der Eishölle ...«

»Zarabeth brachte mein Kind zur Welt.« Damit räumte Spock die letzten Zweifel Kirks aus.

Einige Sekunden lang starrten sie sich an, und schließlich räusperte sich der Captain. »Vielleicht gehen wir von falschen Annahmen aus. Vielleicht hat Zarabeth *Sie* gemalt. Ganz sicher sein können wir nicht ...«

»Doch, ich schon. Das Gesicht an der Höhlenwand zeigt eindeutig vulkanische Charakteristiken, aber es sind nicht meine Züge. Die Augen sind anders. Das Haar ist länger. Es handelt sich zweifellos um das Gesicht eines Jugendlichen oder das eines jungen Mannes. Außerdem gibt es noch andere Dinge, die nur einen Schluß zulassen. Nicht nur die Malereien, sondern auch die in der Höhle gefundenen Artefakte deuten auf ein höheres Evolutionsniveau als das des sich in der entsprechenden Hemisphäre entwickelnden Volkes hin. Man entdeckte Spuren bearbeiteten Metalls – auch eine Steinlampe, die mit Tierfett betrieben wurde. Im Vergleich mit den zivilisatorischen Umständen der damaligen Zeit sind das Anachronismen.«

Kirk war überzeugt, schüttelte jedoch trotzdem den Kopf. »Es hat keinen Sinn, sich wegen eines Kindes Vorwürfe zu machen, das vor fünftausend Jahren geboren wurde und inzwischen längst tot ist. Sie können an all dem nichts mehr ändern.«

Spock musterte ihn ruhig. »Ich werde zurückkehren und meinen Sohn holen.«

Der Captain war sich zuvor nicht sicher gewesen, womit er eigentlich rechnen sollte – doch an eine *solche* Möglichkeit hatte er gewiß nicht gedacht. »Aber, Spock ... *wie* denn?« Noch als er diese Worte formulierte, erinnerte er sich plötzlich, und noch immer verband sich dumpfer Schmerz mit dieser Reminiszenz. »Alles ist so, wie es einst war – ich bin der Weg und das Ziel ...« Er nahm einen weiteren Schluck, und der Brandy brannte ihm in der Kehle. »Der Wächter der Ewigkeit » mit seiner Hilfe wollen Sie in die Vergangenheit zurückkehren.«

Der Vulkanier nickte.

»Spock, jener Planet ist zur Sperr-Region erklärt worden, und nur die archäologische Expedition bekam Zugangserlaubnis. Man würde Sie nicht einmal in die Nähe davon lassen, von der Bewilligung eines Transfers in die Vergangenheit ganz zu schweigen. Um die Erlaubnis zu bekommen, die Hilfe des Wächters in Anspruch nehmen zu können, müßten Sie das Wohlwollen einer wichtigen Persönlichkeit erringen, der mindestens der Rang eines Planetengouverneurs zukommt ...« Kirk unterbrach sich, dachte kurz nach und beantwortete sich seine Frage dann selbst. »T'Pau.«

»Eine logische Schlußfolgerung, Captain.«

Der Captain stellte sich die kleine, zierliche und uralte T'Pau vor – der jedoch ausreichend Autorität zukam, um mit einer Anfrage sogar die Befehle eines Admirals von Starfleet außer Kraft zu setzen. Ja, ihr Einfluß genügte sicher. Doch war sie auch bereit, Gebrauch davon zu machen?

Kirk brachte Spock gegenüber seinen Zweifel zum Ausdruck, und die Miene des Ersten Offiziers machte deutlich, daß er zu allem entschlossen war. »Sie wird zu meinen Gunsten eingreifen, wenn ich ihr den Grund nenne. Auf Vulkan ist nichts wichtiger als die Familie. Familiäre Loyalitäten haben sogar Vorrang vor dem Gesetz. Im Grunde genommen wird meine Heimat von einer Oligarchie regiert, die aus verschiedenen prominenten Familien besteht. Meine gehört dazu. Und T'Pau duldet es bestimmt nicht, daß ein Mitglied dieser Familie in der Einsamkeit stirbt, fern von seinen Verwandten.«

»Ich beneide Sie nicht um Ihre Mission, Spock«, sagte der Captain und schüttelte den Kopf. »Und ich möchte nicht die Aufgabe haben, ihr all das zu erklären.«

»Ich freue mich nicht gerade darauf, das darf ich Ihnen versichern. Aber es bleibt mir keine andere Wahl. Ich habe eine Pflicht zu erfüllen.« Spock stand auf und zögerte. »Ich hoffe, Sie gewähren mir den erbetenen und sofortigen Sonderurlaub ... Wir könnten den Kurs ändern und Andros im Antares-System anfliegen. Sie verlören damit nur eine Stunde und zweiunddreißig Komma vier Minuten.«

Kirk nickte und erhob sich ebenfalls. »In Ordnung. Ich bin einverstanden und kümmerte mich um eine beschleunigte Bearbeitung Ihres Gesuchs. Wenn wir Sie auf Andros absetzen, brauchen Sie von dort aus etwa eine Woche bis nach Vulkan ... Weitere zehn Tage dürften für Ihre Rückkehr nach Starbase 11 erforderlich werden. Wir können in diesem Zusammenhang wirklich von Glück sagen, daß uns ein längerer Aufenthalt im Dock bevorsteht ... Ja, es müßte eigentlich alles glattgehen ... Ich bin bereit, wenn Sie sich wieder melden. Mit ein wenig Glück können wir beide zurück sein, bevor die Bestätigungsinspektion durchgeführt wird. Na? Was stehen Sie hier noch herum?«

»Captain, ich muß allein gehen. Ich weigere mich entschieden ...«

Kirk unterbrach ihn mitten im Satz. »Diese Sache haben wir bereits geregelt. Nennen Sie es meinetwegen Erpressung, Spock: Wenn Sie meine Begleitung ablehnen, bekommen Sie keinen Sonderurlaub. So einfach ist das.«

»Meine Mission könnte sehr gefährlich werden ... Ich darf nicht zulassen, daß Sie ebenfalls Ihr Leben aufs Spiel setzen ...«

»Keine Widerrede. Und hören Sie damit auf, sich um mich Sorgen zu machen. Menschen sind vielleicht nicht so stark wie Vulkanier, aber das gibt Ihnen nicht das

Recht, mir dauernd Vorhaltungen zu machen. Und außerdem: Wer führt hier eigentlich das Kommando?« Kirk sah auf das Chronometer. »Sie haben fünfundvierzig Minuten Zeit, sich vorzubereiten. Wir sehen uns in zweieinhalb Wochen wieder. Und jetzt: raus mit Ihnen!«

Mehr aus einem Reflex heraus kam Spock dem Befehl seines Captains nach, und als er die Art seiner Reaktion begriff, stand er bereits auf dem Gang und starrte auf die geschlossene Tür der Kabine Kirks. Der Vulkanier schüttelte reumütig den Kopf und machte sich rasch auf den Weg.

2. KAPITEL

Mittag auf Vulkan. Hitze umwogte Spock, als er auf dem Gipfel eines Hügels rematerialisierte, und für einige Augenblicke genoß er sie und sog die dünne Luft tief in die Lungen. Ihre Trockenheit war eine Wohltat nach dem kalten Dunst, der an Bord des Frachters die Atmosphäre gebildet hatte. Weit oben schien der Himmel in Flammen zu stehen, als 40 Eridani den Zenit erreichte. Der weiße Sand reflektierte das Licht und schien nachgerade zu glühen, und die von ihm aufsteigende heiße Luft ließ die Konturen der Felsen und Sträucher verschwimmen.

Spock ging an dem niedrigen und langgestreckten Gebäude entlang und näherte sich dem Zugang an der Südseite des großen Komplexes. Er beabsichtigte nicht, seine Ankunft allgemein bekanntzugeben, obwohl inzwischen ein Jahr verstrichen war, seit er zum letztenmal seine Eltern gesehen hatte. Er spürte, wie ein diffuses Schuldbewußtsein am Rande seines Geistes nagte, als er sich ihre Enttäuschung vorstellte, wenn sie von seinem Besuch erfuhren, und er unterdrückte dieses Empfinden. Amanda hätte ihn sicher nach dem Grund für die Rückkehr nach Vulkan und der Länge seines Aufenthaltes gefragt, und Sarek hätte ihn bestimmt zu einer Tour durch das ganze Anwesen aufgefordert. Spock wäre von Familienpflichten abgelenkt worden, von der Notwendigkeit, Antworten zu geben …

Im Innern des Gebäudes tastete er in das Terminal das Gesuch um eine Audienz bei T'Pau ein und wartete dann ungeduldig. Er zwang ausdruckslose Ruhe in seine Züge und bemühte sich, alle nervösen Bewegungen des Körpers im Zaum zu halten. Schließlich leuchteten auf dem Bildschirm neben ihm die Symbole seines Vornamens auf, der nur von den Familienangehörigen benutzt wurde – und auch nur an Namenstagen oder bei religiösen Festen. Spock hatte ihn in voller Absicht verwendet, da er wußte, daß T'Pau auf diese Weise sofort die Bedeutung des Anliegens erkannte und seinen Wunsch nach vertraulicher Behandlung der Angelegenheit respektierte. Er wurde angewiesen, eine der geheimen Passagen zu benutzen, die zu dem Wohnzimmer T'Paus führten; mit langen und eiligen Schritten durchmaß Spock den schmalen Korridor und betrat kurz darauf die entsprechende Kammer. Allein sah er sich der einzigen Person gegenüber, die jemals einen Sitz im Rat der Föderation abgelehnt hatte.

T'Pau hatte auf einem niedrigen Sofa Platz genommen und sich eine Decke über die Knie gelegt. Ihr Haar war noch immer schwarz, abgesehen von zwei silbrigen Strähnen, doch ihr Gesicht wirkte eingefallener und zeigte noch mehr Falten als bei seinem letzten Besuch an diesem Ort.

Sie begrüßte ihn förmlich, streckte ihm die Hand entgegen und formte das vulkanische »V«. Ihre Finger waren sehr dünn und zitterten ein wenig. *Sie ist alt geworden,* dachte Spock und erwiderte den Gruß. »Glück und langes Leben, T'Pau.«

»Warum bist du in aller Verschwiegenheit gekommen, ohne deinen Besuch anzukündigen, Spock? Deinen Eltern gegenüber ist dein Verhalten wenig freundlich.« Sie lispelte ein wenig, und ihre Stimme war kaum mehr als ein Flüstern. Sie hatte ihn nicht darum gebeten, Platz zu nehmen, und das hielt Spock für ein schlechtes Zeichen.

»Ich bitte um Verzeihung, T'Pau. Der Grund für meinen Besuch ist persönlicher Natur. Es geht dabei um etwas, über das ich nur mit Ihnen sprechen kann. Ich ersuche Sie um Hilfe – und darum, nichts über diese Angelegenheit verlauten zu lassen.« Spocks Stimme war ruhig. Der scharfe Blick der obsidianschwarzen Augen T'Paus stand in krassem Gegensatz zu dem von der Zeit verwitterten Gesicht der alten Frau, und sie musterte ihn eingehend. Dann nickte sie abrupt und deutete auf ein Kissen. Im Schneidersitz ließ sich Spock nieder.

»Ich werde deiner Bitte entsprechen und schweigen. Sprich nun.«

»Vor rund zwei Jahren machte ich mich mit meinem Captain und McCoy, die Sie beide kennen, auf den Weg, um das Volk von Sarpeidon zu warnen: Die Sonne des betreffenden Planeten drohte zu einer Nova zu werden. Wie wir feststellten, waren die Bewohner in die Vergangenheit geflohen. Durch einen Zufall wurden McCoy und ich in die Eiszeit Sarpeidons transferiert. Es hätte nicht viel gefehlt, und wir wären erfroren, doch dann erschien eine junge Frau und bot uns Obdach an. Ihr Name lautete Zarabeth, und durch die Aktion eines Feindes war sie allein in die Vergangenheit verbannt worden. Aufgrund eines speziellen Konditionierungsverfahrens konnte sie nicht zurück.

Der Zeittransfer hatte ... gewisse Auswirkungen auf mich. Es erwachten Eigenschaften in mir, durch die sich unsere Vorfahren vor fünftausend Jahren auszeichneten. Es waren barbarische Wesensqualitäten – ich aß Fleisch. Und ich zeugte auch ein Kind. Ich erfuhr erst vor ganz wenigen Tagen, daß ich Zarabeth schwängerte.«

Bei der Erwähnung des Verspeisens von Fleisch beobachtete Spock, wie T'Pau mit Ekel auf dieses Eingeständnis seinerseits reagierte, doch anschließend war das Gesicht der alten Frau wieder ausdruckslos. Eine ganze Zeitlang gab sie keinen Ton von sich, doch dann hob sie die Hand.

»Auf ein derartiges Verhalten kann deine Familie gewiß nicht stolz sein. Doch es ist unlogisch, auf die Sünden der Vergangenheit zurückzukommen. Worin besteht der eigentliche Grund, der dich hierher führt?«

»Ich darf nicht zulassen, daß mein Sohn allein auf einem Planeten stirbt, der für Vulkanier keine echte Heimat sein kann. Ich muß ihn nach Hause bringen, zur Familie. Zusammen mit Zarabeth – vorausgesetzt es gelingt mir, ihre Konditionierung zu neutralisieren. Ich stehe in ihrer Schuld und sollte ihr die Möglichkeit geben zu überleben. Ich bitte Sie darum, sich mit dem Rat der Föderation in Verbindung zu setzen und dafür zu sorgen, daß ich auf die Hilfe des Wächters der Ewigkeit zurückgreifen kann. Nur durch das Zeitportal vermag ich in die Vergangenheit Sarpeidons zurückzukehren. Ich muß es wenigstens versuchen.«

T'Pau dachte eine Weile darüber nach, und der Blick ihrer schwarzen Augen reichte in die Ferne. »Ja. Ich verstehe dich. Jenes Kind wird dein Erbe sein, wenn du ohne weitere Nachkommen stirbst. Und bisher war dies dein einziges *Kunat kalifee.* Es gilt, die Linie zu schützen.«

Spock merkte, daß er während der letzten Sekunden den Atem angehalten hatte, und er ließ ihn nun langsam entweichen. Das Schlimmste war überstanden.

»Ich habe einen Bericht vorbereitet, der alle Informationen enthält, die Sie für den Kontakt mit dem Rat benötigen, T'Pau. Er beschreibt die Einzelheiten der Mission und auch die Codezeichen zur Identifizierung des Zeitportals. Darüber hinaus führt er die Namen derjenigen auf, die zur Suchgruppe gehören sollen, auch die wahrscheinliche Anzahl der Personen, die aus der Vergangenheit in die Gegenwart transferiert werden. Wenn man Ihren Antrag ablehnt, so schicken Sie bitte eine Subraum-Mitteilung an Captain Kirk von der *Enterprise.*«

Die alte Frau nahm das Dokument entgegen und sah Spock an. »Ich setze mich sofort mit dem Rat in Verbindung. Ich rate dir zur Vorsicht. Was hast du vor, wenn du Zarabeth und deinen Sohn findest?«

Ein wenig verwirrt überlegte Spock einige Sekunden lang. Bisher hatte er sich nur über die Existenz des Kindes und seine Pflicht Gedanken gemacht, nicht aber darüber, worin seine Handlungen bestehen sollten, wenn er Zarabeth und ihrem gemeinsamen Sohn begegnete. »Ich bringe sie in unsere Zeit zurück, und dann ...« Erneut zögerte er.

T'Pau bedachte ihn mit einem durchdringenden Blick. »Ich nehme an, du hast noch nicht alle Konsequenzen überdacht, oder? Erinnere dich, Spock: Dein Sohn ist eine eigenständige Persönlichkeit. Jedes Lebewesen zeichnet sich durch seine ureigene Würde aus. Gesteh deinem Sohn diese Freiheit zu. Es geht in erster Linie um sein Schicksal, nicht um das deinige. Vergiß nicht unser Symbol ...« Die alte Vulkanierin berührte die IDIC-Medaille, die an einer Kette auf ihrer schmalen Brust ruhte. »Schätze die Unterschiede ebenso wie die Gemeinsamkeiten.«

Spock vermochte nur den rein intellektuellen Sinn ihrer Worte zu erfassen. Er nickte geistesabwesend, bereits beschäftigt mit dem logistischen Problem, unerkannt das Gebäude zu verlassen und den Raumhafen zu erreichen. Auf das Zeichen T'Paus hin stand er auf und verabschiedete sich von ihr. »Ich danke Ihnen, T'Pau. Darf ich jetzt gehen?«

Sie nickte und wirkte plötzlich sehr müde. »Ja, das darfst du. Sandar wird dich zu dem Raumhafen begleiten. Ich setze deine Eltern nicht davon in Kenntnis, daß du mich besuchtest, aber du solltest an folgendes denken: Wenn du Erfolg hast, so werden sie davon erfahren, ebenso wie unser ganzes Volk. Aber vor allen Dingen mußt du dich mit den Folgen deines Verhaltens abfinden können, mit den Konsequenzen nicht nur für dich allein, sondern auch für deinen Sohn. Glück und langes Leben, Spock.« Sie erwiderte seinen Gruß und winkte Sandar zu, ihrem Gehilfen, der wie durch Magie erschienen war.

Spock deutete eine Verbeugung an. »Friede und langes Leben, T'Pau.« Und schweigend verließ er die Kammer.

3. KAPITEL

Kirk saß in dem Bereich des Aufenthaltsraumes, der vorübergehend in eine Bühne verwandelt worden war, und er beobachtete die Aufführung des Stückes *H.M.S. Pinafore.* Doch nicht seine ganze Aufmerksamkeit galt dem Geschehen auf dem Podium. Vor einigen Stunden hatte sein Schiff an Starbase 11 angedockt, und Spock war überfällig. Morgen früh um 0900 würden die Starfleet-Techniker an Bord kommen und mit den zweiwöchigen Inspektions- und Wartungsarbeiten beginnen. Wenn Spock und er nicht innerhalb der nächsten vierundzwanzig Stunden aufbrachen, so genügte die Zeit nicht mehr, um den Wächter zu erreichen, in die Vergangenheit zu reisen und anschließend zu der Basis zurückzukehren. In diesem Fall mochte es geschehen, daß bei der Inspektion und Bestätigungskontrolle sowohl der Captain als auch der Erste Offizier der *Enterprise* durch Abwesenheit glänzten.

Natürlich war es denkbar, daß sie auch dann fehlten, wenn sie sich jetzt sofort auf den Weg machten. Während der Abwesenheit Spocks hatte Kirk sich mit den Höhlenmalereien wie allen anderen über die Eiszeit Sarpeidons zur Verfügung stehenden Daten befaßt. Wenn einen das außerordentlich strenge Klima nicht umbrachte, schloß der Captain aufgrund dieser Unterlagen, so waren die einheimischen Raubtiere nur zu gern dazu bereit, dies nachzuholen. Praktisch *niemand* schien in einer solchen Umwelt größere Überlebenschancen zu haben – erst recht kein Kind.

Kirk hatte die Möglichkeit erwogen, Spock den ganzen verrückten Plan auszureden zu versuchen, aber als er sich an das besondere Funkeln in den Augen des Vulkaniers erinnerte, nahm er Abstand von einer solchen Vorstellung. Und er konnte ihn nicht allein losziehen lassen.

Das Publikum um ihn herum war aufgesprungen und applaudierte begeistert. Rasch folgte der Captain dem Beispiel der vielen Männer und Frauen und sah Scotty, der hinter den Vorhang zurückeilte und die widerstrebende Uhura auf die Bühne zerrte, auf daß sie sich vor den Zuschauern verneigte. Die Crew grölte, als der Chefingenieur dem weiblichen Kommunikationsoffizier einen schmatzenden Kuß gab. Während Kirk ebenfalls klatschte, sah er sich um, und unmittelbar darauf bemerkte er die Person, auf die er die ganze Zeit über gewartet hatte. Spock hatte die Halle gerade durch einen der Nebeneingänge betreten und hielt offenbar nach seinem Captain Ausschau.

Der große Vulkanier lehnte an einem Schott, als Kirk auf ihn zutrat, und fast hatte es den Anschein, als befürchte Spock, ohne diesen Halt das Gleichgewicht zu verlieren. Die normalerweise tadellos gepflegte Ponyfrisur des Ersten Offiziers war jetzt zerzaust, und Spock wirkte sehr erschöpft.

»Sie sehen ja schrecklich aus!« entfuhr es Kirk. »Was, zum Teufel, ist denn mit Ihnen ...« Der Captain unterbrach sich und seufzte. »Wir müssen uns *beeilen,* sonst verpassen wir die Fähre. Unsere Sachen liegen in meiner Kabine bereit. Sind Ihrerseits alle notwendigen Vorbereitungen getroffen?«

In der Unterkunft des Captains angelangt, kleideten sich beide Männer in warme und widerstandsfähige Overalls und packten die Campingausrüstung wie die Gegenstände zusammen, auf die sie in einer eiszeitlichen Urwelt nicht verzichten konnten. »Letzte Woche, als McCoy nicht da war, habe ich mich in die Krankenstation geschlichen und uns eine Medbox besorgt«, erklärte Kirk. »Sollten wir auch Phaser mitnehmen? Als wir das letztemal auf Sarpeidon waren, hat meiner nicht funktioniert.«

»Ich habe diesen Punkt überprüft und festgestellt, daß das Atavachron – das Zeitportal – ganz automatisch die Funktion aller Waffen neutralisiert, die die Pforte passieren. Es handelt sich dabei um eine Vorsichtsmaßnahme, die verhüten soll, daß etwas aus der Zukunft über eine in der Vergangenheit existierende Gesellschaft zu herrschen vermag. Diesmal jedoch können wir uns auf unsere Phaser verlassen.«

»Gut. Die Vorstellung, mich allein mit Steinen und meinen Fäusten gegen einige der Lebensformen zu verteidigen, über die ich gelesen habe, behagt mir überhaupt nicht. Sind Sie fertig, Spock?«

»Ich bin bereit, Captain.«

Die beiden Offiziere griffen nach der Ausrüstung und schritten in Richtung des Turbolifts. Kirk warf dem Vulkanier einen kurzen Blick zu. »Was hat Sie aufgehalten? Ich dachte schon, Sie würden nicht mehr rechtzeitig zurückkehren.«

»Es blieb mir keine andere Wahl, als an Bord eines Robot-Frachters zu gehen. Schnellere Schiffe standen nicht zur Verfügung.«

Kirk musterte Spock voller Mitgefühl. »Kein Wunder, daß Sie so mitgenommen aussehen. Ich habe eine ähnliche Erfahrung gemacht, als ich noch an der Akademie studierte. Ich wollte eine ... Freundin besuchen. Als ich endlich dort ankam, ließ sie mich sitzen. Ich konnte ihr deswegen keine Vorwürfe machen. Nun, wenigstens wird der Flug zu dem Wächter nicht ganz so schlimm werden. Das Versorgungsschiff bringt uns dorthin. Sie können sich waschen und Ihr Äußeres in Ordnung bringen, wenn wir an Bord sind. Bis dahin versuche ich, den Anschein zu erwecken, als hätte ich nichts mit Ihnen zu tun.« Sie erreichten den Turbolift. »Transporterraum«, sagte der Captain, und die Tür schloß sich.

Um sich unmittelbar darauf mit einem deutlich zu

vernehmenden Zischen wieder zu öffnen. Auf der Instrumententafel des Lifts leuchtete ein Warnsensor rot auf.

»Wer, zum Teufel, hat das Ding blockiert?« Kirk betätigte einige Tasten. Wie zögernd strebten die beiden Hälften der Tür aufeinander zu. Vom Korridor her vernahmen sie das Stakkato hastiger Schritte, und kurz darauf schob sich ein Stiefel durch den zwischen den beiden Schotthälften verbliebenen Spalt. Die Sicherheitsautomatik reagierte und öffnete die Tür ein weiteres Mal. McCoy betrat die Liftkabine, ebenfalls in einen gefütterten Overall gekleidet, und in der einen Hand hielt er eine große Tasche mit Ausrüstungsmaterialien.

»Himmel!« schnaufte der Arzt und lehnte sich schweratmend an die Wand, als sich die Kabine in Bewegung setzte. »Ich befürchtete schon, ich würde euch beide verpassen!«

Der Captain starrte ihn groß an, und als der die Bedeutung der Kleidung McCoys und seiner Tasche erfaßte, kniff er die Augen zusammen. »Nein, Pille, das kommt überhaupt nicht in Frage ...«, begann er.

»Doktor McCoy«, ließ sich Spock vernehmen, »ich kann Ihre Anwesenheit keinesfalls ak ...«

»Seid still, beide!« erwiderte der Arzt scharf. Spock hob die eine Augenbraue, als der Bordarzt fortfuhr: »Behaltet eure Einwände für euch. Ihr habt doch nicht im Ernst damit gerechnet, ich würde ruhig zusehen, während ihr euch auf ein wahnwitziges Abenteuer einlaßt, oder? Nein, nein.« Er schüttelte den Kopf. »Außerdem habe ich, was Frostbeulen angeht, größere Erfahrugen als ihr beide zusammen. Ach, es war schon immer mein Wunsch, an einem so wundervollen und angenehmen Ort wie Sarpeidon Urlaub zu machen.« Er lächelte schief und wurde dann gleich wieder ernst. »Spaß beiseite: Was ist, wenn einer von euch verletzt wird – oder ihr medizinische Hilfe für den Jungen braucht?«

Kirk war einige Sekunden lang sprachlos. »Woher weißt du davon?«

McCoy nickte in Richtung Spocks. »Ich habe ihm Gesellschaft geleistet, erinnerst du dich? Und ich sah die Höhlenmalereien. Man muß nicht unbedingt die vulkanische Logik anwenden, um dazu in der Lage zu sein, eins und eins zusammenzuzählen. Dazu bin sogar ich fähig.«

»Pille ...«, setzte Kirk in einem unheilvoll klingenden Ton an. »Du verläßt diesen Lift und kehrst in die Krankenstation zurück. Das ist ein Befehl.«

»Du vergißt dabei bloß eins, Jim: Ich habe Urlaub, genau wie ihr beide. Du kannst mir keine Anweisung im Hinblick auf den Ort geben, wo ich meine freie Zeit verbringen soll. Außerdem: Ich habe da noch einen Trumpf im Ärmel. Im Verlaufe der letzten beiden Wochen bin ich die medizinischen Informationen durchgegangen, die aus der Bibliothek Sarpeidons stammen, und dabei fand ich eine Möglichkeit, die Konditionierung Zarabeths zu neutralisieren. Wenn ihr wissen wollt, wie man das bewerkstelligen kann, so bleibt euch keine andere Wahl, als mich mitzunehmen.«

Kirk machte ein finsteres Gesicht: »Das ist Erpressung, Doktor.«

»An Bord dieses Schiffes ein allgemein übliches Mittel, um gewisse Leute zu bestimmten Verhaltensweisen zu veranlassen, Captain«, bemerkte Spock. Kirk warf ihm einen kurzen Blick zu, doch der Vulkanier sah mit ausdrucksloser Miene an ihm vorbei.

»Was hast du in deine Tasche gepackt?« wandte sich der Captain nach kurzem Zögern an McCoy.

Der Arzt lächelte triumpierend. »Das gleiche Zeug, für das du dich entschieden hast. Ich habe vom Computer eine Liste all der Dinge verlangt, die du während der vergangenen Woche aus den Lagern angefordert hast.«

»Logisch«, brummte Spock. Der Lift hielt an.

Kirk schnippte mit den Fingern. »Pille, du kannst gar

nicht mitkommen, ganz gleich, ob wir damit einverstanden sind oder nicht. T'Pau hat nur für zwei Personen eine Transfergenehmigung geholt, nicht wahr?« Hoffnungsvoll sah er den Vulkanier an.

»In meiner Anfrage habe ich drei Personen benannt, Captain. Angesichts der üblichen Neigung Doktor McCoys, immer dann auf der Bildfläche zu erscheinen, wenn man ihn am wenigsten erwartet, folgerte ich, es sei auch diesmal mit seiner Gegenwart zu rechnen. Für gewöhnlich zeichnet sich sein unlogisches Verhalten durch ein gewisses logisches Muster aus.«

Sie standen bereits auf den Transferfeldern des Transporters und vernahmen das leise Summen der zwanzig Sekunden dauernden Verzögerung, bevor McCoy Gelegenheit dazu fand, über eine angemessen scharfe Erwiderung nachzudenken. Er öffnete den Mund, um die entsprechenden Worte zu formulieren, doch in diesem Augenblick erfaßte sie der Transporterstrahl, und die drei Männer verwandelten sich in schimmernde Energiesäulen.

4. KAPITEL

Der Planet hat sich nicht verändert, dachte Kirk und blickte sich um. Der gleiche silbrige Himmel, der im Zenit eine schwarze Tönung gewann, pockennarbig mit funkelnden Sternen. Die gleichen Ruinen, umgestürzte und geborstene Säulen, einige Mauern noch nahezu unversehrt, andere kaum mehr von den natürlich gewachsenen Felsformationen zu unterscheiden. Der gleiche kalte Wind, der wie ein Phantom über die trostlose Landschaft hinwegheulte. Der gleiche Eindruck von verstrichenen Äonen. Erinnerungen quollen schubartig in Kirk empor. Er hatte bisher geglaubt, all diese Dinge verdrängt und vergessen zu haben, doch diese Umgebung wirkte wie ein spezielles Stimulans, das Licht selbst in die entferntesten Winkel seines Gedächtnisses brachte. *Edith ...*, flüsterte eine Stimme tief in seinem Innern.

»Das letztemal habe ich der Landschaft nur wenig Aufmerksamkeit geschenkt«, sagte McCoy und trat einige Schritte von Spock fort. »Gespenstisch. Und nach einiger Zeit kann man den Wind kaum noch ertragen ... Seht nur: Das dort drüben sieht wie der Überrest eines Tempels aus.« Er deutete in die entsprechende Richtung. Der Vulkanier ließ den Tricorder sinken und hob den Kopf.

»Irgendwo dort drüben befindet sich der Wächter der Ewigkeit, Doktor. In der Nähe des Zeitportals weisen die Ruinen aus irgendeinem Grund weniger Anzeichen des Verfalls auf.« Daraufhin konzentrierte sich der Vulkanier wieder auf die Anzeigen des Gerätes.

»Wächter der Ewigkeit ... das klingt ziemlich mystisch«, brummte der Doktor. Spock schenkte ihm keine

Beachtung. McCoy sah ihn kurz an und schüttelte den Kopf. Während der dreitägigen Reise hierher hatte der Vulkanier fast immer nur geschwiegen. Er war nicht bereit gewesen, an ihren Pokerpartien teilzunehmen, die – und das konnte eigentlich nicht überraschen – dem Arzt ein kleines Vermögen eingebracht hatten, auch nicht an ihren Gesprächen. Inzwischen machte sich McCoy Sorgen um ihn.

»He!« Der freundliche Ruf erklang hinter ihnen. McCoy und seine Begleiter drehten sich um und sahen eine kleine und untersetzte grauhaarige Frau, die sich ihnen näherte. Etwa hundertfünfzig Meter entfernt stand ein aus vorgefertigten Teilen errichtetes Gebäude, dessen Flanken mit der grauen Umgebung zu verschmelzen schienen und das die drei Neuankömmlinge aus diesem Grund bisher übersehen hatten.

Die Frau trat an sie heran, schnaufte ein wenig und deutete mit dem Zeigefinger auf jeden einzelnen von ihnen. »Kirk, Spock, McCoy. Ich bin Vargas. Wie geht's Ihnen?«

»Gut, danke«, erwiderte Kirk und lächelte.

»Habe Sie bereits erwartet. Lassen Sie uns dieses Zeug hier fortschaffen, und anschließend können wir uns bei einer Tasse Kaffee unterhalten – und damit meine ich echten Kaffee.« Sie holte einige Antigravgeräte hervor; dadurch kam sie wesentlich einfacher mit den Versorgungsgütern und der Ausrüstung zurecht.

Das Innere des archäologischen Stützpunkts stellte einen angenehmen Kontrast dar zu der draußen herrschenden Einöde. Die Wände waren bedeckt mit Bildern und Postern, und auf dem Boden lagen weiche Teppiche. Zu dem Gebäudekomplex gehörten mehrere Laboratorien, ein großer Aufenthaltsraum, Schlafzimmer für die neun Angehörigen der Forschungsgruppe, eine Küche, die ausreichend Platz bot, so daß darin alle die Mahlzeiten einnehmen konnten, und eine kleine, aber recht gut ausgestattete Bibliothek. Doktor Vargas führte ihre Besucher stolz herum und stellte sie den acht anderen Wissenschaftlern vor.

Nach dem Austausch der üblichen Höflichkeitsfloskeln nahmen sie in der Küche Platz und tranken den versprochenen Kaffee. Vargas nahm sich viel Zeit, den ihren voller Hingabe umzurühren, und anschließend musterte sie ihre Gäste aus zusammengekniffenen Augen. »Erklären Sie mir bitte, wie, zum *Teufel,* Sie es fertigbrachten, die Erlaubnis für die Nutzung des Wächters zu bekommen. Was für Beziehungen haben Sie spielen lassen?«

»Doktor Vargas, wir sind wegen einer Rettungsmission gekommen.« Ernst erwiderte Spock ihren Blick. »Wie Sie bereits wissen, wurde der Planet, den zu besuchen wir autorisiert sind, vor zwei Jahren zerstört. Unsere Mission kann keine Auswirkungen auf die betreffende Geschichte haben, insbesondere da die Personen, die wir retten wollen, sich in einem isolierten Bereich befinden, außerhalb des eigentlichen Zeitstroms. Aufgrund eines bestimmten ... Zwischenfalls sitzt ein Mitglied meiner Familie in der letzten Eiszeit des Planeten fest, zusammen mit einer Einheimischen Sarpeidons, die man in die Vergangenheit verbannte. Unsere Absicht besteht darin, beide in die Gegenwart zurückzuholen.«

McCoy wußte, daß Spock nicht die ganze Wahrheit sagte, und fast hätte er sich an seinem Kaffee verschluckt. Niemand schien seine Reaktion zu bemerken, und Vargas antwortete: »Ich muß mich an meine Anweisungen halten, aber ich glaube, bei Ihrem Vorhaben handelt es sich um einen großen Fehler. Die hier arbeitenden Personen sind ausnahmslos namhafte Archäologen und Historiker, doch selbst uns ist es nicht gestattet, in die Vergangenheit zu reisen. Man hat uns nur erlaubt, ein geschichtliches Bild zu rekonstruieren, indem wir die Ruinen untersuchen und uns alle Mühe geben, das Volk zu verstehen, das hier eine hohe Kultur entwickelte, während das irdische Leben sich noch auf einzellige Organismen in den Ozeanen beschränkte. Es ist zu gefährlich, die Zeitpforte zu durchschreiten – und Sie drei wissen das besser als alle anderen!«

»In der Tat.« Spock starrte auf seinen Löffel und mied den Blick Vargas'. »Wir werden alle nur erdenklichen Sicherheitsmaßnahmen ergreifen, um eine Begegnung mit dem einheimischen Leben zu vermeiden. Glücklicherweise lebte die sich entwickelnde humanoide Rasse – die zur Zeit unseres letzten Besuchs gerade einen kulturellen Entwicklungssprung vollzog, der ihre Zivilisation von einem Nomaden-Niveau auf eine seßhafte Existenz in Städten und das Betreiben von Landwirtschaft hob – ausschließlich in der südlichen Hemisphäre des Planeten. Unsere Suche hingegen beginnt etwa achttausend Kilometer nördlich des Äquators.«

Vargas seufzte. »Ich weiß, daß Sie vorsichtig sein werden, aber Sie können mich nicht davon überzeugen, es gäbe irgend etwas, das ein solches Risiko rechtfertigt. Die Gefahr ist zu groß: Die geringste Veränderung in der planetarischen Geschichte könnte zu einer Katastrophe führen ...«

Zum Beispiel der Tod einer ganz bestimmten Person – oder ihr Überleben ... fügte Kirk in Gedanken hinzu. Er nickte. »Dessen sind wir uns durchaus bewußt, Doktor Vargas. Haben Sie diese Expedition geleitet, seit die *Enterprise* den Wächter entdeckte?«

»Ja. Seit vier Jahren. Während dieser Zeit haben wir uns praktisch ständig hier aufgehalten. Aus auf der Hand liegenden Gründen kann sich die Föderation gerade in bezug auf uns keine Sicherheitsprobleme leisten. Wenn jemand fort will, muß er sich zu diesem Zweck einer peripheren Gedächtnislöschung und einer Hypno-Konditionierung unterziehen.«

»Ehrlich gesagt: Es überrascht mich, daß keine weiteren Schutzvorkehrungen getroffen wurden, Ma'am«, meinte McCoy und sah sich skeptisch um, so als rechne er damit, jederzeit könnten bewaffnete Sicherheitsbeamte die Küche betreten.

Vargas lachte leise, als sie den Blick des Arztes bemerkte. »Nein, Doktor McCoy, in den Schubladen hier liegen weder Handgranaten noch Mörser bereit! Trotzdem sind wir ausreichend geschützt. Jeden Monat patrouilliert ein Raumschiff der Föderation durch das System. Diesen Monat ist es die *Exeter,* und im nächsten Monat kommt die *Potemkin* an die Reihe. Natürlich wissen die Leute an Bord nicht, was sie eigentlich abschirmen – sie glauben, es ginge darum, eine wichtige archäologische Entdeckung vor der Neugier unbefugter Personen zu bewahren. Und in gewisser Weise trifft das ja auch zu. Ich wette aber, Sie sind der einzige Raumschiffkommandant in der ganzen Flotte, der das eigentliche Geheimnis des Wächters kennt, Captain Kirk. Und das ist der Grund, weshalb wir uns hier recht sicher fühlen können.«

»Hoffentlich haben Sie recht.« Kirk trank die Tasse aus. »Vielen Dank für den Kaffee. Mir war schon gar nicht mehr bewußt, wie abscheulich das synthetische Zeug schmeckt.«

»Wir bekommen hier nur das Beste. Wann wollen Sie die Zeitpforte durchschreiten?«

»Jetzt sofort«, sagte Spock abrupt; er stand auf und verließ das Zimmer.

Vargas wirkte überrascht, und Kirk erklärte: »Er kann es gar nicht abwarten, daß es losgeht. Er hat Ihnen eben einen Punkt verschwiegen: Der Familienangehörige, von dem er sprach, ist sein Sohn – und in erster Linie ihm gelten unsere Rettungsbemühungen.«

Daraufhin nickte die Archäologin langsam. »Jetzt verstehe ich Ihr Vorhaben besser. Ich habe eine Tochter namens Anna. Manchmal spreche ich per Subraum-Kom mit ihr ...«

Sie geleitete ihre Gäste in Richtung des Wächters. Er erhob sich inmitten der Ruinen, und er hatte eine gewisse Ähnlichkeit mit einem riesigen und unregelmäßig geformten steinernen Ring. Die unscheinbare Form ließ keine Rückschlüsse auf die sonderbare Macht des Wächters zu.

Als sie sich ihm näherten, zeichnete er sich durch eine trübe graue Tönung aus, jenem Farbton, der auch den Ruinen zu eigen war. Durch die Öffnung in der Mitte sahen sie den Tempel, auf den McCoy sie kurz nach ihrer Ankunft hingewiesen hatte.

Spock wartete bereits auf sie. Er hatte die Taschen mit der Ausrüstung abgestellt, und in der einen Hand hielt er den Tricorder. Kurz nach der Entdeckung des Wächters hatte der Vulkanier Wochen an diesem Ort verbracht und zusammen mit zwei anderen Wissenschaftlern – Experten der Föderation – das Zeitportal untersucht. Selbst nach all den umfangreichen Analysen vermochten sie noch immer keine Antwort auf die Frage nach der eigentlichen Funktionsweise des Wächters zu geben. Nach wie vor wußte man nicht, woher die Energien stammten oder wie sie zu einer Manipulation des Zeitstroms benutzt wurden. Die drei Forscher hatten sich nicht einmal darauf einigen können, ob man die Entität als einen Computer von geradezu unglaublicher Komplexität betrachten sollte oder vielmehr als eine exotische Lebensform. Kirk beobachtete das vor ihnen aufragende Gebilde, und insgeheim kam er zu dem Schluß, daß der Mensch aufgrund seiner derzeitigen Entwicklungsstufe einfach noch nicht dazu imstande war, die Natur des Wächters zu verstehen.

Andererseits aber konnte der Mensch selbst das benutzen, was er noch nicht begriff. Spock hob den Tricorder und trat vor. »Ich grüße dich.« In der Stimme des Vulkaniers, die für gewöhnlich immer so ruhig und sachlich klang, ließ sich nun deutlich ein Hauch von Ehrfurcht vernehmen, als er sich auf die bei seinem Volk übliche Art und Weise an das steinerne Etwas wandte. »Ich bin Spock, und ich habe schon einmal deine Hilfe in Anspruch genommen, um in der Zeit zu reisen. Kannst du mir die Geschichte des Planeten Sarpeidon zeigen, des früheren Trabanten der Sonne Beta Niobe?«

Es war immer erst eine Frage nötig, um eine Reaktion des Wächters zu bewirken. Die Farbtönung des Steinringes veränderte sich nun, und der Granit – wenn es Granit war – begann von innen heraus zu leuchten. Eine tiefe und seltsam vibrierende Stimme antwortete dem Vulkanier. »Ich vermag dir die Vergangenheit Sarpeidons zu zeigen. Doch der Planet hat keine Zukunft. Sieh!«

In der Mitte der Zeitpforte verschwammen die bisher sichtbaren Konturen, und dann wirbelten Bilder dahin, zu schnell, als daß das menschliche Auge die einzelnen Szenen hätte erfassen können. Streiflichter von Vulkanen, gewaltigen, reptilienartigen Tieren, Hütten aus Lehm, Häuser aus Stein, Seen, Boote, Armeen, Städte aus Stahl und Glas – und schließlich ein blendend helles Licht, das sie alle dazu veranlaßte, die Augen zuzukneifen. Während dieser ungefähr anderthalb Minuten dauernden Präsentation summte der Tricorder Spocks lauter als üblich und arbeitete mit doppelter Geschwindigkeit.

Nach einer Weile klärten sich die Darstellungskonturen im zentralen Innern der steinernen Entität, und Kirk gesellte sich an die Seite Spocks, der nun die Anzeige des Tricorders betrachtete. »Alles aufgezeichnet, Spock?«

»Ja.« Die Stimme des Vulkaniers klang dumpf. »Ich glaube, es ist mir gelungen, die richtige Epoche während der letzten Eiszeit Sarpeidons zu bestimmen. Das System der Neutronendatierung, das in Hinsicht auf die Höhlenmalereien verwendet wurde, zeichnet sich glücklicherweise durch eine hohe Genauigkeit aus. Unser Problem besteht nicht etwa in einer Determination der *Zeit* des Retransfers, sondern vielmehr des entsprechenden Ortes. Schließlich können wir nicht den ganzen Planeten absuchen.«

»Daran habe ich noch gar nicht gedacht.« Kirk richtete den Blick auf den nun schweigenden Wächter. »Und ich schätze, dieser Umstand könnte sich als recht schwierig erweisen.«

»Ich habe mir bereits Gedanken über eine mögliche Lösung gemacht. Das Zeitportal verfügt über große Macht. Vermutlich wäre der Wächter dazu in der Lage, uns an dem richtigen Ort materialisieren zu lassen – wenn ich ihm unseren diesbezüglichen Wunsch verständlich machen kann. Das will ich zumindest versuchen.« Der Vulkanier nahm eine letzte Justierung des Tricorders vor und wandte sich dann wieder dem steinernen Ring zu. Seine Stimme klang jetzt dumpf und angespannt.

»Wächter: Kannst du zwischen verschiedenen Lebensformen unterscheiden? Vermagst du zum Beispiel festzustellen, daß ich einem anderen Volk angehöre als meine Begleiter?«

»Selbst innerhalb deiner eigenen Person gibt es zwei verschiedene Wesenspole«, erwiderte der Wächter. Spock war an die Umschreibungen der Entität gewöhnt, und er nickte, hielt diese Bemerkung offenbar für eine bestätigende Antwort.

»Nun gut. In der letzten Eiszeit Sarpeidons existiert eine Lebensform, die zu meiner Spezies gehört. Wir sind von einem Blut, miteinander verwandt. Ich möchte die betreffende Person lokalisieren. Wäre es dir möglich, uns an den entsprechenden Ort zu bringen, wenn wir das Portal durchschreiten?«

Kurze Stille folgte. Dann ertönte die eigentümliche Stimme des Wächters erneut, und es schien dabei, als habe sie ihren Ursprung in der Leere über ihnen. »Alles ist möglich.«

Im Widerschein des nach wie vor glühenden Wächters wirkte das Gesicht Spocks eingefallen und grau.

Der Vulkanier ballte die Hände zu Fäusten und hakte nach: »Bedeutet das, du bist dazu in der Lage, uns im Verlaufe des Zeittransfers an den Ort zu bringen, an dem sich auch die eben von mir erwähnte Lebensform befindet?«

Erneut folgte Stille seinen Worten, unterbrochen nur von dem gespenstischen Heulen des über die Ruinen hinwegstreichenden Windes. Wie erstarrt stand Spock vor dem steinernen Ring, den Kopf hoch erhoben – so als sei er entschlossen dazu, die fremde Entität allein mit seinem Willen zu einer Auskunft zu zwingen. McCoy empfand plötzlich so etwas wie Mitleid mit dem Ersten Offizier; er trat vor und legte ihm die eine Hand auf den Arm. Die Stimme des Arztes war sanft, als er sagte: »Nehmen Sie es nicht so schwer, Spock. Irgend etwas sagt mir, es wird alles in Ordnung kommen.« Der Vulkanier warf ihm einen kurzen Blick zu, schien ihn aber gar nicht wahrzunehmen. Mit einem plötzlichen Ruck löste er sich von dem Doktor und trat an ihre Ausrüstung heran. Er öffnete seine Tasche und begann damit, sich die Thermokombination überzustreifen. Es handelte sich dabei um ein einteiliges Kleidungsstück, das auch einen Gesichtsschutz aufwies.

Der Captain setzte sich ebenfalls in Bewegung, und McCoy folgte dem Beispiel der beiden anderen Männer. »Das ist die Antwort, Pille. Er will los, ungeachtet aller Widrigkeiten. Machen wir uns bereit.«

Als sie für den temporalen Transfer fertig waren, hantierte Spock kurz an seinem Tricorder und wandte sich dann ein letztesmal an die steinerne Entität. »Wächter: Bitte zeig uns noch einmal die Vergangenheit Sarpeidons, so daß wir die Lebensform lokalisieren und retten können, die mir ähnelt.«

Es war, als verklinge für einige Sekunden sogar das Heulen des Windes, als im Zentrum des Portals sich wieder die schnelle Szenarienfolge manifestierte. Spock und seine beiden Begleiter standen vor dem großen

Ring, und die Aufregung in ihnen wuchs. Die hinter ihnen zurückgebliebene Vargas sagte: »Viel Glück – ich beneide Sie.«

»Achtung, der Transfer beginnt gleich.« Spocks Blick klebte an der Anzeige des Tricorders fest. »Eins, zwei, drei – jetzt!« Und daraufhin traten die Männer vor, mitten hinein in einen Strudel wirbelnder Energien.

Sternengefleckte Dunkelheit erwartete sie, völlige Desorientierung, Schwindel. Sie taumelten vor, zwinkerten – und eiskalte Luft wogte ihnen entgegen. Tränen quollen ihnen in die Augen, und um sie herum fauchten die Böen eines eiskalten Windes. Die ganze Welt schien weiß und grau und schwarz zu sein, und das Zischen des Sturms ähnelte der Stimme eines Dämonen. McCoy schirmte das Gesicht mit den Armen ab und fluchte. Sein Atem wehte ihm als dichte weiße Fahne von den Lippen.

»Der Transfer *mußte* natürlich des Nachts erfolgen«, brummte Kirk und tastete nach dem Gesichtsschutz der Kombi. »Setz die Maske auf, Pille. Spock – alles in Ordnung mit Ihnen?«

»Bestens, Captain. Ich schlage vor, wir sollten von dem Versuch absehen, während dieses Sturms loszumarschieren. Offenbar befinden wir uns an einem einigermaßen ebenen Ort, der zudem vor den stärksten Böen abgeschirmt ist. Ich glaube, ich erkenne dort drüben eine Art Klippe ... Wenn wir die windabgewandte Seite erreichen ...« Die drei Männer wankten einige Meter weit nach rechts, und kurz darauf ließ das schier ohrenbetäubende Heulen ein wenig nach. Sie öffneten die Taschen und machten sich daran, das Thermozelt aufzubauen, das sie mitgebracht hatten.

Im Innern jenes Zeltes war es vergleichsweise warm. Sie entspannten sich, schalteten die Lampe ein und sahen sich an. McCoys Sinn für Humor erwachte wieder, als er seine Gefährten musterte. Angesichts der aus einzelnen Wahrnehmungsfacetten bestehenden Augenschilde und der sich aus winzigen Schuppen zusammensetzenden Isolationsschichten auf Mund und Nase verglich er ihr Aussehen mit dem großer Insekten. »Ein wahrhaft gemütliches Plätzchen«, sagte der Doktor, lachte leise und nahm die Maske ab. »Wissen Sie, Spock, Sie haben wirklich ein Talent dafür, die angenehmsten Orte zu finden, wenn es um die Frage geht, wo wir den ersten Bordurlaub seit mehr als einem Jahr verbringen können.« McCoy schüttelte den Kopf, richtete seinen Blick auf den lächelnden Kirk und fuhr fort: »Herrlicher warmer Sonnenschein, eine prächtige Landschaft. Die Frauen sind hübsch und lesen uns alle Wünsche von den Lippen ab. Die Einheimischen legen großen Wert auf Gastfreundschaft ...« Der Bordarzt unterbrach sich abrupt, als in der Ferne ein dumpfes Grollen laut wurde. Nach der Art des Geräusches zu urteilen, mußte es sich um ein ziemlich großes Tier handeln.

Sie schwiegen eine Zeitlang und horchten, und kurz darauf ertönte das Brüllen erneut, gefolgt von einem langgezogenen und nach einigen Sekunden verklingenden Kreischen. Dann waren nur noch das Heulen des Windes und das leise Pochen und Knistern der an den Zeltplanen entlangkratzenden Schnee- und Eiskristalle zu hören. McCoy schluckte.

»Was war das?« fragte er leise.

»Vermutlich ein Sithar, Pille«, erklärte Kirk bereitwillig. »Ein ziemlich großes Raubtier. Ähnelt einer Mischung aus Moschusochse und Löwe. Erinnerst du dich? Eine der Höhlenmalereien stellte ein solches Wesen dar. Nach den Schätzungen der Wissenschaftler waren – sind – jene Geschöpfe etwa so groß wie irdische Büffel.«

»Fleischfresser?« fragte McCoy, und noch immer war seine Stimme kaum mehr als ein Flüstern. Spock hob die eine Augenbraue und sah Kirk an, der nun grinste.

»In der Tat«, bestätigte der Captain. »Am liebsten

verschlingen sie Bordärzte, die nicht so klug sind, auf ihre vorgesetzten Offiziere zu hören.«

McCoy starrte ihn groß an und lächelte dann schief. »Ich schätze, man könnte wirklich behaupten, ich hätte mich euch aufgedrängt. Aber verdammt: Vielleicht braucht ihr recht bald meine Hilfe!« Er zögerte und fügte hinzu: »Nun, was fangen wir mit dem Rest der Nacht an? Wollen wir hier einfach nur herumhocken und dem hungrigen Brüllen der Biester da draußen zuhören?« Mit beiden Händen griff er in die Taschen seiner Kombination. »Wir könnten uns auf wesentlich angenehmere Art und Weise die Zeit vertreiben. Wie wäre es mit einer netten Partie Poker?«

Kirk verzog das Gesicht. »Eher würde ich mich von einem Sithar verspeisen lassen, als noch einmal mein letztes Hemd an dich zu verlieren. Ich schlafe lieber.«

Der Doktor wandte sich an den Vulkanier. »Was ist mit Ihnen, Spock? Ich verspreche Ihnen auch, nicht zu mogeln.«

Der Erste Offizier schüttelte den Kopf, und in seinen Mundwinkeln zuckte es kurz. »Auch ich bin recht müde, Doktor. Vielleicht wäre der Sithar zu einem Spielchen mit Ihnen bereit – wenn Sie ihn ganz höflich darum bitten.«

McCoy lag in der Dunkelheit und lauschte dem Heulen des Windes, das selbst das Schnarchen Kirks übertönte. Es dauerte recht lange, bis er einschlief.

5. KAPITEL

Als Kirk am nächsten Morgen erwachte, war Spock fort. Hastig zog er die Thermokombi an und ließ den Doktor friedlich schlafen. Er schlug die Zugangsplane des Zeltes beiseite, und sein Blick fiel auf den Ersten Offizier, der einige Meter entfernt stand und die Landschaft beobachtete. Er trat an die Seite Spocks.

Der Sturm hatte sich inzwischen gelegt, und die Luft war kalt und rein. Beta Niobe stieg über den Horizont, ein aufgeblähter und blutroter Ball, der sich nun an einem fahlen, lavendelfarbenen Himmelsgewölbe in die Höhe schob. Die unteren Bereiche der noch verbliebenen Sturmwolken glühten in einem düsteren Purpur. Wie Kirk jetzt feststellte, hatten sie in der vergangenen Nacht ihr Lager in einer windgeschützten Bodenmulde errichtet, am Rande eines zerklüfteten Felshanges, der unmittelbar auf der rechten Seite des Zeltes in die Höhe ragte. Schnee hatte sich auf einigen kurzhalmigen und moosartigen Gewächsen angesammelt, die sich durch eine blasse aquamarinfarbene Tönung auszeichneten. An einigen Stellen im Tal gab es kleine und schmale Seen, und der nun sanfte Wind kräuselte die saphirnen Oberflächen. In der Ferne machte Kirk eine Herde von Tieren aus, die, aus seiner Perspektive betrachtet, kaum mehr waren als winzige Flecke. Nach einer Weile stellte er fest, daß McCoy zu ihm getreten war, und er drehte sich um, als er das überraschte Schnaufen des Arztes vernahm.

Links hinter ihnen reichte etwas Massives in die Höhe, eine Formation, die man auf den ersten Blick für eine erstarrte Flutwelle hätte halten können. Kirk schätzte die Entfernung auf rund zwei- bis dreihundert

Meter, und er ließ seinen Blick an der türkisfarbenen Eiswand entlanggleiten, in der sich hier und dort große Felsblöcke zeigten. Der Gletscher war mehr als hundert Meter hoch; der Captain reckte den Hals, um das Ende des gewaltigen Gebildes zu erkennen.

»Meine Güte!« entfuhr es McCoy beeindruckt. »Ist dir so etwas schon mal unter die Augen gekommen, Jim?«

»In Colorado bin ich einmal auf einem Gletscher Ski gelaufen, doch in den Rockies habe ich keinen von dieser enormen Größe gesehen. Wie lang er wohl sein mag?«

Spock sah von seinem Tricorder auf. »Bei dieser Formation handelt es sich nur um einen Teil einer weitaus größeren Eisplatte, die bis über die Ortungsgrenzen des Tricorders hinaus nach Norden reicht.«

»Ich nehme an, der Wind weht über diese Platte – wie kalt ist es?« Kirk streifte sich einen Handschuh ab, um die Luft zu fühlen.

»Die gegenwärtige Temperatur beträgt minus zehn Grad Celsius, doch infolge des Windes gewinnt man den Eindruck, als sei es noch kälter. Im Verlaufe des Tages dürften die höchsten Werte knapp über dem Gefrierpunkt liegen.«

»Nun«, meinte McCoy, »eigentlich ist es nicht so kalt, wie ich es mir angesichts einer Eiszeit vorstellte. Seit unserem letzten Aufenthalt auf diesem Planeten scheint es wärmer geworden zu sein.«

»Wir haben diesmal das Glück, während des späten Frühlings eingetroffen zu sein, und nicht im Winter, Doktor«, entgegnete Spock.

»*Dies* ist der Frühling?« platzte es verblüfft aus McCoy heraus.

»Ich glaube, Dante schrieb einmal über einen solchen Ort«, sagte Kirk nachdenklich. »Ich schaudere allein schon bei der Vorstellung, daß die Sonne zu einer Nova wird. Fällt euch die typische Struktur der Korona auf? Es sieht fast so aus, als könne Beta Niobe jederzeit explodieren.«

»Aber wir wissen, daß es bis dahin noch rund fünftausend Jahre dauern wird, Captain. Es ist unlogisch, Zeit mit Spekulationen über Unmöglichkeiten zu verschwenden. Ich schlage vor, wir beginnen mit der Suche und bleiben dabei durch die Kommunikatoren untereinander in Verbindung.« Spock wirkte ein wenig ungeduldig, als er mit dem Tricorder eine weitere Überprüfung ihrer Umgebung vornahm.

»Irgendwelche Anzeichen von Lebensformen, Spock?« fragte McCoy nervös.

»Gleich mehrere, Doktor, aber ich glaube, die entsprechenden Signale stammen in erster Linie von einigen höher entwickelten Tieren. Allerdings wird die Ortungsreichweite des Gerätes von der Bergkette beschränkt.«

»Wir müssen uns ziemlich weit über dem Meeresspiegel befinden«, meinte Kirk. »Die Luft scheint mir recht dünn zu sein.«

»Das ist korrekt, Captain. Unser gegenwärtiger Aufenthaltsort liegt etwa zweitausend Meter über dem Meeresspiegel, und die Atmosphäre Sarpeidons ist nicht ganz so dicht wie die der Erde – wohingegen die Gravitation einen Wert von 1,43 G hat. Sie und Doktor McCoy sollten vorsichtig sein, bis Sie sich an die höhere Schwerkraft gewöhnt haben.«

»Hast du einige von den Aufputschern in deine Tasche gepackt, Pille?« fragte Kirk.

McCoy lächelte. »Soll ich dir etwa noch einmal eine Dosis davon verpassen, Jim?«

Spock winkte ungeduldig. »Wir sollten jetzt aufbrechen. Denken Sie daran, die Masken aufzusetzen.«

»Warum?« fragte Kirk. »So kalt scheint es doch nicht zu sein – sieht man einmal von dem Wind ab.«

Der Vulkanier hob kurz den Tricorder. »Nach den Anzeigen zu urteilen ist diese Region in ökologischer Hinsicht typisch für uns vertraute Tundra-Gebiete. Das bedeutet, es wimmelt hier geradezu von Insekten, die man mit den irdischen Moskitos und Mücken vergleichen könnte. Am besten, wir halten uns am Rande des Tales – die Höhle befand sich schließlich in einem Höhenzug. Vielleicht finden wir sie in einer der Klippen. Halten Sie darüber hinaus nach Mineralienablagerungen Ausschau, die auf heiße Quellen hindeuten. Die Kaverne wurde auf diese Weise erwärmt.«

»Spock, erinnern Sie sich aufgrund Ihres ersten Aufenthaltes an keine Besonderheiten der Landschaft? Es könnte Wochen dauern, aber nur die Frage zu beantworten, ob uns der Wächter an den richtigen Ort brachte, oder in die richtige Zeit.« Skeptisch betrachtete Kirk die öde Umgebung.

»Captain, unser damaliger Retransfer erfolgte mitten in einem Schneesturm, und wir verfügten weder über Schutzkleidung noch Gesichtsmasken. Doktor McCoy wäre fast erfroren, und ich mußte ihn tragen. Aus diesem Grund hatte ich keine Gelegenheit, mir besondere Formationen einzuprägen.« Die Unruhe Spocks nahm weiter zu.

»Ich schätze, ich erwarte wirklich zuviel. Wollen wir nur hoffen, daß dem Wächter beim Transit kein Fehler unterlief. Pille, du wendest dich nach links. Spock übernimmt den rechten Bereich, und ich halte mich in der Mitte. Wir sollten in Sichtweite bleiben, wenn das möglich ist. Los geht's.«

Als der Schein Beta Niobes die Schneeansammlungen mit einer Patina aus zinnoberrotem Glühen überzog, trafen sich die drei Männer wieder am Ausgangspunkt ihrer Suche. Kirk und McCoy waren zu müde, um miteinander zu sprechen. Sie nahmen nur rasch eine Mahlzeit zu sich und krochen in die Schlafsäcke, noch bevor am dunkler werdenden Himmel die Sterne zu glänzen begannen. Spock kam mit der höheren Schwerkraft besser zurecht und blieb allein draußen vor dem Zelt sitzen, bis ihn die Kälte dazu zwang, sich zu seinen beiden Gefährten zu gesellen. An diesem Tag hatte niemand von ihnen Anzeichen intelligenten Lebens entdeckt – in der kalten und öden Tundra rührte sich nichts, das mit mehr als nur primitiven Empfindungen auf die Umwelt reagierte.

Zwei weitere Tage verstrichen, und die drei Männer mußten neuerliche Enttäuschungen hinnehmen. Sie durchsuchten das Tal entlang des Gletscherrandes, trafen sich anschließend an einem Ort, wo sie zuvor Nahrungsmittel gelagert hatten und legten sich dann erschöpft schlafen. Spock war der einzige, dem sowohl die dünne Luft als auch die körperlichen Erfordernisse des Unternehmens nichts auszumachen schienen. Die geistige Belastung jedoch war eine völlig andere Sache. Das Gesicht des Ersten Offiziers wirkte immer hohlwangiger und eingefallener, und McCoy vermutete, daß der Vulkanier nur wenig schlief – eine Ahnung, die sich in der dritten Nacht auf Sarpeidon bestätigte.

Der Arzt schreckte müde und benommen hoch, als er in der Ferne das Grollen und Brüllen miteinander ringender Raubtiere vernahm, und er hörte, wie Spock mit leiser Stimme einen Aufzeichnungsbericht in den Tricorder sprach. »... deuten Bodenproben darauf hin, daß die Permafrostschicht sehr dick ist. Die ganz der ökologischen Struktur der Tundra entsprechenden Gewächse weisen das übliche Muster auf. Sie bedecken den Boden nur stellenweise, und charakteristisch für sie ist die hexagonale Anordnung. In geologischer Hinsicht ...« McCoy stemmte sich auf einem Ellenbogen in die Höhe.

»Spock, was, zum Teufel, machen Sie da? Wie spät ist es eigentlich?«

»Null eins drei null fünf Komma null zwei, lokale Zeitrechnung, Doktor McCoy.«

»Und warum schlafen Sie nicht?«

»Wie Sie wissen, kommen Vulkanier längere Zeit ohne Schlaf aus. Ich halte mit Hilfe des Tricorders einige Daten fest, die später zu einem Forschungsbericht zusammengefaßt werden sollen, dem ich den Arbeitstitel gab: ›Geologische und ökologische Bedingungen in bezug ...‹«

»Spock, was *soll* das?« wurde er von Kirk unterbrochen.

»Ich bedaure es, Sie gestört zu haben, Captain. Ich war gerade damit beschäftigt, Aufzeichnungen für einen Forschungsbericht anzufertigen.«

»Können Sie nicht schlafen?« Kirk schien besorgt zu sein. »Pille, wie wär's, wenn du ihm eine Arznei gibst ...«

In der Dunkelheit tastete McCoy nach seiner Tasche, doch Spock erwiderte scharf: »Das ist nicht nötig, Doktor. Ich kann mein Bewußtsein in den Schlafzustand versetzen, wenn ich das für erforderlich erachte – ein Medikament brauche ich dafür nicht.«

»Nun, dann wäre es wirklich nett von Ihnen, wenn Sie Gebrauch von dieser Möglichkeit machen würden, Spock«, sagte McCoy gereizt. »Dann könnten Jim und ich nämlich ebenfalls ruhen.« Er streckte die Hand aus, schaltete das Licht ein und musterte den Ersten Offizier eingehend. »Lieber Himmel! Und Sie behaupten, Vulkanier brauchten keinen Schlaf. Daß ich nicht lache. Sie sind dem Zusammenbruch nahe.« Etwas sanfter fügte er hinzu: »Sie helfen dem Jungen nicht, indem Sie sich die Nacht um die Ohren schlagen und sich Sorgen um ihn machen.«

Seit dem Verlassen der *Enterprise* hatte niemand von ihnen den eigentlichen Grund für ihren Aufenthalt auf Sarpeidon zur Sprache gebracht, und offenbar behagte Spock die diesbezügliche Offenheit des Arztes nicht. »Für Sie ist es leicht, zu einer solchen Schlußfolgerung zu gelangen, Doktor, denn der Grund für unsere Mission fällt nicht unmittelbar in Ihren Verantwortungsbereich, sondern in meinen. Gegenseitige Vorwürfe sind nicht nur unlogisch, sondern ...«

»Sondern auch sinnlos«, warf Kirk ein. »Unsere Situation ist alles andere als einzigarig, Mr. Spock. Seit die Menschheit zu den Sternen aufbrach, ist es immer wieder geschehen, daß Männer und Frauen nach ihren Söhnen und Töchtern suchten. Selbst ich ...« Der Captain brach ab, als Spock und MecCoy einen bedeutungsvollen Blick wechselten. »Was soll das denn?« fragte er scharf.

»Nichts, Jim«, erwiderte McCoy und machte ein betont unschuldiges Gesicht. »Überhaupt nichts. Ich glaube, wir sollten jetzt besser schlafen.«

Am folgenden Nachmittag fand McCoy eine heiße Quelle. Rasch schaltete er den Kommunikator ein, jubelte und veranlaßte damit seine beiden Gefährten dazu, zu ihm zu eilen. Als sie ihn erreichten, hockte der Doktor am Boden und blickte in einen Felsspalt. Dampf quoll daraus hervor, und auf den Steinen zeigten sich mehrfarbige Mineralablagerungen. Spock überprüfte die betreffende Region mit seinem Tricorder, erhielt jedoch keine Anzeigen, die auf nahe Lebensformen hindeuteten. Anschließend machten sie sich daran, dem Verlauf des unterirdischen Flusses zu folgen, der sich offenbar am Rande des Höhenzuges entlangwand.

Die Aufregung über die Entdeckung der heißen Quelle dauerte bis zum Sonnenuntergang, doch als sie ihr Lager aufschlugen, machte sich nach und nach neue Niedergeschlagenheit unter ihnen breit. Wenn sie im Verlaufe der nächsten beiden Tage keine konkreten Hinweise auf intelligentes Leben fanden, so waren sie dazu gezwungen, zurückzukehren und den Versuch zu unternehmen, die Hilfe des Wächters erneut in Anspruch zu nehmen. Nach der Mahlzeit spielten Kirk und McCoy eine Zeitlang Solitär, verloren jedoch rasch den Spaß daran. Schließlich lehnten sie sich zurück und lauschten stumm dem Wind.

Nach einer Weile schauderte McCoy. »Haben Sie heute abend den Emanator aufgestellt, Spock?«

»Ja, Doktor. Wie auch an den vergangenen Abenden. Warum?«

»Ich weiß nicht – ich habe das Gefühl, als beobachte uns jemand. Dieser Planet geht mir langsam auf die Nerven. Wenn wir noch lange hierbleiben, sehe ich bald Gespenster.« Abrupt unterbrach sich der Arzt und schob die Karten so jäh zusammen, daß seine beiden Begleiter unwillkürlich zusammenzuckten.

Kirk nickte. »Ich weiß, was du meinst, Pille. Mir geht es ähnlich. Die Phantasie gerät außer Rand und Band – allein der Wind reicht aus, um selbst den Mutigsten das Fürchten zu lehren. Sie können von Glück sagen, Spock, daß Vulkanier solchen Empfindungen gegenüber immun sind.«

Der Erste Offizier wirkte recht nachdenklich. »Vielleicht sind die zurückliegenden Anstrengungen der Grund dafür, daß sich vergleichbare Ahnungen in mir entwickelt haben. Auch ich kann mich des Eindrucks nicht erwehren, daß uns jemand – etwas – beobachtet. Es begann vor einigen Stunden ...«

Erstaunt nickten Kirk und McCoy zustimmend. Spock ließ die eine Augenbraue in die Höhe steigen. »Da wir alle ähnlich empfinden und wir zum gleichen Zeitpunkt begannen, derartige Möglichkeiten zu erwägen, werden wir vielleicht *tatsächlich* beobachtet. Es mag sich um ein heranschleichendes Raubtier handeln.«

»Vermutlich haben Sie recht, Spock«, sagte der Captain. »Wir hatten Glück, daß wir bisher keine unmittelbare Konfrontation mit der hiesigen Fauna erlebten. Morgen bleiben wir zusammen. Stellt sicher, daß eure Phaser voll aufgeladen sind.«

Der nächste Morgen war so hell und klar wie die der vergangenen drei Tage. »Zumindest mit dem Wetter haben wir Glück«, meinte Kirk, als sie wieder aufbrachen und dem Verlauf des Flusses folgten, dessen heiße Wasser unter eisverkrusteten Felsen dahinflossen.

»Wir hatten mit so ziemlich allem Glück, Jim – und doch ist die Suche bisher erfolglos geblieben.« In einem Anflug von Sarkasmus hob McCoy die Augenbrauen. »Ich wäre auf der Stelle dazu bereit, auf das gute Wetter zu verzichten und sogar zu riskieren, von irgendwelchen Raubtieren angegriffen zu werden, wenn wir dafür ...« Spock war so plötzlich stehengeblieben, daß der Doktor gegen ihn stieß.

»Der Tricorder registriert etwas. »Die für gewöhnlich so ruhig und kühl klingende Stimme des Vulkaniers offenbarte nun Aufregung.

McCoy kniff die Augen zusammen und beobachtete den Höhenzug vor ihnen. Ruckartig stieß er Spock beiseite und trat an eine ganz bestimmte Stelle der Felswand heran. Mit beiden Händen strich er kurz über den Granit, auf dem sich eine dünne Eisschicht gebildet hatte, und dann wandte er sich zu seinen beiden Gefährten um. »Ich glaube, hier erfolgte der erste Retransfer durch das Atavachron!«

Mit einigen langen Schritten war der Vulkanier an seiner Seite. »Sie haben recht, Doktor. Und das bedeutet, die Höhle befindet sich ...« Spock unterbrach sich, als sich eine irrationale Befürchtung in ihm bildete. *Aus irgendeinem Grund wollte er nicht in Richtung der Kaverne blicken.* Verwirrt schüttelte er den Kopf, und seltsame Empfindungen eruptierten in ihm. *Furcht ... Haß ... Zorn ...* Er schnappte nach Luft, schwankte, preßte sich die Hände an die Schläfen. Er war sich nicht länger der Gegenwart seiner Begleiter bewußt, spürte nur jene fremden Gefühle. Ja, *fremd* waren sie! Sie hatten ihren Ursprung außerhalb seines eigenen Geistes, zielten einer emotionalen Angriffswoge gleich auf ihn zu. Als seine Knie unter der Wucht der psychischen Attacke nachzugeben drohten, rief er sich selbst zur Ordnung und setzte sich zur Wehr.

Seelische Kraft! Sie war stark, aber ... *der Geist dominiert ...* mein *Geist dominiert ... allein der meinige!* Der mentale Verbindungsstrang riß, und plötzlich war Spock wieder er selbst und stellte fest, daß Kirk und McCoy ihn stützten. Nach und nach klärte sich das Bild vor seinen Augen, und in einiger Entfernung sah er eine dunkle Öffnung im Fels, einen Höhlenzugang, den er kannte. Noch während er in die entsprechende Richtung starrte, fiel sein Blick auf eine Gestalt, die hinter einem Felsen zum Vorschein kam und zu der Kaverne lief.

Irgendwie gelang es ihm, die Hände Kirks und McCoys von sich abzustreifen, und einen Sekundenbruchteil später stürmte er selbst über das Geröll. Er bewegte sich schneller als jemals zuvor in seinem Leben. Er hörte die beiden anderen Männer, die ihm folgten. Spock hatte den Höhlenzugang nahezu erreicht, als ihn ein Stein an der Schulter traf. Er taumelte und hätte fast das Gleichgewicht verloren, doch rechtzeitig genug waren Kirk und McCoy zur Stelle und hielten ihn fest. Sie beobachteten das Wesen, das sich an die Felswand duckte.

Es handelte sich um einen Humanoiden, aber er war so sehr in zottelige Felle gehüllt, daß keine Einzelheiten zu erkennen waren. Spock trat vor, und das Wesen gab einen warnenden Knurrlaut von sich, der ganz und gar nicht menschlich klang.

Es ist Zarabeth, dachte McCoy. *Zu groß für ein Kind. Und die Einsamkeit muß sie um den Verstand gebracht haben.* Als er sich an dem Vulkanier vorbeischob, um einige beruhigende Worte an die Gestalt zu richten, bewegte sich das Wesen mit der Geschwindigkeit der Verzweiflung, und ein mittelgroßer Stein traf McCoy in der Magengegend. Dem Arzt blieb der Atem weg, und er sank zu Boden. Kirk sprang vor, sah das Aufblitzen einer Messerklinge, trat mit einem Fuß zu und hörte, wie der Stahl der Waffe über den Fels kratzte. Hände legten sich ihm um den Hals und drückten zu. Der Captain warf sich zurück und hob das eine Knie, und er spürte, wie der Angreifer sich zur Seite wand, um dem Stoß zu entgehen. Dadurch lockerte sich der Griff, der Kirk die Luft abschnürte. Mit aller Kraft preßte er die Daumen auf die Druckpunkte an den Handgelenken seines Gegners, und als die Finger nachgaben, rollte er sich schnaufend zur Seite. Das Bild vor seinen Augen verschwamm, und blindlings schlug er zu, um sich vollständig zu befreien. Unmittelbar darauf fühlte er, wie sich Zähne in seinen Unterarm bohrten, und dann erschlaffte die Gestalt des Fremden und blieb auf ihm liegen.

Spock, der den Angreifer mit einem vulkanischen Nervengriff außer Gefecht gesetzt hatte, ließ nun den Nacken des Fremden los, und der Captain schob sich unter dem Bewußtlosen hervor und rieb sich den Hals. »Alles in Ordnung, Pille?« krächzte er. McCoy war bereits aufgestanden und wankte mit aktiviertem Med-Scanner auf ihn zu. Spock und Kirk wichen ein wenig zurück, als der Arzt das Gerät über das auf dem Boden liegende Pelzbündel hielt. »Humanoid ... für einen Vulkanier typische Metabolismuswerte ... und noch etwas anderes. Helft mir, ihn umzudrehen.«

Die Kapuze, die sich der Fremde zuvor tief ins Gesicht gezogen hatte, rutschte nun zurück und offenbarte die Züge des Angreifers, einen Bart, langes schwarzes Haar, im Nacken zusammengebunden. Die Züge entsprachen denen des Gesichts der Höhlenmalerei, waren aber reifer, die eines etwa fünfundzwanzigjährigen Mannes. McCoy richtete sich wieder auf. »Sieht ganz danach aus, als seien unsere temporalen Kalkulationen nicht ganz exakt gewesen ... Aber ich schätze, besser später als nie.« Er sah zu Spock auf, richtete den Blick dann wieder auf seinen besinnungslosen Patienten. »Die rassenspezifischen Charakteristika sind eindeutig, nicht wahr?«

6. KAPITEL

Kirk konnte das Gesicht Spocks nicht sehen, doch die Stimme des Vulkaniers klang dumpf, als er ein wenig zögernd erwiderte: »Vielleicht sollten wir ... ihn ... in die Höhle bringen. Dort dürfte es wärmer sein ...«

Der Captain wartete kurz, und als sich sein Erster Offizier nicht rührte, nickte er McCoy zu. Zusammen mit dem Arzt trug er den Bewußtlosen in die Höhle. Kirk erkannte das Innere der Kaverne aufgrund der Fotografien wieder, doch seine Aufmerksamkeit galt in erster Linie Spock, der ihm in einiger Entfernung folgte. Kaum hatten sie ihre Last auf ein dickes Lager aus Fellen gelegt, wandte er sich von McCoy ab und sah den Ersten Offizier an.

Spock hatte inzwischen den Gesichtsschutz abgelegt, doch seine Miene kam nach wie vor einer Maske gleich. Die Haut spannte sich straff über den Wangenknochen, und die dunklen Augen lagen tief in den Höhlen. Ihr Blick verlor sich im Irgendwo. *Er hat einen Schock erlitten,* dachte Kirk zutiefst besorgt. *Und das ist auch nicht weiter verwunderlich. Wir wußten nicht einmal, ob unsere Suche überhaupt Erfolg haben würde, und einen Erwachsenen zu finden anstelle des erwarteten Kindes ... Was riefe das in mir hervor? Worin bestände meine Reaktion? Vermutlich erginge es mir nicht anders ...* Zögernd legte er seinem Freund die eine Hand auf den Arm. Rein äußerlich blieb Spock weiterhin wie erstarrt, doch Kirk spürte, wie angesichts seiner Berührung die innere Anspannung des Vulkaniers ein wenig nachließ.

Auch der Captain nahm nun seinen Gesichtsschutz ab, strich die Kapuze zurück und gesellte sich wieder zu McCoy, der den Bewußtlosen untersuchte. Unter den

Fellen trug der junge Mann eine lederne Tunika, und McCoy hatte die vorderen Schnüre gelöst und die Brust freigelegt. Unter einer Schicht aus Schmutz und dunklem Haar zeichneten sich deutlich die Rippenknochen ab. Der Doktor setzte den Injektor an die Schulter seines Patienten und betätigte mehrmals den Auslöser. Dann blickte er zu Kirk auf. »Er müßte gleich wieder zu sich kommen. Für jemanden, der jahrelang am Rande des Hungertodes lebte, ist er in bemerkenswert guter Verfassung. Für mich grenzt es an ein Wunder, daß er überlebte. Ich frage mich, was aus Zarabeth geworden ist ...«

Kirk sah sich um. »Es gibt hier keine zweite Schlafstelle«, sagte er und fügte hinzu: »Hast du ihm etwas gegeben, das sein Temperament dämpft?« Der Captain rieb sich den Hals, auf dem sich bereits einige blaue Flecken gebildet hatten, und unterdessen wischte ihm McCoy das Blut vom verletzten Handgelenk. »Ich möchte nicht noch einmal gegen ihn antreten müssen.« Kirk drehte kurz den Kopf und musterte Spock, der nach wie vor einige Meter entfernt stand. »Der Junge hat nicht nur die spitzen Ohren seines Vaters geerbt«, flüsterte er, »sondern auch seine Kraft.«

»Wenn er unsere Gesichter sieht, wird er nicht mehr versuchen, gegen uns zu kämpfen«, erwiderte McCoy und betrachtete nachdenklich die Anzeigen des Med-Scanners. »Ich glaube, unsere Schutzmasken haben ihm einen gehörigen Schrecken eingejagt. Meine Güte, jemand, der solche Dinge nicht kennt, hält sie gewiß für unsere wirklichen Gesichter.« Er drehte den Kopf und wandte sich an den Vulkanier. »Inzwischen müßte er eigentlich wieder bei Sinnen sein, Spock. Haben Sie irgendeine Erklärung dafür, daß er nach wie vor bewußtlos ist?«

Der Erste Offizier schüttelte den Kopf, als er auf Kirk und den Arzt zutrat. Er kam nicht ganz nahe heran, blieb stehen und starrte auf den jungen Mann.

»Die Auseinandersetzung könnte ihn geschwächt haben – er ist unterernährt«, sagte McCoy. »Jim hat ihm einige harte Schläge versetzt ...« Der Arzt musterte das ausdruckslose Gesicht Spocks und fuhr leiser fort: »Eigentlich sollten Sie dankbar sein, daß er am Leben und alt genug ist, um für sich selbst zu sorgen ... Wenn ich mich recht entsinne, wissen Sie überhaupt nicht, was Sie mit Säuglingen anfangen sollen.« Er nahm eine neuerliche Überprüfung mit dem Scanner vor und nickte. »Jetzt kommt er zu sich.«

Die Gestalt in der ledernen Tunika bewegte sich und stöhnte. Der junge Mann schlug die Augen auf. Die Pupillen waren grau und vor Furcht geweitet, doch unmittelbar darauf seufzte er leise, als er in die freundlichen blauen Augen McCoys sah, das Lächeln Kirks bemerkte. Dann hob der junge Mann den Blick und betrachtete die Züge Spocks, die aufgrund der Kapuze der Thermokombi nur undeutlich zu erkennen waren. Einige Sekunden lang beobachtete er die hochgewachsene Gestalt, um seine Aufmerksamkeit dann wieder auf die beiden Personen an seiner Seite zu richten. Der Fremde setzte sich ein wenig unsicher auf und rieb sich den Nacken. Inzwischen flackerte keine Furcht mehr in seinen Augen; vielmehr brachte sein verwunderter Blick Dutzende von Fragen zum Ausdruck.

Der Captain beobachtete kurz den Ersten Offizier, der noch immer keine Anstalten machte, Worte an seinen Sohn zu richten, und daraufhin schlüpfte er in die ihm schon zur Gewohnheit gewordene Diplomatenrolle und sagte so freundlich wie möglich: »Es tut mir leid, daß wir uns nicht unter besseren Umständen kennenlernten. Wir hätten daran denken sollen, daß unsere Gesichtsmasken für jemanden, der mit solchen Dingen nicht vertraut ist, ziemlich grotesk aussehen. Du bist sicher der Sohn Zarabeths.«

Der junge Mann nickte verblüfft, und als er antwortete, machte sein Tonfall deutlich, daß er viele Jahre lang keinen Gesprächspartner gehabt hatte. »Ja ... ich bin Zarabeths Sohn. Mein Name ... lautet Zar.« Nach und nach fiel ihm das Formulieren von Worten offenbar leichter, und es sprudelte geradezu aus ihm heraus: »Wer sind Sie? Haben Sie nach mir gesucht? Woher kommen Sie?« Zars Stimme hatte einen angenehmen Klang, war nicht ganz so tief wie die Spocks, akzentuierte präzise jede einzelne Silbe.

»Ich bin Captain Kirk von der *Enterprise*. Das hier ist mein Bordarzt Doktor Leonard McCoy.« Kirk deutete auf den Arzt, der daraufhin lächelte. Der Blick der großen grauen Augen richtete sich auf den Vulkanier, als der Captain zögerte. »Und mein Erster Offizier, Mr. Spock.«

McCoy stützte ihn, als Zar langsam aufstand, ohne Spock dabei aus den Augen zu lassen. Mit sanfter Stimme fragte McCoy: »Wo ist Zarabeth?«

Der junge Mann verzog kurz das Gesicht, so als sei die Erinnerung an seine Mutter mit Schmerzen verbunden, und nach wie vor war sein Blick auf den großen Vulkanier gerichtet, als er erwiderte: »Sie ist ... tot. Kam ums Leben, als sie in eine Gletscherspalte stürzte, vor nunmehr sieben Sommern.« Zar setzte sich in Bewegung, und es schien, als seien Kirk und McCoy für ihn gar nicht mehr zugegen. Er schritt an ihnen vorbei und blieb vor dem Vulkanier stehen.

Ihre Augen waren auf einer Höhe, und leise sagte Zar: »Spock ... der Erste Offizier der *Enterprise* ... mein Vater.« Es war kaum mehr als eine Feststellung, und McCoy hatte fast den Eindruck, als hallten diese bedeutungsvollen Worte in der Stille nach.

Spock holte tief Luft. »Ja.«

Erstaunt beobachteten Kirk und der Arzt, wie ein Lächeln das zuvor so steinerne und dunkle Gesicht des jungen Mannes zu erhellen begann. Die Miene Zars strahlte plötzlich solches Glück und ein derartiges Maß an menschlicher Wärme aus, daß der Captain und

McCoy darauf reagierten, indem sie ebenfalls lächelten. Zar öffnete nun die zu Fäusten geballten Hände, und einige Augenblicke lang dachte Kirk schon, er wolle dem großen Vulkanier um den Hals fallen. Doch irgendein Aspekt des Erscheinungsbildes Spocks, der die Hände auf den Rücken gelegt hatte und sich nach wie vor nicht rührte, hielt den jungen Mann zurück. »Ich bin froh, daß du gekommen bist«, sagte er schlicht. Es war eine der aufrichtigsten und offensten Bemerkungen, die der Captain jemals gehört hatte. Noch immer umspielte jenes verblüffende Lächeln die Lippen Zars, und er wandte sich nun wieder den beiden Menschen zu. »Und ich freue mich auch, daß Sie hier sind. Haben Sie nach mir gesucht?«

»Ja, seit inzwischen schon vier Tagen«, bestätigte Kirk.

»Wie sind Sie hierher gekommen? Meine Mutter erzählte mir viele Male von den beiden Besuchern aus der Zukunft, und sie sagte mir auch, der Planet würde auseinanderplatzen – bei dieser Katastrophe muß auch das Atavachron zerstört worden sein.«

»Wir haben Gebrauch von einer anderen Methode gemacht, dich zu finden«, erklärte der Captain. »Es handelt sich dabei um eine Zeitpforte, die man Wächter der Ewigkeit nennt. Was den Untergang dieses Planeten angeht, so hast du völlig recht. In unserer Zeit existiert er bereits nicht mehr.«

Der junge Mann nickte, strich sich einige lange Strähnen aus der Stirn und band sich das Haar mit einem ledernen Riemen fester im Nacken zusammen. Anschließend bedeckte er sich die bloße Brust und schnürte die Tunika zu. »Ich bin euch gefolgt«, sagte er, ohne dabei aufzusehen. »Ich wußte nicht, wer ihr wart, konnte es nicht einmal ahnen. Ich dachte, es mit Fremden aus einer anderen Zeit zu tun zu haben, einer anderen Welt vielleicht ... Ich habe euch nicht einmal für Wesen wie mich gehalten. Und als ich versuchte, euch zu vertreiben, entdecktet ihr mich. Als ihr auf mich zustürmtet, mußte ich mich verteidigen.«

McCoy lächelte betreten. »Nun, wir haben uns falsch verhalten. Und du verstehst wirklich zu kämpfen, Zar. Hast du uns schon lange beobachtet?«

»Seit gestern abend. Ich befand mich jenseits der Berge und jagte, und ich sah euch erst, als es schon dunkel geworden war. Ich habe in der letzten Nacht versucht, euer Lager anzugreifen, aber als ich mich dem Zelt näherte, entstand ganz plötzlich ein intensiver Schmerz in meinem Schädel, und so machte ich wieder kehrt.«

»Das war der Emanator«, sagte Kirk. »Und jetzt wissen wir auch, warum wir alle das Gefühl hatten, beobachtet zu werden! Ich dachte schon, dieser Planet ließe uns langsam überschnappen.«

Zar nickte verständnisvoll und erinnerte sich dann an das, was ihm seine Mutter von den Geboten der Gastfreundschaft erzählt hatte. »Haben Sie Durst? Ich könnte Wasser holen. Oder wenn Sie hungrig sind: In einer Nebenhöhle befindet sich ein kleiner Vorrat von gesalzenem Fleisch. Außerdem habe ich draußen das gerade erst erlegte Beutetier versteckt.«

»Vielen Dank, aber wir verfügen über unsere eigenen Nahrungsmittel.« Kirk setzte sich auf den Boden, öffnete seine Tasche und holte vier Pakete hervor. Zar ließ sich im Schneidersitz nieder, riß seine Ration auf und roch vorsichtig daran. Als er sich auf diese Weise vergewissert hatte, es mit etwas Genießbarem zu tun zu haben, verschlang er den Lebensmittelriegel innerhalb weniger Sekunden. *Ein wirkliches Paradoxon,* dachte der Captain und beobachtete den jungen Mann dabei, wie er die letzten Krumen aus dem Paket leckte. *Er spricht wie jemand, der aus der gleichen modernen Kultur stammt wie wir, doch mit seinem Aussehen und dem Verhalten ähnelt er einem Primitiven.* Er holte eine weitere Ration aus der Tasche und bot sie Zar an, der sich alle Mühe gab, den

Riegel nicht zu gierig anzustarren. »Wir haben genug davon, Zar. Nimm nur.«

Als McCoy ihm kurz darauf das dritte Paket gab, nahm es Zar erst nach einem gewissen Zögern entgegen und versuchte offenbar, sich an gute Manieren zu erinnern. »Vielen Dank.« Das letzte Nahrungskonzentrat verspeiste er langsamer, ließ aber nicht einen Krümel zurück. Geschickt und geübt leckte sich der Jäger die Finger sauber und seufzte zufrieden. »Das schmeckt ziemlich gut. Wie die Dinge, die meine Mutter aß, als ich noch klein war.«

»Wie alt bist du jetzt?« fragte McCoy.

»Fünfundzwanzig Sommer habe ich erlebt. Und bald werden es sechsundzwanzig sein.«

»Dann lebst du hier also allein, seit du neunzehn wurdest?« erkundigte sich Kirk.

»Ja.«

Der Captain schüttelte den Kopf. »Sieben Jahre der Einsamkeit – das muß doch ziemlich schlimm gewesen sein.«

Die grauen Augen musterten ihn ruhig. »Ich habe nicht viel darüber nachgedacht. Es hat keinen Sinn, Zeit zu verschwenden und über eine Situation nachzugrübeln, die man ohnehin nicht ändern kann.«

McCoy zwinkerte. »Das hört sich ganz nach jemandem an, den ich gut kenne«, brummte er.

Kirk sah in Richtung des Höhleneingangs. Draußen wuchsen die Schatten bereits in die Länge. »Es ist spät geworden. Wir müssen bald aufbrechen.«

»Wie wollen Sie zurückkehren? Hier gibt es keinen Wächter.«

»Wir wissen nicht genau, wie das Zeitportal funktioniert«, erwiderte Kirk. »Doch der Wächter scheint feststellen zu können, wann eine Mission beendet ist. Nach dem Abschluß aller Vorbereitungen machen wir alle gleichzeitig einen Schritt nach vorn – und dann sind wir wieder in unserer Zeit.«

»Ich wünschte, ich könnte Ihre Gegenwart sehen. In vielen Nächten habe ich die Sterne beobachtet und darüber nachgedacht, wie wundervoll es doch wäre, all die anderen Welten zu besuchen.« Schüchtern warf er Spock einen Blick zu. »Ich glaube, diese Sehnsucht ist in meinem Blut.«

Ganz offensichtlich hat er noch nicht begriffen, daß wir gekommen sind, um ihn mitzunehmen, dachte McCoy, und er wartete darauf, daß der Vulkanier dieses Mißverständnis ausräume. Als Spock weiterhin schwieg, entgegnete der Doktor: »Wenn wir aufbrechen, Zar, begleitest du uns. Nur deswegen kamen wir hierher.«

Die grauen Augen weiteten sich vor Überraschung, und dann blitzte in dem jungen und bärtigen Gesicht erneut das strahlende Lächeln auf. Zar wandte sich an Spock. »Du nimmst mich mit, Vater? An Bord des Raumschiffes? Um mir all die Wunder zu zeigen, von denen meine Mutter mir erzählte?«

Der Erste Offizier nickte stumm.

»Und in deiner Zeit gibt es auch immer genug zu essen?«

Der Captain war zunächst verwirrt, machte sich dann jedoch klar, daß die Nahrungsbeschaffung in einer Welt, in der man um jede Mahlzeit kämpfen mußte, von zentraler Bedeutung war. Er beeilte sich, den jungen Mann in dieser Hinsicht zu beruhigen. »Ja, bei uns gibt es immer genug zu essen.« Und mit einem fast verlegenen Seitenblick auf McCoy fügte er hinzu: »Manchmal sogar zuviel.«

Zar, der noch immer Spock ansah, wurde wieder ernst. »Du kamst hierher, um nach mir zu suchen, obgleich du mich nicht einmal kanntest. Ich ... ich danke dir ... Vater.«

Der Vulkanier rührte sich nicht, doch Kirk glaubte gesehen zu haben, wie er zusammengezuckt war. Spock drehte den Kopf, und sein Blick reichte in die Ferne. »Ich bin erst jetzt gekommen, weil ich zuvor nichts von deiner Existenz wußte. Es war eine Frage der Pflicht und Loyalität gegenüber meiner Familie.«

»Wie erfuhrst du von meiner … Geburt?«

»Ich habe das Foto gesehen, das ein Archäologe von deinem Bild an der Höhlenwand anfertigte. Für die rassenspezifischen Merkmale gab es keine andere Erklärung.« Geistesabwesend schob der Vulkanier die Kapuze zurück.

In dem matten Licht musterte der Zar die Züge seines Vaters. Nach einigen Sekunden meinte er nachdenklich: »Manchmal habe ich mich im Spiegel meiner Mutter betrachtet, doch damals war ich noch sehr jung. Im Alter von fünfzehn Sommern malte ich mein Gesicht an die Wand und stellte auch einige Jagdszenen dar. Nach dem Tode meiner Mutter sprach ich des öfteren mit jenem Bild. Doch jetzt, Vater, ist mir, als sähe ich erneut in einen Spiegel …«

»Ich würde es vorziehen, wenn du mich mit meinem Namen ansprichst«, gab Spock steif zurück. »Die Benennung mit dem Ausdruck ›Vater‹ erscheint mir unangebracht, wenn sie von einem Fremden benutzt wird.«

In den grauen Augen Zars zeigte sich kurz so etwas wie Verwirrung, und unmittelbar darauf erstarrten die Züge des jungen Gesichts, bis sie so maskenhaft waren wie die des Vulkaniers. »Wie du wünschst, Spock.« Er stand auf, griff nach dem Mantel aus zusammengenähten Fellen und verließ die Höhle.

McCoy fluchte lautlos und warf dem Ersten Offizier einen bitterbösen Blick zu, bevor er Zar folgte. Kirk war etwas verlegen und machte sich klar, daß jede Bemerkung seinerseits als Einmischung interpretiert werden konnte. »Ich sage Pille, daß wir uns beeilen müssen«, meinte er schlicht und hielt auf den Höhlenausgang zu.

Zar kniete neben dem Kadaver eines großen und mit Hörnern bewehrten Tieres, das er offenbar mit Hilfe eines ledernen Harnisches übers Eis gezerrt hatte. Kirk blieb neben dem Doktor stehen und sah zu, wie der junge Mann ein sorgfältig geschliffenes Messer hervorholte und geschickt damit begann, seine Jagdbeute zu häuten.

»Wie hast du dieses Tier erlegt?« fragte der Captain, da Zar über keine anderen Waffen zu verfügen schien als nur das Messer.

»Damit.« Der junge Mann nickte in Richtung dreier Steine, die mit ledernen Stricken zusammengebunden waren. »Meine Mutter fertigte das an ... sie las in einem Buch davon.«

»Eine Bola ... Kirk hob die Waffe hoch, betrachtete sie eingehend und schwang sie versuchsweise. »Sicher ist viel Übung notwendig, um damit ein Tier zu erlegen. Und auf diese Weise besorgst du dir all das Fleisch, das du brauchst?«

»Nein. Manchmal verwende ich auch Schlingen – oder Fallen mit Felsen und Ködern.«

»Was ist mit Pfeil und Bogen?« fragte McCoy neugierig.

Der Jäger ließ sich zurücksinken, und mit einer blutigen Hand deutete er in Richtung des Tals. »Dazu braucht man Holz, und fünf Tagesmärsche sind notwendig, um die ersten Bäume zu finden. Weiter habe ich mich nie von der Höhle entfernt.« Im Anschluß an diese Worte setzte er seine Arbeit fort.

»Wir müssen bald aufbrechen, und ich fürchte, du kannst diese Beute nicht mitnehmen«, sagte Kirk und bedachte McCoy mit einem kurzen Blick.

Zar hielt inne und stand langsam auf. »Daran habe ich gar nicht gedacht ... Sie haben natürlich recht, Captain.« Er säuberte das Messer an den Flanken des Tieres und schob es vorsichtig in die Scheide zurück. »Aber es erscheint mir als Verschwendung, den Kadaver zurückzulassen.«

Schweigend machten sie sich daran, die vor dem

Höhlenzugang verstreut auf dem Geröll liegende Campingausrüstung zusammenzupacken.

Spock war allein im Innern der Kaverne zurückgeblieben und betrachtete die Wandmalereien. Die Farben waren längst nicht so verblaßt wie die auf den Fotografien. Der Vulkanier fühlte sich verwirrt, und der sich in ihm regende dumpfe Zorn galt in erster Linie ihm selbst. Er empfand die ganze Situation als absurd, als im höchsten Maße unwahrscheinlich. Er war zu jung, um einen Sohn zu haben, der bereits »fünfundzwanzig Sommer« erlebt hatte. Spocks Blick schweifte in der Höhle umher, und in der einen Ecke sah er mehrere große Fleischstücke, die von der Decke herabhingen. In seiner Magengrube krampfte sich etwas zusammen, doch er wußte natürlich, wie unlogisch eine solche Reaktion war. Bisher hatte Zar gar keine andere Wahl gehabt, als Fleisch zu verzehren, denn die Vorräte Zarabeths mußten längst verbraucht sein.

Er betrachtete die Schlafstelle, die dort ausgebreiteten Felle, und vor seinem inneren Auge formte sich plötzlich ein kontrastreiches und plastisches Erinnerungsbild. Er sah die Frau ganz deutlich vor sich, spürte ihre Lippen auf den seinen, fühlte ihren warmen und geschmeidigen Leib ... vernahm das leise Stöhnen, als sie sich ... Heftig schüttelte Spock den Kopf und versuchte, die Reminiszenzen aus sich zu verdrängen, die er bisher in einen entlegenen Winkel seines Gedächtnisses verbannt hatte.

Aber es ist geschehen – es wäre unlogisch, es zu leugnen. Der Beweis befindet sich dort draußen. Nach einer Weile bemerkte Spock, daß es warm und stickig war in der Höhle und er zu schwitzen begonnen hatte.

Stimmen unterbrachen seine Grübeleien, und er drehte sich zu den anderen um. »Wir sind fertig«, sagte Kirk und wandte sich anschließend an Zar. »Gibt es irgend etwas, das du mitnehmen möchtest?«

Der junge Mann blickte sich nachdenklich in der

Höhle um. »Nur meine Bücher und die Waffen. Ich hole sie.«

Nach einigen wenigen Minuten kehrte er mit einem fellumwickelten Bündel zurück. »Alles klar?« fragte Kirk, als Zar sich noch einmal umsah und zögerte.

»Was ist denn, Zar?« Die Stimme McCoys klang freundlich und sanft. Er versuchte sich vorzustellen, was in dem jungen Mann angesichts des Umstandes vor sich gehen mußte, den einzigen Ort zu verlassen, der für ihn jemals so etwas wie ein Heim gewesen war – in Begleitung eines spitzohrigen biologischen Computers, der ihn als »Fremden« bezeichnet hatte.

»Es ist nur ... Ich lasse sie sehr ungern ... allein zurück.«

Kirk runzelte die Stirn. »Sie? Meinst du damit deine Mutter? Sagtest du nicht, sie sei in eine Gletscherspalte gestürzt?«

»Ja. Und ich kletterte hinab zu ihr, konnte jedoch nichts anderes mehr für sie tun, als ihre ... Leiche zu bergen. Der Boden ist zu hart, um ein Grab auszuheben, und es gibt kein Holz für ein Feuer ... Deshalb brachte ich sie in eine Höhle unter dem Eis.«

Kirk dachte kurz nach. »Würdest du den Leichnam einäschern, wenn sich dir dafür eine Möglichkeit böte?« fragte er nach einer Weile.

Der junge Mann senkte den Kopf und nickte.

»Nun, das dürfte sich mit unseren Phasern bewerkstelligen lassen. Wo befindet sich Zarabeth?«

»Ich zeige es Ihnen.«

An den rückwärtigen Bereich der Höhle schloß sich ein schmaler und kurvenreicher Tunnel an. Nach den ersten Schritten herrschte völlige Dunkelheit, doch Zar führte sie mit der Sicherheit eines Mannes, der diesen Weg oft beschritten hatte. Kirk spürte die Gegenwart McCoys, der ihm dichtauf folgte, und er lächelte schief. *Sich in diesem Labyrinth zu verirren* ... Etwas weiter entfernt erklang das Geräusch weiterer Schritte.

Nach einiger Zeit nahm der Captain voraus ein blasses und blaugrünes Schimmern wahr, und dieser Schein diente seinen Blicken als Orientierungspunkt. Nach und nach verstärkte sich das Glitzern, und schließlich verließen sie die Passage und betraten ein Gewölbe, das von einem trüben Gleißen erhellt wurde. Kirk hörte, wie McCoy überrascht nach Luft schnappte.

Die Höhle war sehr groß, und unregelmäßig geformte Felsen ragten aus den Wänden. Im Zentrum der Kaverne filterte rosarotes Licht durch einen Spalt, über dem ein Teil des Himmels zu sehen war, der sich nun infolge der untergehenden Sonne Beta Niobe purpurn verfärbt hatte. Der Rest des Gewölbes lag im Schatten des Gletschers, der eine massive Decke über ihren Köpfen bildete. Frost bedeckte Wände und Boden mit einer dünnen Patina. Eine seltsame und überaus intensive Kälte herrschte an diesem Ort, die erhabene Stille, wie man sie von einer Gruft erwartete. Der Captain richtete seine Aufmerksamkeit auf eine kleine Plattform in der Mitte der Höhle.

Der Leichnam Zarabeths ruhte auf einem ausgebreiteten Fellmantel, und bedeckt war er von einem weiteren Pelz. Die Hände waren auf der Brust zusammengefaltet, die Augen geschlossen. Das matte Licht verlieh den Zügen Zarabeths Tiefe und gab ihr ganz den Anschein, als schliefe sie nur, als könne sie jeden Augenblick erwachen.

»Sie sieht genauso aus, wie ich mich an sie erinnere«, erklang neben Kirk, die leise Stimme McCoys. Der Captain schauderte, wie gefangen in dem seltsamen Zauber, der sich in dem erstarrten Antlitz der Frau manifestierte.

»Sie sieht aus, als könnten wir sie ins Leben zurückrufen, wenn wir nur ...« Kirks Stimme war kaum mehr als ein Flüstern, und er unterbrach sich, als er neben sich ein verhaltenes Rascheln wahrnahm. Er wußte, daß

Spock sich zu ihnen gesellt hatte und nun im Zugang des Tunnels stand. Doch er widerstand der Versuchung, sich umzudrehen und den Vulkanier anzusehen.

Zar trat vor, und eine Zeitlang verharrte er neben der Plattform. Als er auf die Leiche Zarabeths herabsah, verbarg das lange Haar seine Züge. Behutsam und wie zärtlich berührten seine Fingerkuppen die kalten Wangen, und dann wich er zurück und wartete.

Kirk zog den Phaser und zögerte. Es erschien ihm geradezu als unmenschlich, den Leichnam ohne irgendeine Zeremonie zu desintegrieren. Er berührte den Arm McCoys, und zusammen mit dem Arzt setzte er sich in Bewegung und blieb vor dem Podest stehen. Der Captain räusperte sich. »An welche heilige Entität diese Frau auch geglaubt haben mag, aus welchen Überzeugungen und Idealen sie ihre Kraft bezog – ihre Seele möge ewigen Frieden finden.« Erneut zögerte er kurz. »Ich bin sicher, das Jenseits hält alle Dinge für sie bereit, die sie sich wünschte.« Seine Augen begannen zu brennen, und noch etwas leiser fügte er hinzu: »Ich wünschte, ich hätte sie zu ihren Lebzeiten kennengelernt.«

McCoy seufzte. »Sie war sehr mutig und tapfer.«

Stille schloß sich an. Kirk entsicherte die Waffe, legte an und wollte gerade den Auslöser betätigen, als aus den Schatten die Stimme Spocks erklang. »Sie war all die Wärme und Herzlichkeit, die man sich nur vorstellen kann.« Mit dem Phaser in der Hand trat der Vulkanier vor. Als Kirk und McCoy zurückwichen, hob Spock die Waffe und feuerte. Die Plattform und der Leichnam erglühten und verwandelten sich in funkelnden Staub. Einige Sekunden lang konnten sie in dem energetischen Schimmern deutlich die Konturen Zarabeths erkennen, dann war das Gewölbe leer – abgesehen von den Lebenden.

Spock ließ den Arm sinken und verharrte schweigend, als seine Gefährten an ihm vorbeitraten und sich dem Tunnelzugang näherten. Kirk gelangte zu der Überzeugung, daß er ihn noch nie zuvor so sehr als Vulkanier gesehen hatte – bis er den feuchten Glanz in den Augen seines Ersten Offiziers bemerkte.

7. KAPITEL

Zar stand ein wenig nach vorn gebeugt, um angesichts des Windes nicht das Gleichgewicht zu verlieren, und er blickte zum Wächter und den Sternen empor, die weit oben am Himmelsgewölbe glänzten, gleichzeitig fern und doch so nah. Kirk beobachtete ihn und erinnerte sich daran, wie er auf den ersten Anblick fremder Gestirne reagiert hatte. Deutlich entsann er sich an die Ehrfurcht, an das flaue Gefühl in der Magengrube, an die tiefempfundene Freude, und er lächelte. Der junge Mann berührte zögernd die Zeitpforte und richtete den Blick auf das Zentrum, in dem sich nun keine Bilder zeigten. Als Kirk und McCoy an seine Seite traten, drehte er sich zu ihnen um.

»Wie funktioniert das Portal, Captain?«

Kirk verzog das Gesicht. »Eine gute Frage, Zar – auf die ich dir leider keine Antwort geben kann. Einige der besten Wissenschaftler der Föderation haben vergeblich versucht, die Geheimnisse des Wächters zu lüften. Frag Spock; er hat vielleicht eine Theorie. Er gehörte zu denjenigen, die Gelegenheit zu eingehenden Untersuchungen bekamen.«

Nachdenklich runzelte Zar die Stirn. »Als ich das Portal eben berührte, spürte ich Leben – doch nicht von der gewöhnlichen Art.« Er suchte nach den richtigen Worten. »Der Wächter ... kommunizierte ...« Ganz offensichtlich verwirrt schüttelte er den Kopf. »Ich kann es nicht erklären.«

Kirks Augen weiteten sich. »Willst du damit etwa sagen, du ...« Er unterbrach sich, als sich das Kopfschütteln Zars mit größerem Nachdruck wiederholte. Und unmittelbar darauf vernahm der Captain eine inzwischen schon vertraute Stimme.

»He!« Doktor Vargas kam auf sie zu. »Sie sind rascher zurückgekehrt, als ich dach ...« Sie brach jäh ab, als ihr Blick auf den jungen Mann fiel. »Sie hatten also Erfolg!« Die Archäologin wandte sich Zar zu und musterte ihn. »Ich grüße Sie. Ich hatte eigentlich jemanden erwartet, der ... jünger ist.«

Zar schien nicht so recht zu wissen, wie er auf diese Bemerkung reagieren sollte, und er sah zu Spock auf. »Doktor Vargas«, sagte der große Vulkanier, »dies ist Zar. Unser Retransfer erfolgte in einer späteren Epoche als von uns gewünscht, und wir fanden einen Erwachsenen anstelle des Kindes, mit dem wir rechneten. Zar, das ist Doktor Vargas, die Leiterin der Expedition, die sich mit Analysen in Hinsicht auf das Zeitportal befaßt.«

Zurückhaltend nickte der junge Mann. Mit offensichtlicher Faszination betrachtete Vargas die Kleidung Zars. »Wenn Sie etwas Zeit erübrigen könnten, würde ich mich gern mit Ihnen unterhalten, bevor Sie diese Welt verlassen. Noch nie zuvor habe ich Kleidungsstücke aus Leder gesehen, die nicht bereits in irgendeinem Grab verrottet waren. Ich möchte unbedingt die Gelegenheit wahrnehmen, mit jemandem zu sprechen, der auf die Art und Weise unserer Vorfahren lebte. Haben Sie Darmsaiten für Näharbeiten verwendet? Und wie färbten Sie die Häute?«

Angesichts des Umstandes, daß ihn Vargas sofort akzeptierte, entspannte sich Zar sichtlich. »Ich habe tatsächlich Darmsaiten benutzt. Meine Mutter verfügte über einige Nadeln aus Metall, aber als sie entzweigingen, stellte ich mir eigene aus Bein her. Ich führe einige entsprechende Ausrüstungsgegenstände bei mir. Möchten Sie sie sehen?«

Die drei anderen Männer beobachteten schweigend, wie Zar der Archäologin die aus der Vergangenheit stammenden Artefakte zeigte. Kurz darauf entschuldigte sich Spock und schritt in Richtung des Gebäudes. Er war erst einige Meter weit gekommen, als Zar mit einigen langen Sätzen zu ihm aufschloß und ihm den Weg versperrte. »Ich muß mit dir sprechen ...«

»Ja?« Fragend kam die eine Augenbraue des Vulkaniers in die Höhe.

»Ich habe über die Macht des Wächters nachgedacht.« Die grauen Augen musterten Spock ruhig. »Da ich mich jetzt in der Gegenwart befinde ... Wäre es auch *mir* möglich, in die Vergangenheit zu reisen? Vielleicht könnte ich ... rechtzeitig zur Stelle sein, um meine Mutter zu warnen, um sie vor dem Sturz in die Gletscherspalte zu bewahren. Dann brauchte sie nicht zu sterben. Wenn du mir bitte sagen könntest ...«

Spock schüttelte bereits den Kopf. »Ausgeschlossen. Was geschehen ist, ist *geschehen.* Wenn du deine Mutter in der Vergangenheit retten würdest, könntest du nicht hier sein und von ihrem Tod wissen. Sprachliche Mittel reichen nicht zu einer genauen Beschreibung dieser Phänomene aus. Ich bin gern bereit, dir später eine entsprechende Gleichung zu zeigen.« Es glitzerte kurz in den dunklen Augen Spocks. »Es tut mir aufrichtig leid.«

Für einige wenige Sekunden offenbarten die Züge Zars Enttäuschung, dann nickte er. Der Erste Offizier blickte zu Doktor Vargas, die noch immer den Inhalt des Fellbündels untersuchte. »Doktor Vargas ...«

Die Archäologin sah auf. »Ja?«

»Ich muß eine Subraum-Nachricht ausstrahlen. Darf ich den Expeditionssender benutzen?«

Die kleine und untersetzte Frau richtete sich auf und klopfte sich Staub von den Knien des braunen Overalls. »Selbstverständlich, Mr. Spock. Ich zeige Ihnen, wo das Gerät steht. Vielleicht könnten Sie mir in diesem Zusammenhang helfen. Unser Techniker wurde letzten Monat verletzt, als er bei der Untersuchung der Ruinen stürzte, und zur Behandlung mußte er zu der nächsten Starbase gebracht werden. Bisher hat man uns noch keinen Ersatz geschickt, und einige Komponenten unserer Kommunikationsausrüstung scheinen nicht richtig zu funktionieren. Unglücklicherweise ist niemand von uns in dieser Hinsicht qualifiziert genug, um eine Reparatur auch nur in Erwägung zu ziehen.«

»Kom-Instrumente gehören nicht zu meinem eigentlichen Fachgebiet, aber ich werde trotzdem versuchen, Ihnen zu helfen.« Der Vulkanier sah Zar an. »Schließ dich dem Captain und Doktor McCoy an. Sie zeigen dir, wo du dich waschen kannst, und sie können auch dafür sorgen, daß du mit angemessener Kleidung ausgestattet wirst.«

Der junge Mann sah dem Ersten Offizier noch einige Sekunden lang nachdenklich nach, und dann gesellte er sich wieder zu den anderen.

Als sie das Gebäude der Expedition erreichten, machte sich Kirk sofort auf die Suche nach einem zusätzlichen Overall, und McCoy führte Zar in den Unterkunftsbereich, wobei ihm die Verwunderung auffiel, mit der der junge Mann die diversen Einrichtungsgegenstände betrachtete. Er gab sich jedoch recht selbstsicher, bis sie schließlich den Aufenthaltsraum erreichten. Als sie eintraten, ging automatisch das Licht an. Zar zuckte zusammen, sprang zurück, ging mit dem Messer in der Hand in die Hocke und sah sich mißtrauisch und kampfbereit um.

McCoy legte ihm beruhigend die Hand auf die Schulter. »Keine Sorge, Junge. Die Sensoren reagieren auf Körperwärme und schalten das Licht ein, wenn jemand die Türschwelle überschreitet.«

Die grauen Augen Zars waren noch immer weit aufgerissen. »Automatisch?«

»Ja. Du kannst es selbst ausprobieren.«

Sie kehrten auf den Gang zurück, und daraufhin wurde es wieder dunkel im Aufenthaltsraum. Zar setzte sich langsam und vorsichtig in Bewegung und war verblüfft, als kurz darauf erneut Licht aufflammte. Die nächsten Minuten verbrachte er damit festzustellen, wieviel von seinem Körper nötig war, um dieses für ihn so erstaunliche Phänomen zu bewirken. (Ein Bein reichte aus, wohingegen ein Fuß allein nicht genügte.)

Der Doktor beobachtete den jungen Mann amüsiert, und als Zar seine Experimente abgeschlossen hatte, machte er ihn mit den Wundern der Hygienekammer vertraut.

Insbesondere die Dusche erweckte den Argwohn Zars. »Aber Wasser ist doch zum *Trinken* da«, argumentierte er. »Es kann nicht so viel davon geben, um es auf diese Weise zu verschwenden!«

»Wir brauchen nicht extra Eis zu schmelzen, um Wasser zu bekommen, Zar. Uns steht eine unbegrenzte Menge davon zur Verfügung. Wie hast du dich denn bisher gewaschen?«

»Ich habe mich ab und zu mit Schnee abgerieben. Als meine Mutter noch lebte, verlangte sie von mir, mich öfters zu waschen, doch in der letzten Zeit ...« Die eine in Leder gehüllte Schulter des jungen Mannes deutete ein Achselzucken an.

»Dann wird es Zeit, daß du dich gründlich abschrubbst. Ich versichere dir, es ist nur zu Anfang unangenehm; später gewöhnst du dich daran, und dann macht es dir gewiß Spaß. Diese Einrichtungen hier sind recht primitiv, wenn man sie mit denen an Bord der *Enterprise* vergleicht, aber du mußt dich mit ihnen begnügen.« Der eine Mundwinkel McCoys zuckte, als er die Besorgnis im Gesicht Zars bemerkte, und er zwang sich dazu, mit strenger Stimme hinzuzufügen: »Und jetzt beeil dich. Der Captain wird gleich zurück sein. Denk daran: Die Kontrollen fürs Wasser befinden sich hier, die für Seife dort und die für warme Luft weiter rechts.« Der Arzt wandte sich zum Gehen und warf seinem nun ein wenig verdrießlich wirkenden Schützling noch einen letzten Blick zu. *»Hinein mit dir!«* befahl er und schloß die Tür der Dusche.

Aufgrund des kurz darauf laut werdenden Plätscherns schloß er, daß Zar seinen Anweisungen nachkam. McCoy lächelte und dachte daran, daß er Zar eigentlich hätte raten sollen, die Luft anzuhalten, wenn er den Kopf in den Wasserstrahl hielt.

Kirk kam mit einigen Kleidungsstücken ins Zimmer. Er horchte, als er das gedämpfte Rauschen vernahm. »Alles in Ordnung bei euch?«

»Das nehme ich an. Zar war ein wenig skeptisch, doch als ich ihm sagte, daß sich an Bord eines Raumschiffes alle Leute regelmäßig waschen, fügte er sich. Wo ist Spock?«

»Er hat sich auf den Weg gemacht, um die Nachricht abzusenden. Ich glaube, es handelt sich dabei um eine Art Bestätigung für T'Pau. Vargas sagte mir, er wolle auch versuchen, einige fehlerhafte Komponenten der Kommunikationsanlage zu reparieren.«

»Wahrscheinlich nimmt er gern die Gelegenheit wahr, nicht bei uns sein zu müssen. Wo ist meine Medbox?«

»Ich hab sie mitgebracht.« Der Captain reichte ihm den schwarzen Koffer.

»Danke.« Der Arzt entnahm der Tasche einige Arzneipatronen für den Hochdruckinjektor. »Ich muß dafür sorgen, daß er nicht gleich ans Krankenbett gefesselt wird und ich einen Patienten bekomme, der sich von gewöhnlichen Masern bis hin zu rigelianischem Fieber so ziemlich alles zuzieht, was es gibt. Vermutlich besitzt er den meisten Bakterien und Viren gegenüber keine natürliche Immunität. Ist ein netter Kerl, nicht wahr? Die Freundlichkeit selbst. Wenn ich daran denke, was einige Wochen vulkanischer Entmenschlichung aus ihm machen könnten ... Ist dir aufgefallen, auf welche Weise er Spock beobachtet? Er hat bereits damit begonnen, sein Verhalten nachzuahmen.«

»Das dürfte nur natürlich sein, oder nicht? Wie dem auch sei: An deiner Stelle würde ich mir keine allzu großen Sorgen machen. Das vulkanische Wesen zeichnet sich durch ein recht hohes Maß an Selbstvertrauen aus. Zar muß eine Menge lernen, und die Disziplin eines Vulkaniers könnte ihm dabei helfen, mit dem Kulturschock fertigzuwerden.«

McCoy schnaufte. »Meiner Meinung nach nützt die vulkanische Disziplin nur dazu, um ...« Er unterbrach sich, als das aus der Duschkabine stammende Plätschern verklang.

Kirk lächelte und hielt auf die Tür zu. »Ich überlasse es dir, Pille, ihn anzuziehen und zu rasieren. Immerhin bin ich Kommandant eines Raumschiffes und kein Kammerdiener.«

Zar war gerade unter der Dusche hervorgetreten – nackt und nunmehr sauber –, als McCoy ihm auch schon den Injektor auf den Arm preßte und den Auslöser betätigte. »Was soll das?« fragte er mißtrauisch und versteifte sich unwillkürlich, als er das Zischen des Gerätes vernahm.

»Die Injektionen dienen dazu, dich vor unseren Krankheiten zu schützen. So, das war die letzte.« Anschließend führte McCoy mit Hilfe des Scanners eine sorgfältige Untersuchung seines Patienten durch. Zwar war Zar so dünn, daß man schon von Auszehrung sprechen konnte, doch wie der Doktor zufrieden feststellte, zeichnete sich der junge Mann trotzdem durch einen recht kräftigen Metabolismus aus. *Wie ein auf Bestform trainiertes Rennpferd,* dachte McCoy. *Ganz sicher kein kritischer Fall. Breite Schultern – wenn er das seiner Statur angemessene Gewicht erreicht hat, dürfter er schwerer sein als Spock. Woher, zum Teufel, stammen diese Narben?*

Die langen und tiefen Wunden waren zwar längst verheilt, hatten aber deutlich erkennbare Spuren hinterlassen. Eine der Narben erstreckten sich über den ganzen rechten Unterarm, reichte vom Handgelenk bis zum Ellenbogen. Eine andere begann an der Außenseite des rechten Oberschenkels und verlief bis fast zum Knie.

McCoy schüttelte den Kopf, als er sich das Ausmaß der Verletzungen vorzustellen versuchte, die solche Spuren zurückgelassen hatten.

»Wie kam es dazu?« fragte der Arzt und deutete auf einige besonders auffällige Keloide.

»Ich wurde von einer Vitha angegriffen. Sie hatte Junge, und als ein Sturm losbrach, verbarg ich mich in der Nähe ihres Baus. Ich schlief ein, und als sie zurückkehrte, fand sie mich und griff mich sofort an. Es blieb mir nicht einmal die Zeit, Furcht für sie zu empfinden.«

Der Doktor reichte dem jungen Mann die Kleidung, die Kirk besorgt hatte, und als er ihm bei der Handhabung der für Zar ungewohnten Verschlüsse half, fuhr er fort: »Was soll ich mir unter einer Vitha vorstellen? Handelt es sich dabei um eins der Tiere, die du an die Höhlenwand gemalt hast?«

»Nein. Sie sind sehr scheu, und man bekommt sie nur selten zu Gesicht. Sie werden sehr aggressiv, wenn sie in eine Falle geraten, und für gewöhnlich habe ich keine Jagd auf sie gemacht. Wie ich feststellen mußte, entzünden sich die von ihren Krallen verursachten Wunden sehr leicht.« Zar hob die Arme. »Sie sind ungefähr so groß und breit, und ihre Ohren ... Mit Worten kann ich das alles nicht so gut beschreiben; mit Bildern vermag ich so etwas besser zum Ausdruck zu bringen.«

McCoy griff nach einem Stift und nahm auch einen Notizblock zur Hand, und er zeigte Zar, wie man damit umging. Die langen und schmalen Finger mit den gebrochenen Nägeln bewegten sich flink und geschickt, und innerhalb kurzer Zeit entstand die Darstellung eines bizarr anmutenden Wesens, das für McCoy so aussah, als handele es sich um eine Kreuzung zwischen Otter und Ziege. Er glaubte, sich daran zu erinnern. In einem Buch über die Vergangenheit Sarpeidons hatte er einmal die Abbildung eines entsprechenden Skeletts gesehen. Auf den Hinterbeinen aufgerichtet waren solche Geschöpfe fast zweieinhalb Meter groß. »Angesichts eines solchen Äußeren scheint es mir sehr klug von dir gewesen zu sein, daß du dich von ihnen ferngehalten hast.« McCoy betrachtete die Skizze aufmerksam. Der Stil war zwar recht primitiv, andererseits aber auch sicher, und außerdem zeichnete er sich durch eine gewisse Lebendigkeit aus. »Wenn wir wieder an Bord der *Enterprise* sind, sollte ich dich Jan Sajii vorstellen. Abgesehen von seiner Arbeit als Xenobiologe ist er auch noch ein recht bekannter Künstler. Vielleicht könnte er dir helfen, dein Talent zu entwickeln.«

Zar nickte. »Das würde mich freuen.«

McCoy nahm eine Chirurgenschere aus seiner Tasche und bedeutete dem jungen Mann, in einem nahen Sessel Platz zu machen. »Es ist fast eine Schande, diese prächtige Haarfülle zu stutzen«, meinte er und griff nach der dichten schwarzen Mähne, die Zar fast bis nach den Hüften reichte. »Doch nach den derzeit für Männer geltenden Ästhetikmaßstäben – und damit meine ich insbesondere die, die an Bord von Raumschiffen herrschen –, bleibt uns keine andere Wahl.« Feierlich legte er Zar ein großes Tuch um den Hals und begann mit entschlossenen Bewegungen zu schneiden. »Früher verbrachten Chirurgen einen Großteil ihrer Zeit, indem sie als Friseure tätig wurden. Und einige der alten Knaben trauern dem noch immer nach.«

Zar sah verwirrt auf. »Bitte?«

»Meine Bemerkung bezog sich auf alte Bräuche auf der Erde. Ich erkläre dir das später. Nun, eine der vorherigen Bemerkungen hat mich recht nachdenklich gemacht. Du sprachst davon, Furcht ›für die Vitha‹ zu empfinden. Was meintest du damit?«

»Das versuchte ich auch ... Mr. Spock gegenüber, als ich dachte, Sie würden meine Höhle finden. Doch sein Bewußtsein war zu stark für meine Furcht. Und ich konnte nicht gleichzeitig Sie alle beeinflussen.«

»Bedeutet das, du bist dazu imstande, deine eigenen

Emotionen gleichsam als eine Verteidigungsmaßnahme in ein anderes Bewußtsein zu projizieren?«

»Ich weiß nicht, wie ich es mache. Wenn ich Angst habe oder wütend bin, kann ich … meine Gedanken und Empfindungen auf eine Person oder ein Tier – vorausgesetzt, es gehört zu einer höher entwickelten Lebensform – fokussieren, und dann übertragen sich meine Gefühle in den fremden Geist. Wenn ich mich ganz darauf konzentriere, gelingt es mir manchmal, das Tier in Panik zu bringen und zur Flucht zu veranlassen. Als ich gegen die Vitha kämpfte, dachte ich schon, ich müsse sterben, und dadurch wurden Furcht und Zorn so stark, daß ich das Geschöpf damit umbrachte. Zumindest nehme ich das an. Aufgrund der Schmerzen wurde ich besinnungslos, und als ich wieder zu mir kam, war die Vitha tot – und mein Messer steckte nach wie vor in der Scheide. Nachher jedoch war ich nie wieder zu derart starken Projektionen in der Lage.«

»Hat dich Zarabeth in dieser Fähigkeit unterwiesen?«

»Nein. Sie sagte mir, einige Angehörige ihrer Familie seien dazu imstande, fremde Emotionen zu spüren und eigene Gefühle anderen mitzuteilen, doch sie selbst hatte diese Gabe nicht.«

»Was ist mit dem Erfassen von Gedanken … von mentalen Vorstellungsbildern?« fragte McCoy.

Zar dachte einige Sekunden lang darüber nach, bevor er antwortete: »Gelegentlich, wenn Sie mich berühren … weiß ich, was Sie denken. Es ist nur ein kurzer und flüchtiger Eindruck, mehr nicht. Heute, als ich zum erstenmal seit langer Zeit nicht mehr allein war, mußte ich mich abschirmen, denn ich empfand die telepathischen Streiflichter als zu verwirrend. Als ich klein war, konnte ich die Gedanken meiner Mutter lesen, doch sie sagte mir, es widerspräche den Geboten der Höflichkeit, ohne ausdrückliche Erlaubnis in ihren Geist einzudringen.«

Also hat Zar vielleicht zumindest einen Teil der vulkani-

schen Telepathie-Begabungen geerbt, überlegte McCoy. *Und außerdem die Befähigung zur emotionalen Projektion. Ich muß ihn testen, wenn wir wieder an Bord des Schiffes sind.* Er setzte seine Arbeit mit Kamm und Schere fort, und nach einigen Minuten trat er zurück und betrachtete das Ergebnis seiner Bemühungen. »Nicht schlecht. So, und jetzt kommt der Bart an die Reihe.«

Kurz darauf strich sich der junge Mann mit beiden Händen über den Kopf und rieb sich das Kinn. »Mein Nacken fühlt sich jetzt ganz kalt an.«

»Das ist nicht weiter verwunderlich«, erwiderte McCoy geistesabwesend und musterte die nun veränderten Züge Zars. *Jochbeine und Mund erinnern mich an seine Mutter, aber ...* Er schüttelte den Kopf. »Komm«, sagte er und legte die Schere in den Arztkoffer zurück. »Wir bringen hier alles in Ordnung, und anschließend besorgen wir uns etwas zu essen.«

Bei den letzten Worten leuchtete es in den grauen Augen Zars auf.

Als sie die Küche erreichten, wehten ihnen appetitanregende Düfte entgegen. Kirk und Spock waren bereits eingetroffen und saßen zusammen mit Doktor Vargas und den anderen Archäologen an einem langen Tisch. Zar zögerte auf der Türschwelle, als er voller Unbehagen bemerkte, daß sich die Blicke aller Anwesenden auf ihn richteten. Er sah sich nun mit mehr Gesichtern konfrontiert als jemals zuvor in seinem Leben, und er spürte, wie sein Herz heftiger zu pochen begann, obwohl ihm hier keine Gefahr drohte, obgleich es nichts gab, wovor er hätte fliehen müssen. Fast verzweifelt hielt er nach etwas Vertrautem Ausschau, und schließlich entdeckte er den Captain und Spock – doch ihre Mienen wirkten nicht etwa zuversichtlich, sondern schockiert.

McCoy legte ihm die Hand auf die Schulter, und Zar zuckte infolge der Berührung zusammen. »Setzen wir uns, Junge.« Zar, der Jäger, war erleichtert, daß ihm der Arzt dabei half, die Starre zu überwinden, daß er neben ihm Platz nehmen konnte und auf diese Weise den vielen Blicken entging, die er nicht verstand. Einige Sekunden lang herrschte Stille. Dann räusperte sich Doktor Vargas.

»Ich wußte gar nicht, daß es bei Vulkaniern zwischen verschiedenen Familienangehörigen so ausgeprägte Ähnlichkeiten gibt, Mr. Spock. Worin besteht Ihre Verwandtschaftsbeziehung?«

Die Stimme des Ersten Offiziers klang normal, doch er sah die Wissenschaftlerin nicht an, als er erwiderte: »Auf Vulkan sind die Familienstrukturen sehr kompliziert. Es gibt keine direkte Entsprechung für den Ausdruck, den Sie eben verwendeten.«

Eine weitere Lüge, dachte McCoy und warf Zar einen kurzen Blick zu. Der junge Mann starrte Spock mit ausdruckslosem Gesicht an, doch der Doktor war sich ganz sicher: Zar hatte nicht nur bemerkt, daß sein Vater einer direkten Antwort auswich, sondern wußte vermutlich auch, welchen Grund Spock dafür hatte.

Nach diesem kurzen Wortwechsel begannen wieder einzelne Gespräche am Tisch, und McCoy reichte seinem Schützling einige gefüllte Schüsseln. In Gedanken verglich Zar die Menge der Speisen mit der Anzahl der am Tisch sitzenden Personen und genehmigte sich daraufhin nur eine kleine Portion. Er war lange Zeit mit weniger Nahrung ausgekommen. McCoy beobachtete ihn und fragte schließlich: »Hast du keinen Hunger? An dem Ort, woher diese Lebensmittel stammen, gibt es noch viel mehr davon.«

»Genug für all diese Leute?« Der junge Mann sah sich skeptisch um.

»Natürlich. Bedien dich nur – nimm dir soviel du möchtest.« McCoy schob eine weitere Schüssel an seinen Teller heran. Zögernd kam Zar der Aufforderung des Arztes nach und begann dann langsam zu essen, wobei er recht geschickt mit Messer und Gabel umzugehen verstand. Was den Gebrauch der Schöpfkellen und Spieße anging, lernte er aus der Beobachtung der Männer und Frauen am Tisch. Wie McCoy auffiel, wählte er nur die Speisen, für die sich auch Spock entschied.

Nach der Mahlzeit lud Doktor Vargas sie dazu ein, ihr und den anderen Archäologen im Aufenthaltsraum Gesellschaft zu leisten. Sie meinte, einige der Wissenschaftler spielten diverse Musikinstrumente, und wie sie erklärte, wurde an jedem Abend eine Art kleines Konzert veranstaltet.

Als sie Platz nahmen, flüsterte Kirk McCoy zu: »Das hast du mit Absicht gemacht, Pille. Ich meine den Haarschnitt Zars, der genau dem Spocks entspricht.«

Der Arzt lächelte reulos. »Und ob«, bestätigte er. »Es wird Spock gewiß nicht schaden, ein wenig aufgerüttelt zu werden. Hast du sein Gesicht gesehen, als Zar hereinkam. Keine Gefühle – daß ich nicht lache!«

»Selbst *ich* war schockiert. Ich frage mich, wie die Besatzung reagieren wird, wenn wir an Bord der *Enterprise* zurückkehren ...«

»Aufgrund des Altersunterschiedes kann man kaum die Wahrheit vermuten, aber ...« McCoy unterbrach sich, als er bemerkte, daß nun das Konzert beginnen sollte.

Die Wissenschaftler verstanden auch in dieser Hinsicht ihr Handwerk, was in besonderem Maße auf Vargas zutraf, die die Violine spielte. Zar war geradezu bezaubert von der Musik, wie McCoy bemerkte. Nach dem Konzert betrachtete der junge Mann die Violine mit profunder Aufmerksamkeit, wagte es aber nicht, sie zu berühren. »Wie funktioniert dieses Instrument?« fragte er.

Vargas lächelte und strich mit den Fingerkuppen wie zärtlich über das glänzende Holz. »Es würde ziemlich lange dauern, Ihnen das zu erklären, Zar. Länger als die Zeit, die Sie noch hier verbringen werden. Wie Mr. Spock mir sagte, werden Sie uns morgen mit dem

Versorgungsschiff verlassen. Wenn Sie später einmal etwas über Violinen lesen, so dürfte Ihnen klarwerden, daß Sie hier etwas Einzigartiges gesehen haben. Bei dieser Violine handelt es sich um eine echte Stradivari – eine von insgesamt etwa hundert, die es außerhalb von Museumsmauern gibt. Ich brauchte eine spezielle Genehmigung dafür, sie für meine eigenen Zwecke zu nutzen, und es dauerte Jahre, bis ich das Geld gespart hatte, um sie zu kaufen.«

Der in der Nähe sitzende Spock erhob sich, kam heran und richtete einen prüfenden Blick auf die Violine. »Ein sehr gut erhaltenes Exemplar, Doktor Vargas. Und sie hat einen wundervollen Klang.«

»Spielen Sie ebenfalls, Mr. Spock?« fragte die Archäologin.

»Früher einmal war das der Fall ... vor vielen Jahren.«

»Übrigens: vielen Dank für die Reparatur unserer Kommunikationsgeräte.«

»Es war nicht weiter schwierig. Doch die Anlage müßte bald generalüberholt werden.« Der Vulkanier wandte sich an Zar. »Ich würde dich gern sprechen. Allein.«

Sie begaben sich in die Bibliothek, und dort bedeutete Spock dem jungen Mann, sich in einen Sessel zu setzen.

»Es dürfte nicht einfach werden, deine Anwesenheit zu erklären, wenn wir an Bord der *Enterprise* zurückkehren«, begann er ohne Vorrede. »Aufgrund deines ... Erscheinungsbildes werden dich die Leute für einen Vulkanier halten und deshalb ein bestimmtes Verhalten von dir erwarten. Ich meine daher, du solltest damit beginnen, dich mit der Geschichte und den Traditionen Vulkans zu befassen, so daß du dir ein Bild davon machen kannst, welche Rolle dir zukommt. Ich werde dich die Sprache Vulkans lehren, sobald du dazu bereit bist, sie zu lernen.«

Spock zögerte und holte dann einige Mikrospulen

hervor. »Hierin sind die grundlegenden Informationen enthalten.«

Zar wußte nicht, was er darauf erwidern sollte, und deshalb schwieg er.

Fragend hob Spock die eine Augenbraue. »Du *kannst* doch lesen, oder?«

»Ja«, antwortete Zar überrascht. »Vor der Verbannung arbeitete meine Mutter unter anderem als Lehrerin. Wußtest du das nicht?«

In dem schmalen Gesicht Spocks zeigte sich noch immer nicht die geringte Regung. »Nein.«

»Sie hingegen wußte viel von dir ...«

Spock stand auf. »Ich halte es für sinnlos, sich zu sehr auf Vergangenes zu konzentrieren. Wenn du mit den Speicherspulen fertig bist, entwickle ich einen Plan für deine Weiterbildung. Gute Nacht.«

Zar blieb auch weiterhin sitzen, selbst nachdem der Vulkanier gegangen war, und er fragte sich, was er jetzt unternehmen, wie er sich fortan verhalten sollte. Ein langer Tag lag hinter ihm. War es nur gut zehn Stunden her, daß er auf dem Felssims über dem Zelt der Fremden erwacht war? Er betrachtete den Küchentisch und überlegte, ob er sich darunter zusammenrollen sollte. Wahrscheinlich würde ihn dort niemand bemerken; doch andererseits war ein solches Gebaren nicht gerade höflich. Er spürte, wie ihn die Müdigkeit gegen seinen Willen zu übermannen begann, als McCoy hereinkam.

»Hier bist du also. Ich wollte dir zeigen, wo du heute nacht schlafen kannst.«

Er folgte dem Arzt in den Aufenthaltsraum, wo schon ein Schlafsack bereitgelegt worden war. »Es bleibt dir leider nichts anderes übrig, als dich auf den Boden zu legen, ebenso wie wir. Die hier arbeitenden Archäologen bekommen nur selten Besuch, und deshalb gibt es hier keine Gästezimmer mit zusätzlichen Betten. Aber die Schlafsäcke sind gar nicht so übel. Sie sind innen gefüttert und verfügen außerdem über eine integrierte

Heizung.« McCoy zeigte ihm die betreffenden Kontrollen. »Ganz so ungemütlich dürfte es also nicht werden.«

Zar lächelte. »Doktor McCoy, in der letzten Nacht habe ich auf einem Fels- und Eisvorsprung geschlafen, der nicht viel breiter war als ich selbst, und ich konnte mich dabei nur mit meinem Pelzmantel wärmen. Für mich kommt eine solche Ruhestelle hier Luxus gleich.«

»Ich verstehe. Nun, dann wünsche ich dir eine gute Nacht.« McCoy wandte sich ab, zögerte aber und drehte sich noch einmal um. »Zar ...«

»Ja?«

»Mach dir wegen des ... des Verhaltens Spocks keine Gedanken. So ist das nun einmal mit Vulkaniern.«

Der junge Mann schüttelte bedauernd den Kopf und seufzte. »Ich hätte nicht mehr erwarten dürfen. Meine Mutter erzählte mir, er sei unnahbar und schweigsam gewesen, als sie sich zum erstenmal begegneten. Später jedoch war er sehr sanft und liebevoll zu ihr. Er kennt mich noch nicht. Ich muß mich ihm erst beweisen, genau wie Zarabeth.«

McCoy war verblüfft, ließ sich jedoch nichts anmerken. Er bedachte Zar mit einem beruhigenden und aufmunternden Lächeln und verabschiedete sich dann erneut von ihm. Aus irgendeinem Grund glaubte er, noch keine Ruhe finden zu können, und deshalb ging er nach draußen.

Der kalte Wind zerzauste ihm das Haar, und weit oben am Himmel glänzten die Sterne. McCoy wanderte langsamen Schrittes umher und dachte nach. Seine erste Versuchung hatte darin bestanden, Zar die ganze Geschichte vom Atavachron und den Auswirkungen auf den Metabolismus und die Reaktionen Spocks zu erzählen. Doch es gelang ihm nicht, sich dazu durchzuringen, die Illusionen des jungen Mannes zu zerstören – und Spock hätte sicher nichts von einer solchen Einmischung seinerseits gehalten. Dennoch ... McCoy schüttelte den Kopf und erinnerte sich an den Gesichtsausdruck Spocks, als der Vulkanier Zarabeth angesehen hatte, kurz vor ihrem Aufbruch, der die junge Frau dazu verdammte, allein in der Eishöhle zurückzubleiben. Natürlich hatte sie Zar von einem anderen Spock als dem erzählt, dem er heute begegnet war. *Sanft und liebevoll ... Verdammt ...!*

McCoy lehnte sich an die Wand des Gebäudes und kam zu dem Schluß, daß die Rettung Zars dem jungen Mann weitaus mehr Probleme bescherte, als sie für ihn gelöst hatte.

8. KAPITEL

Der Rückflug an Bord des Versorgungsschiffes verlief ereignislos und war langweilig für alle – abgesehen von Zar, der viele Stunden in den Aussichtskuppeln verbrachte und die Sterne beobachtete. Wenn er nicht mit dem Studium der Aufzeichnungen beschäftigt war, die Spock ihm gegeben hatte, hielt er sich in der Steuerkanzel auf. Der Erste Offizier des Transporters, eine Tellaritin namens Gythyy, fand Gefallen an ihm und unterrichtete ihn in den Grundlagen der Navigation. Zwar mangelte es Zar an Kenntnissen in Hinsicht auf die höhere Mathematik, die für die Positions- und Kursberechnungen nötig waren, doch in Hinsicht auf die manuelle Steuerung des Schiffes erwies er sich bald als recht fähig.

Als sich die drei Offiziere der *Enterprise* in Begleitung Zars zur Ausschiffung bereitmachten, drückte Gythyy ihren Schüler gemäß den Traditionen ihres Volkes zum Abschied fest an sich und wandte sich dann Captain Kirk und den anderen zu. »Dieser junge Mann ist sehr gescheit. Wenn die Föderation keine Verwendung für ihn hat, so schicken Sie ihn zu mir zurück. Ich könnte ihn zum besten Piloten des ganzen Quadranten machen!«

Als sie über die Laderampe schritten, sah Zar aufgeregt zu Spock auf. »Hast du das gehört? Sie meinte, ich ...«

»Tellariten sind für ihren ausgeprägten Hang zu Übertreibungen bekannt«, stellte Spock ungerührt fest.

Zar war sichtlich enttäuscht und senkte den Kopf. »Ich bin mit den Mikrospulen fertig.«

Der Vulkanier nickte. »Ich bereite einen Bildungsplan für dich vor, der dich in die Lage versetzen sollte, die

Kenntnisstufe zu erlangen, die einem allgemeinen Universitätsstudium entspricht. Bis dahin empfehle ich dir keine fachlichen Spezialisierungen.«

Doktor McCoy erklärte Zar das für gewöhnlich in Starbase 11 herrschende Durcheinander, und nach einiger Zeit kehrten Spock und Kirk von den Verwaltungsbüros zurück.

Kirk winkte mit einigen Dokumenten und Computerausdrücken und meinte: »Inspektionsbestätigung, Freigabe und Fahrkarte zu den Sternen. Und neue Befehle. Die *Enterprise* wird in ein Taxi umfunktioniert, Pille: Wir sollen eine neue Bienenart für Experimente nach Sirena bringen, einem Planeten auf der anderen Seite des Sektors. Hast du schon mal als Imker gearbeitet, Leonard?«

McCoy schüttelte den Kopf. »Nein. Zu meiner letzten Begegnung mit den kleinen Teufeln kam es, als ich etwa zwölf Jahre alt war. Damals machte unsere Klasse der Sonntagsschule einen Ausflug, und ich hatte das Pech, mich auf eine Biene zu setzen, die offenbar gerade ihren Stachel wetzte.«

Die beiden Männer lachten, und Zar fragte verwirrt: »Was ist das – eine Biene?«

Und bis sie an Bord der *Enterprise* gebeamt wurden, hielt Spock ihm einen Vortrag über Leben und Verhaltungsweisen der *Hymenoptera Apis mellifera*.

Der Captain holte erleichtert Luft und blickte sich in seinem Raumschiff um. Stille herrschte an Bord, und noch waren nicht alle Besatzungsmitglieder zurückgekehrt. Er trat an die Transporterkontrollen heran, betätigte einige Tasten und lauschte dem leisen und beständigen Summen. Anschließend überflog er die Wartungsberichte und schaltete das Interkom ein.

»Computer«, ertönte aus der Wand über ihnen eine mechanisch klingende weibliche Stimme. Zar zuckte zusammen.

»Führe eine komplette Kontrolle aller Systeme durch, insbesondere derjenigen, die überholt wurden. Gib mir einen verbalen Bericht über den allgemeinen Status und bereite eine ausführliche schriftliche Meldung vor, die mir auf meine Anweisung hin zur Verfügung gestellt wird.«

»Bestätigung«, erwiderte die Sprachprozessorstimme. Und, nach einer kurzen Pause: »Die Analyse der Systeme ergibt eine Effizienzquote von plus 95 oder besser. Wünschen Sie eine Auflistung der einzelnen Komponenten?«

»Jetzt noch nicht. Ich fordere sie zu einem späteren Zeitpunkt an. Gib auf Anfrage Kopien an die einzelnen Sektionsleiter und an Mr. Spock und Chefingenieur Scott aus. Erstelle darüber hinaus Duplikate für die Wartungsdirektoren. Kirk Ende.« Der Captain wandte sich an den neben ihm stehenden Spock. »Was halten Sie davon, wenn wir Zar bei einem der unverheirateten Sicherheitsbeamten unterbringen?«

Der Vulkanier nickte. »Das wäre eine durchaus zufriedenstellende Lösung.«

McCoy trat auf sie zu und lenkte die Aufmerksamkeit der beiden Männer auf Zar, der inzwischen herauszufinden versuchte, wie nahe er an das Schott des Transporterraums herantreten mußte, damit die Sensoren reagierten und es öffneten. Der Doktor lächelte breit und schüttelte den Kopf. »Er ist neugieriger als ein junges Kätzchen ... Ich werde heute einige Tests mit ihm durchführen, Messungen des Blutdrucks, des Herzrhythmus und so weiter. Er braucht einige Aufbaustoffe, und dazu muß ich mir über die grundlegenden Funktionen seines Metabolismus klarwerden. Ich könnte auch seine Intelligenz analysieren – es sei denn, Spock, diese Aufgabe wollen Sie übernehmen.«

Der Erste Offizier wirkte nachdenklich. »Für die Entwicklung detaillierter Lehrpläne brauche ich verläßliche Angaben im Hinblick auf mehrere Bereiche der geistigen Befähigung Zars. Ich glaube aber, ein allgemeiner Intelligenz- und Psychotest wäre ebenfalls hilfreich. Den sich aus solchen Untersuchungen ergebenden Werten mangelt es zwar an endgültiger wissenschaftlicher Stichhaltigkeit, doch sie geben zumindest Hinweise, die als Basis für Schlußfolgerungen ausreichen dürften.«

McCoy seufzte und rollte kurz mit den Augen. »Sind Sie also damit einverstanden oder nicht?«

»Ja.«

»Danke. Ich brauche Ihre Hilfe für einen ganz bestimmten Test, den ich durchzuführen beabsichtige.«

Spocks Augenbrauen kamen bis zum Haaransatz empor. »*Meine* Hilfe? Ist das ein Eingeständnis von Inkompetenz Ihrerseits, Doktor?«

»Wohl kaum, Sie aufge ...« McCoy unterbrach sich gerade noch rechtzeitig und versuchte, sich zu beherrschen. »Ich möchte seinen PSI-Index in Erfahrung bringen. Ich glaube, er hat telepathische Veranlagungen – und noch eine andere Fähigkeit, die mir sehr rätselhaft erscheint. Ich benötige Informationen von einem ausgebildeten Telepathen, bevor ich irgendwelche Vermutungen anstellen kann.«

Der Vulkanier nickte nachdenklich. »Da Sie das jetzt erwähnen ... Ich erinnere mich daran, daß ich mich kurz vor der Begegnung mit Zar einem mentalen Angriff ausgesetzt spürte ...«

»Er hat mir gesasgt, dafür sei er verantwortlich gewesen. Er nannte es ›Furcht fühlen‹. Ich gebe Ihnen Bescheid, wenn ich Sie brauche.«

Der Captain winkte den jungen Mann heran. »Ich bringe dich bei einigen Angehörigen unserer Sicherheitstruppe unter. Spock führt dich in dein Quartier. Anschließend kannst du etwas essen ... nein, warte. Vielleicht schreiben die Untersuchungen Pilles einen leeren Magen vor.«

Der Doktor nickte, und Kirk fuhr fort: »Er wird dich

einigen körperlichen Belastungen aussetzen. Ein notwendiges Übel ... laß dir davon nicht den Appetit verderben. Wenn du dich heute abend abreagieren möchtest, so können wir uns um achtzehn Uhr auf dem Sportdeck treffen.«

»Vielen Dank, Captain.«

Zuerst kamen die Intelligenz- und Psychotests an die Reihe, und es folgten die physischen Untersuchungen. Als McCoy fertig war, hatte Zar das Gefühl, halb verhungert zu sein, und der Arzt war es satt, ihm die Gründe für jede einzelne Analyse zu erklären. Schließlich blieb nur noch die Feststellung des PSI-Index, und McCoy bat Spock, in die Krankenstation zu kommen.

Er wandte sich seinem Patienten zu, der auf einer der Diagnoseliegen ruhte und dessen Gesichtsausdruck dem eines Märtyrers glich. »Nur Mut, Zar. Nur noch ein Test, und dann hast du es überstanden.«

»Kann ich jetzt etwas essen?« Der Tonfall des jungen Mannes machte deutlich, daß er befürchtete, jeden Augenblick einen Schwächeanfall zu erleiden und das Bewußtsein zu verlieren.

»Noch nicht. Spock ist auf dem Weg hierher, und ich möchte, daß du ihm gegenüber diese Sache mit der emotionalen Projektion versuchst. Du weißt schon: die Gefühlsübertragung, die du Tieren und auch uns gegenüber benutzt hast, um dich zu schützen.«

»Vielleicht habe ich nicht mehr die Kraft dazu«, erwiderte Zar trübselig.

»Hallo, Doktor!« Die weibliche Stimme kam von der Tür des Analysezimmers, und als sich McCoy umdrehte, sah er Christine Chapel, seine Chefschwester, die zudem eine fähige Ärztin war.

»Wie schön, Sie wiederzusehen, Chris.« McCoy lächelte. »Sie wirken ausgeruht.«

»Mein Urlaub war herrlich – ich schätze, ich habe zehn Pfund zugenommen. Ich muß mich bestimmt einer Abma ...« In diesem Augenblick bemerkte Chapel den auf der Untersuchungsliege ruhenden Mann, und ihre blauen Augen weiteten sich vor Verblüffung, als sie die sonderbar vertrauten Züge Zars sah. Der Doktor deutete mit der einen Hand auf seinen Patienten, der Chapel mit offensichtlichem Wohlgefallen musterte. »Schwester Chapel, das ist Zar. Zar – Schwester Chapel.«

Die junge Frau zwinkerte einige Male und bedachte den jungen Mann dann mit einem Lächeln, der sie auf die Art und Weise grüßte, wie er es aufgrund des Studiums der Infospulen für angebracht hielt. »Friede und langes Leben, Schwester Chapel.«

Sie versuchte, mit den Fingern das vulkanische V zu formen und erwiderte freundlich: »Glück und langes Leben, Zar.«

McCoy bemerkte den erstaunten Blick Chapels, und es entging ihm auch nicht, wie sie andeutungsweise die Augenbrauen hob, aber er machte keine Anstalten, ihre Neugier zu befriedigen – in erster Linie deswegen, weil er gar nicht wußte, wie er ihre unausgesprochene Frage hätte beantworten sollen. Statt dessen sagte er: »Gut, daß Sie gekommen sind, Schwester; Sie können mir helfen. Ich teste Zar gerade. Ich teile Ihnen gleich mit, wie Sie mir zur Hand gehen können. Bitte nehmen Sie dort drüben Platz.«

Der Bliick der grauen Augen Zars folgte jeder einzelnen Bewegung der jungen Frau. Mit leiserer Stimme fügte der Doktor hinzu: »Zar, du hast doch Hunger, nicht wahr?«

»Ich glaube, darauf habe ich Sie bereits mehrfach hingewiesen.«

»Gut. Ich möchte, daß du dieses Gefühl auf Schwester Chapel überträgst.« Erneut richtete der junge Mann seinen Blick auf die betreffende Frau, und aus einem Reflex heraus schaltete der Arzt wieder das Diagnosefeld ein. Er registrierte die Erweiterung der Pupillen, die Beschleunigung des Atemrhythmus, die Erhöhung des Blutdrucks, und er tippte seinem Patienten auf die Brust. »Ich meine nicht *diese* Art von Appetit, Junge, sondern den deines Magens.«

Zar wirkte verwirrt, und kurz darauf kniff er die Augen zusammen und konzentrierte sich. Einige Sekunden verstrichen, und dann hob Chapel den Kopf. »Doktor ... ich weiß gar nicht, was mit mir los ist: Es kommt mir plötzlich so vor, als sei ich ... am Verhungern. Obwohl ich eben gerade etwas gegessen habe!« Sie starrte durchs Zimmer, beobachtete den jungen Mann und begann zu verstehen. »Ist *er* dafür verantwortlich?« In ihren blauen Augen zeigte sich nun berufliches Interesse. »Mentale Projektion starker Emotionen? Dabei handelt es sich ganz gewiß nicht um die Fähigkeit eines Vulkaniers.«

Sie drehten sich alle um, als sie hörten, wie sich die äußere Tür der Krankenstation öffnete, und unmittelbar darauf trat Spock ein. Chapels Blick glitt abschätzend erst über das Gesicht des Ersten Offiziers und dann über die ebenfalls fremdartig erscheinenden Züge des jungen Mannes auf der Untersuchungsliege, doch sie gab sich alle Mühe, keine Regungen zu offenbaren.

Spock zögerte und fragte schließlich: »Haben Sie bereits die Bekanntschaft Zars gemacht, Miß Chapel?«

»Ja, Mr. Spock.« Der Tonfall ihrer Stimme klang beiläufig.

Der Erste Offizier kam zu dem Schluß, es sei zumindest eine teilweise Erklärung nötig, um ausufernden Spekulationen vorzubeugen, und mit einer steifen Geste deutete er auf den jungen Mann. »Er ist ... ein Mitglied meiner Familie und bleibt für unbestimmte Zeit an Bord der *Enterprise*.«

Chapel nickte und sah McCoy an. »Brauchen Sie mich noch, Doktor? Ich habe im anderen Labor gerade ein Experiment begonnen, um das ich mich kümmern muß.«

Der Chefarzt schüttelte den Kopf und dankte seiner Chefschwester, die Zar daraufhin noch mit einem Lächeln bedachte, bevor sie das Zimmer verließ. Der junge Mann wollte es gerade erwidern, erinnerte sich aber noch rechtzeitig genug daran, welches Verhalten sein Vater von ihm erwartete.

Zar sah der jungen Frau bewundernd nach. »Sie ist sehr nett – und hübsch.«

Die nächsten dreißig Minuten verbrachten Spock und McCoy damit, Zars Fähigkeit der emotionalen Projektion zu testen. Sie stellten fest, daß er in ihnen beiden ein Hungergefühl zu bewirken vermochte, und als McCoy ihn in den Arm zwickte, konnten sowohl er als auch der Erste Offizier den Schmerz fühlen. Als der Doktor die Krankenstation verließ und sich auf ein bestimmtes Empfinden konzentrierte, erwies sich, daß Zar dazu fähig war, die entsprechende Emotion auch aus größerer Entfernung wahrzunehmen. Die erstaunliche Sensibilität des jungen Mannes erstreckte sich also über bemerkenswerte Distanzen hinweg – obgleich er darüber klagte, das emotionale »Hntergrundrauschen« der Besatzung störe ihn beim Empfangen entsprechender Empfindungsinformationen.

»Ich bin bisher allein gewesen, und die Anwesenheit anderer Personen machte es mir leicht, ihre Gefühle zu empfangen«, erklärte Zar. »Inzwischen aber muß ich mich abschirmen, denn sonst fällt es mir schwer, mich zu konzentrieren. In Hinsicht auf Gedanken gibt es nur einen Unterschied: Sie sind nicht ganz so intensiv.«

Der Ausdruck des steinernen Gesichts Spocks wurde etwas sanfter, und er nickte verständnisvoll. »Auf Vulkan geht es während der ersten Ausbildungsstufen vor allen Dingen darum, die persönlichen Barrieren zu verstärken – die mentalen Schilde –, um geistige Störungen zu vermeiden. Du scheinst einen natürlichen Psychoschirm entwickelt zu haben, und Übungen in den mentalen Disziplinen, die wir als Vedra-prah bezeichnen, dürften dir helfen. Ich glaube, durch ein Training könntest du auch die Fähigkeiten der Gedankenverbindung und Mentalverschmelzung erlernen. Ich habe mich noch nicht eingehend mit telepathischen Lehrmethoden befaßt, aber ich will trotzdem versuchen, dich bei deinen Bemühungen zu unterstützen.«

Nach der Beendigung der Tests teilte McCoy dem jungen Mann mit, er könne nun etwas essen, und er fügte der Mahlzeit ein besonders nährstoffreiches Getränk hinzu. Anschließend überließ er Zar den Speisen, und zusammen mit Spock ging er in seinem Büro die Resultatsliste durch.

»Wie ich bereits zuvor sagte: Er ist in bemerkenswert guter körperlicher Verfassung, wenn man daran denkt, was für ein Leben er bisher führte. Er weist eine erstaunliche Widerstandskraft auf – in dieser Hinsicht kann ihm keiner von uns das Wasser reichen. Ich hab ihn zwanzig Minuten lang in der Tretmühle arbeiten lassen, und er begann dabei weder zu schwitzen noch schneller zu atmen. Wir wußten bereits, daß er stark ist, ob nun aufgrund der höheren Gravitation Sarpeidons oder seines vulkanischen Erbes, aber die Untersuchungsergebnisse haben mich trotzdem überrascht. Wir sollten für sein gutmütiges Wesen dankbar sein.« McCoy überflog die anderen Einträge auf der Liste und rieb sich nachdenklich das Kinn.

»Vulkanische Gene sind offenbar in jedem Fall dominant. Zars innere Struktur unterscheidet sich kaum von der Ihren, Spock – ich hoffe, ich brauche ihn nie zu operieren. Das Gehör – ungewöhnlich gut. Er besitzt auch die für Vulkanier typischen inneren Lider, doch sein optischer Wahrnehmungssinn beschränkt sich praktisch auf den gleichen Spektralbereich wie auch bei uns Menschen. Blutgruppe ...« Der Doktor verzog das Gesicht. »Nun, ich hoffe, er benötigt nie eine Transfusion, denn in diesem Zusammenhang könnten wir ihm nicht helfen. Sein Blut zeichnet sich durch eine ausgesprochen exotische Zusammensetzung aus. Selbst die Farbe ist sonderbar – ein grünliches Grau. Kommen Sie bloß nie auf den Gedanken, sich von ihm Blut oder Thrombozyten geben zu lassen – obgleich Ihr Plasma, was das angeht, die gleiche Struktur hat. Zars Zähne sind in bester Ordnung. Das beweist deutlich die positiven Folgen einer praktisch völlig zuckerfreien Diät.«

Spock beugte sich vor. »Und die anderen Untersuchungen?«

»Angesichts der Tatsache, daß er sieben Jahre lang allein lebte, kann man ihn in psychologischer Hinsicht als recht gefestigt bezeichnen. Er ist naiv und sozial unreif, und es mangelt ihm auch an gewissen kommunikativen Fähigkeiten – doch das dürfte nicht weiter verwunderlich sein. Andererseits haben wir es mit einem ausgesprochenen Realisten zu tun, der die Bereitschaft mitbringt, sich an alle Veränderungen anzupassen – sein Stabilitätsindex ist noch höher als der Ihrige.«

Der einzige Kommentar Spocks bestand in einer hochgezogenen Augenbraue.

»Was die Intelligenz angeht: Ich habe ihn dem allgemeinen Reismann-Test unterzogen, der bei der Einschulung an Kindern durchgeführt wird – hier sind die Ergebnisse.«

Der Vulkanier beschäftigte sich eine Zeitlang mit der Aufführung der einzelnen Resultate und gab die Liste dem Doktor dann mit einem knappen Nicken zurück.

»*Das* ist Ihre einzige Reaktion darauf?« fragte McCoy scharf, und rote Flecken des Ärgers bildeten sich auf seinen Wangen. »Sie wissen verdammt gut, daß der berechnete Intelligenzquotient geradezu verblüffend hoch ist – mehr kann man wohl kaum erhoffen!« McCoy warf einen kurzen Blick in Richtung der offenen Tür und beugte sich dann über den Schreibtisch nach vorn. Mit gedämpfter und zornig zischender Stimme fügte er hinzu:

»Ich habe Sie und Zar in der letzten Zeit aufmerksam

beobachtet, und das, was ich sah, gefällt mir nicht sonderlich. Ich weiß, es geht mich eigentlich nichts an, aber wenn Sie den Geist des Jungen mit Ihrer sturen Vulkanierlogik vergewaltigen, so werde ich ...«

Spock stand auf und hob die eine Hand, um die Tirade des Arztes zu unterbrechen. »Ich danke Ihnen für die Durchführung der Tests, Doktor McCoy«, sagte er kühl und förmlich.

McCoy ließ sich wieder in seinen Sessel sinken, und er ballte hilflos die Fäuste, als er durch die offene Tür die Stimme des Ersten Offiziers vernahm. »Ich bringe dich in deine Unterkunft. Folge mir.«

»Waren die Ergebnisse der Untersuchungen ... zufriedenstellend?« fragte Zar zögernd und aufgeregt.

»Sie deuten darauf hin, daß du in absehbarer Zeit ein befriedigendes Kenntnisniveau erreichen kannst, wenn du dir Mühe gibst. Ich zeige dir die Bibliothek, und du solltest noch heute mit deinen Studien beginnen. Ich habe inzwischen den Lehrplan für dich fertiggestellt.«

»Wie du meinst ...«

Während seines Lebens auf Sarpeidon hatte Zar aufgrund heftiger Schneestürme seine Höhle wochenlang nicht verlassen können und diese Zeit der Muße dazu genutzt, seine eigene Vorstellung vom Paradies zu entwickeln. In seinem ganz persönlichen Garten Eden gab es einen Überfluß an Nahrungsmitteln – er konnte dort zu jedem beliebigen Zeitpunkt soviel essen, wie er wollte –, und darüber hinaus war es an jenem Phantasieort warm und sicher. Es standen ihm viele Bücher zur Verfügung, um seinen Wissensdurst zu stillen, und vor allen Dingen existierten dort viele Gesprächspartner. Nachdem er sieben Wochen in diesem »Paradies« verbracht hatte, sah er sich dazu gezwungen, sein diesbezügliches Konzept zu überdenken.

Die meiste Zeit über war er viel zu beschäftigt, um sich Gedanken darüber zu machen, ob er glücklich war oder nicht. Die Tage vergingen wie im Fluge: Selbststudium, sportliche Übungen zusammen mit Kirk, die Unterweisungen Spocks in bezug auf telepathische Kontrolle und mentale Disziplinen, und, in der freien Zeit, Streifzüge durch die *Enterprise*. Zar hatte sich in das Raumschiff verliebt, und Kirk, der in diesem Zusammenhang einen verwandten Geist entdeckt zu haben glaubte, ließ ihn seine Begeisterung voll ausleben. Es dauerte nicht lange, und er war für die Besatzungsmitglieder der verschiedenen Sektionen zu einem bekannten Gast geworden. Das Interesse des jungen Mannes erfreute sie, und sie gaben ihm bereitwillig Auskunft auf alle Fragen.

»Ich hoffe, nach der Auslieferung des Bienenstocks brauchen wir keine weiteren Milchmanntouren durchzuführen«, wandte sich Lieutenant Sulu nach rund einer Woche an Zar.

»Sie meinen wohl Imkertouren, oder, Sulu?« warf Uhura ein und wandte sich von den Kommunikationskontrollen ab. Sulu stöhnte.

Der Steuermann machte seinen jungen Freund mit elementaren Raumkampftaktiken vertraut und benutzte dazu das im Computer gespeicherte Logbuch der *Enterprise*. Er betätigte einige Tasten, und kurz darauf erschien eine weitere Sequenz auf dem Navigationsschirm. »Nachdem wir die Hauptphaserbatterien abfeuerten, zerstörte das entfernteste Feindschiff unsere Steuerborddeflektoren. Das brachte den Captain in eine ziemlich schwierige Lage, denn die *Hood* befand sich auf jener Seite, und fürs Manövrieren stand jenem Raumschiff nur die Notenergie zur Verfügung. Es war nicht dazu in der Lage, unsere Flanke zu schützen, und ein direkter Treffer steuerbords hätte die *Enterprise* zerstört.«

Der Blick der grauen Augen betrachtete die Darstellung auf dem Schirm, und Zar nickte. »Welche Entscheidung traf der Captain?«

»Er richtete von der Steuerbordseite aus einen Traktorstrahl auf die *Hood.* Dadurch breiteten sich die noch aktiven Deflektorschirme des anderen Raumschiffes aus, was einen begrenzten Schutz für uns bedeutete. Dann eröffneten wir das Wirkungsfeuer auf die beiden noch verbliebenen Feindkreuzer, als sie zur letzten Attacke ansetzten. Wissen Sie, mein Junge, der Gegner nahm an, die *Enterprise* habe die *Hood* nur deshalb ins energetische Schlepptau genommen, um anschließend die Flucht zu ergreifen. Aber als die beiden Schiffe in Reichweite der Geschütze kamen, setzten wir den einen Feind auf der Backbordseite mit unseren Photonentorpedos außer Gefecht, und die *Hood* beschädigte den anderen mit einer Phasersalve. Anschließend waren wir dem Gegner zwei zu eins überlegen, und daraufhin machte er sich auf und davon. Wir konnten nicht die Verfolgung aufnehmen, denn die *Hood* hatte ein Leck, und auf zwei Decks ließ der Luftdruck nach. Wir mußten den größten Teil der Besatzung des anderen Raumschiffs an Bord der *Enterprise* beamen, während die Techniker damit beschäftigt waren, das Leck abzudichten. Tja, eine Woche lang war es hier ziemlich eng.«

Es knackte im Lautsprecher des Brücken-Interkoms. »Lieutenant Sulu«, erklang die Stimme Spocks.

»Hier Sulu, Sir.«

»Ist Zar bei Ihnen?«

»Ja, Sir.«

»Teilen Sie ihm mit, er soll zu mir in die Bibliothek kommen. Ich möchte sofort mit ihm sprechen. Spock Ende.«

Der Steuermann drehte den Kopf, um die Nachricht an Zar weiterzugeben, doch der hatte bereits den Turbolift betreten, und hinter ihm schloß sich die Tür.

Sulu zuckte mit den Schultern und sah Uhura an. »Ich beneide ihn wirklich nicht. Man muß schon Nerven wie Stahl haben, um unseren Ersten Offizier auch nur in *einem* Fach als Lehrer zu ertragen. Ich weiß, wovon ich spreche: Ich habe einmal an einem Kurs in Quantenphysik teilgenommen, den er veranstaltete. Stellen Sie sich vor, wie er die ganze Zeit über persönlich die Arbeit jedes einzelnen Schülers überwacht ...«

Uhura war nachdenklich geworden. »Er ist ziemlich streng mit Zar, aber vielleicht entwickeln Vulkanier nur auf diese Weise ihre stoische Natur.«

»Das widerspricht dem, was ich in diesem Zusammenhang gelesen habe. Die meisten Familien Vulkans sind äußerst diszipliniert, doch auch fürsorglich. Spock hingegen verhält sich Zar gegenüber noch verschlossener und unpersönlicher als gegenüber allen anderen an Bord.«

»Mir ist etwas aufgefallen, das diesen Umstand vielleicht erklärt. Haben Sie Zar jemals tief in die Augen gesehen?« Uhura beugte sich ein wenig vor, und ihre Stimme war nun gedämpft und klang bedeutungsvoll.

»Nein – die Augen anderer Männer interessieren mich nicht in diesem Maße.« Sulu lächelte.

»Sie sind grau. Und ich habe noch nie von einem Vulkanier gehört, der eine solche Augenfarbe hat. Vor einiger Zeit fragte ich ihn nach seiner konkreten Verwandtschaftsbeziehung zu Spock.«

»Und was hat er geantwortet?«

»Sein Blick reichte in der für ihn typischen Art und Weise in die Ferne, und er meinte, die vulkanischen Familienstrukturen seien außerordentlich komplex und ließen sich nicht mit von uns verwendeten Ausdrücken beschreiben.«

»Damit hat er vermutlich recht.« Sulu überlegte. »Die erstaunliche Ähnlichkeit zwischen ihnen deutet jedoch darauf hin, daß sie enge Verwandte sind. Wenn ich nicht genau wüßte, daß Spock keine Brüder hat ...«

»Abgesehen von der Augenfarbe kommt mir an der ganzen Sache noch etwas anderes seltsam vor. Ich würde wetten, daß Zar auch menschliche Gene hat, und wahrscheinlich setzt Spock ihm deshalb so sehr zu.«

»Wenn das stimmt, so kann man das Verhalten unseres Ersten Offiziers nur als unlogisch bezeichnen, denn auch er selbst ...«

Der Navigator unterbrach sich abrupt und wandte sich wieder seiner Konsole zu, als sich das Brückenschott öffnete und der Captain eintrat. »Bericht, Mr. Sulu.«

»Alle Systeme normal, Sir. Angeordneter Kurs liegt an. Wir fliegen mit Warp-Faktor vier.«

Zar wußte natürlich von den Spekulationen hinsichtlich seiner Beziehung zu dem Vulkanier. Es war ihm völlig unmöglich, *nicht* darauf aufmerksam zu werden. Die ihm angeborenen telepathischen Fähigkeiten, die inzwischen durch die auf Vulkan gebräuchlichen Disziplinen der Mentalverbindung verstärkt wurden, ließen sich jetzt so gut kontrollieren, daß er damit nach Belieben mit dem Ersten Offizier zu kommunizieren vermochte. Allerdings gab es dabei eine Beschränkung: Es standen ihm nur die logischen und rein rationalen Bereiche der Intelligenz Spocks offen. Zars Kenntnisse in der Sprache Vulkans wuchsen überproportional mit jeder Unterweisung. Er konnte sich auf die erste Ebene zurückziehen, sich in ihrer kühlen Präzision erfrischen, ihrer emotionslosen und mathematischen Struktur, die allein ausgerichtet war auf die Effizienz von Mitteilungen. Die erste Ebene, bar praktisch jeder Persönlichkeit, der es an all dem mangelte, wonach sich das gefühlsmäßige Wesen des jungen Mannes sehnte. Die erste Ebene – und die Barriere, der Gedankenschild, der Bereich der Blockade und Abschirmung.

Irgendwie verwandelte sich jene dicke mentale Mauer nach und nach in einen Feind für Zar. Sie erhob sich im Hintergrund eines jeden Kontaktes und erinnerte den jungen Mann daran, daß er praktisch nichts von dem Fremden wußte, der einerseits sein Vater war und sich andererseits so sehr von der Person unterschied, die seine Mutter ihm beschrieben hatte. Der mentale Schild stand zwischen ihnen, verhinderte persönliche Nähe, jede Art von gemeinsamem Empfinden, und der Haß, den Zar dieser Barriere entgegenbrachte, nahm immer mehr zu – obgleich er ganz genau wußte, wie irrational diese Reaktion war.

Spock spürte die wachsende Anspannung in dem jungen Mann, schenkte ihr aber keine Beachtung – was fast zu seinem Verderben geführt hätte. Sie hatten sich mental miteinander verbunden und die Finger an die Schläfen gepreßt, und massive Blöcke aus Informationsassoziationen wechselten zwischen beider Bewußtsein hin und her, als Spock spürte, wie der von Zar ausgehende Kommunikationsstrom nachließ. Er begriff, daß der junge Mann seine Gedankenschilde gesenkt hatte. Hastig zog sich Spock zurück und strukturierte seine eigene Barriere dichter, lehnte das Angebot seines Sohnes ab, die Psychen miteinander zu verschmelzen, weigerte sich, die geistige Verbindung zu vertiefen. Doch bevor der Vulkanier ganz zurückweichen konnte, spürte er die Woge kommen: eine Flutwelle aus wirren Emotionen, hohe Wogen aus intensiven Empfindungen, die an seinen Schild prallten. Zars Kommunikation war ebenso inkohärent und wortlos wie wuchtig und kraftvoll, und der Vulkanier schauderte. Er fühlte, wie er von den mentalen Wellen auf eine Ebene gespült wurde, die sich in erster Linie durch eine emotionale Natur auszeichnete. Einige Sekunden lang waren sie *eins,* und Spock empfand Schmerz, nichts anderes als nur eine fast unerträgliche Pein.

Der Erste Offizier schüttelte heftig den Kopf und kämpfte selbst dann noch gegen den von den Fingern Zars an seinen Schläfen verursachten Druck an, als die Hände des jungen Mannes erschlafften. Spock taumelte einen Schritt zurück, schwankte ein wenig und schlug die Augen auf. In der Stille war nur ihr rasches Atmen zu vernehmen.

Zars Gesicht war fahl. »Es tut mir leid. Ich wußte

nicht ... Ich habe nur versucht ...« Er gestikulierte hilflos.

Der Vulkanier hörte, wie die Erinnerung an den Schmerz in seiner Stimme widerklang, als er krächzte: »Auf Vulkan gilt das, was du gerade versucht hast, als abscheuliches Verbrechen. Die zwangsweise Herbeiführung einer Gedankenverschmelzung wird als mentale Nötigung erachtet.«

Zar nickte müde, und Spock spürte die Niedergeschlagenheit des jungen Mannes, die auch in seinem Tonfall zum Ausdruck kam: »Das ist mir jetzt klar. Ich habe mich zu etwas hinreißen lassen, was ich nun bedaure ... Es war ein Fehler. Ich bitte dich um Entschuldigung.«

Die Pein ließ nach, und zurück blieb ein physischer Schatten – pochende Kopfschmerzen. Spock hatte das Gefühl, als staue sich hinter seinen Augen Druck an, und seine Stimme klang schärfer als beabsichtigt, als er antwortete: »Vergiß das nie. Wenn du das noch einmal versuchst, kann ich dich nicht weiter unterrichten.«

Zar kniff die Augen zusammen. »Du behandelst mich so, als sei ich ein Niemand. Und der Unterricht ähnelt meiner Ansicht nach mehr dem Programmieren eines Computers.« Dann veränderte sich sein Gesichtsausdruck, und er machte Anstalten, dem großen Vulkanier die Hand entgegenzustrecken. »Ich kann dich nicht *erreichen. Warum nicht?*«

Zorn quoll in Spock empor, genährt teilweise von dem immer noch in ihm verbliebenen Schmerz, und er entsann sich daran, diese Frage – ausgedrückt mit anderen Worten – schon des öfteren gehört zu haben. *Warum,* so wandte er sich an sie alle, an Leila, Amanda, McCoy und nun auch den grauäugigen jungen Mann, der fast sein Spiegelbild war ... *Warum bittet ihr mich alle gerade um das, was ich euch nicht geben kann? Ich bin das, was ich bin ...*

Dennoch war irgend etwas in Spock versucht, Zar

Antwort zu geben, aber die Reserviertheit, die im Verlaufe vieler Jahre zu einem integralen Bestandteil seines Wesens geworden war, hielt ihn davon ab. Bevor ihn etwas dazu zwingen konnte, aus dem Kokon der Selbstbeherrschung zu schlüpfen, drehte er sich rasch auf den Absätzen um und verließ den Raum.

Am gleichen Abend, nach einer anstrengenden Übung in Techniken der Selbstverteidigung, bei der Kirk ihm Gesellschaft leistete, fragte Zar den Captain zögernd, ob er ihn sprechen könne – allein.

Zwar hatte er die Kabine Kirks bisher noch nicht betreten, doch er fühlte sich dort sofort wohl. Aus irgendeinem Grund war während der Aufenthalte in der Unterkunft Spocks immer ein gewisses Unbehagen in ihm entstanden – was Zar als einen deutlichen Hinweis auf seine Einstellung den beiden Männern gegenüber interpretierte. Bewundernd betrachtete er die Bilder an den Wänden.

Kirk deutete auf einen Sessel. »Setz dich. Was hältst du von einem saurianischen Brandy?«

Skeptisch blickte Zar auf die Flasche, die der Captain hervorholte. »Handelt es sich dabei um Äthylalkohol?«

»Ja, natürlich.«

»Nein, danke. Meine Stubengenossen gaben mir neulich so etwas zu trinken, und anschließend fühlte ich mich nicht besonders gut.«

Der Captain lächelte amüsiert und stellte die Flasche weg. »Der Katzenjammer ist allgemein bekannt.« Er wurde wieder ernst. »Worüber möchtest du dich mit mir unterhalten?«

Zar gab zunächst keine Antwort. Sein Gesicht wirkte verschlossen, und die dann und wann zuckenden Wangenmuskeln verrieten seine Anspannung. In Kirk entwickelte sich das Gefühl einer dunklen Vorahnung. Er lehnte sich zurück und wartete, wobei er sich betont geduldig gab. »Sie und Mr. Spock sind nun schon seit einigen Jahren zusammen.«

»Ja, das stimmt.«

»Sie kennen ihn besser als sonst jemand. Er vertraut Ihnen, und Sie vertrauen ihm. Wenn Sie das Gefühl haben, dieses Vertrauen seinerseits zu mißbrauchen, indem Sie mit mir sprechen, so sollten Sie mir das sofort sagen.«

»Ein fairer Vorschlag. Fahr fort.«

Ganz abrupt straffte Zar seine Gestalt, und er ballte die eine Hand zur Faust und umschloß sie mit der anderen. Seine Stimme klang scharf, als er fragte: »Warum lehnt mein Vater mich ab?«

Kirk seufzte und wußte, daß er eigentlich mit solchen Worten hätte rechnen müssen. Es sprudelte nun aus dem jungen Mann heraus: »Ich habe mich ganz aufs Studium konzentriert, McCoy meint, ich lerne schneller als sonst jemand, den er kennt. Ich habe die Diätvorschriften eingehalten. Kein Fleisch. Meine Mutter sagte mir immer wieder, wie sanft und liebevoll Spock gewesen sei, wie herzlich. Als kleiner Junge träumte ich oft von ihm, und ich stellte mir vor, daß er von den Sternen zu mir kam, um mich eines Tages zu sich zu holen. Des öfteren meinte meine Mutter, er wäre sicher stolz auf mich, könnte er mich sehen ...«

Der Captain seufzte erneut, ließ kurz die Schultern hängen und erwiderte dann ruhig: »Ich werde dir jetzt die Wahrheit sagen, weil ich glaube, du hast ein Recht darauf, sie zu erfahren. Als Spock durch das Atavachron in die Vergangenheit versetzt wurde, geschah etwas Seltsames mit ihm. Er veränderte sich. Ich weiß nicht genau, ob dieser Wandel von dem Gerät verursacht wurde. Da der Transfer mit Hilfe des Wächters keine solchen Phänomene bewirkte, vermute ich das jedoch. Während Spock mit ... mit deiner Mutter zusammen war, paßte sich sein Wesen dem der Vulkanier an, die in jener Zeit lebten – vor fünftausend Jahren.

Er ... er wurde wieder zu einem emotionalen Wesen. Einem Geschöpf mit stark ausgeprägten Gefühlen. Er verhielt sich so wie noch nie zuvor in seinem Leben. Er aß sogar Fleisch.«

»Und in diesem Zustand ... ließ er sich mit meiner Mutter ein.« Es war nur eine Feststellung. Zar holte tief Luft und schüttelte den Kopf. »Dann war es keine Liebe, die er für sie empfand, nur ...« Er schluckte, dann noch einmal, und seine Stimme war brüchig. »Arme Zarabeth. Ihr ganzes Leben lang hielt sie an einem Traum fest, an einer Vision, die sich jetzt als Illusion herausstellt. Sie begriff nie, daß sie nur ... benutzt wurde.«

Kirk legte dem jungen Mann die Hand auf die Schulter und schüttelte ihn sanft. »Wir wissen nicht, ob diese Annahme zutrifft. Der einzige, der darüber Auskunft geben könnte, ist Spock, und ich bezweifle sehr, ob er jemals darüber sprechen wird. Es wäre durchaus möglich, daß deine Mutter einen Wesensaspekt in ihm entdeckt hat, der eine echte emotionale Brücke zwischen ihnen ermöglichte. Aber das alles betrifft dich eigentlich nicht. Ich wollte dir nur klarmachen, daß Zarabeth dir die Wahrheit sagte – ihre Wahrheit. Doch was für sie damals wahr war, muß nicht auch deiner Realität entsprechen.«

In den grauen Augen leuchtete nun Bitterkeit. »Er meinte es ernst, als er sagte, nur sein Pflichtbewußtsein sei es gewesen, das ihn dazu veranlaßte, nach mir zu suchen. Aber er will mich nicht – hat mich von Anfang an nicht gewollt. Und ich war so dumm, das erst jetzt zu begreifen.«

»Er setzte sein Leben aufs Spiel, um dich zu finden. Und noch mehr als das: Er ließ es zu, daß auch McCoy und ich uns in Gefahr brachten.«

»Er hat Sie nur *geduldet*. Inzwischen sind mir so viele Dinge klargeworden, die ich bisher nicht verstand. Ich bringe ihn in Verlegenheit. Er hält mich für einen ... einen Barbaren, der ihm zufällig sehr ähnelt. Jedesmal wenn er mich sieht, wird er an ein Erlebnis erinnert, das er am liebsten vergessen würde. Kein Wunder, daß er auf Vulkan mit seiner Familie nicht über mich sprechen wollte. Die Traditionen der Vulkanier sind sehr alt und streng. Nachkömmlinge wie ich werden ›Krenath‹ genannt. Das bedeutet: ›Schandebringer‹. Bei euch Menschen gibt es ebenfalls einen Ausdruck dafür: Bastard.«

Während Kirk noch nach den richtigen Worten für eine aufmunternde Antwort suchte, nickte Zar ernst und ging.

9. KAPITEL

Doktor McCoy blieb vor der Kabine stehen, die Zar mit zwei anderen Männern teilte, und gab den Zugangscode in die Türkonsole ein. Das Schott öffnete sich mit einem leisen Zischen, und als er eintrat, sah er Juan Cordova und David Steinberg, die Stubengenossen Zars, die im gemeinsamen Wohnzimmer gerade Poker spielten. Cordova sah auf. »Hallo, Doc.« Er nickte in Richtung des Schlafraumes. »Er ist dort drin.«

»Danke, Juan.« Der Doktor zögerte. »Hat er Ihnen in der letzten Zeit Gesellschaft geleistet?«

Steinberg schüttelte den Kopf. »Seit einigen Tagen nicht mehr. Er ist lieber allein.«

Cordova machte ein besorgtes Gesicht. »Ich habe ihn darum gebeten, mit uns zu pokern, und er lehnte zum *erstenmal* überhaupt ab.«

Trotz der durch diese Worte in McCoy entstehenden Beunruhigung zuckte es in seinen Mundwinkeln. »Er versteht sich darauf, Ihnen das Geld aus der Tasche zu ziehen, was? Ich habe ihm alle meine Tricks beigebracht – bis es schließlich zu teuer für mich wurde.«

Steinberg schnitt eine Grimasse. »*Sie* waren das also? Eins versprech ich Ihnen: Ich spiele nie wieder mit einem Vulkanier! Die Kerle bluffen einfach zu gut.«

»Ja«, bestätigte Cordova. »Beim nächsten Urlaub nehme ich ihn mit – zusammen räumen wir jedes Kasino aus, vom Zentrum bis zum Imperium der Klingonen!«

Der Bordarzt lachte leise und wurde dann wieder ernst. Er deutete auf die verschlossene Tür. »Ist er allein? Ich meine, gibt es irgendeinen Anlaß zu der Vermutung, er könnte ...«

Steinberg schüttelte den Kopf. »Wenn Sie fragen wollen, ob wir in der letzten Zeit seine Sittsamkeit beeinträchtigt haben, so lautet die Antwort: nein. Als ich zu ihm ging und ihn geradeheraus fragte, ob alles in Ordnung mit ihm sei, sah er mich nur groß an und erwiderte: ›Natürlich. Erscheine ich Ihnen irgendwie verändert?‹ Und er formulierte diese Worte in jenem Tonfall, den ... nun, den Vulkanier benutzen, Sie wissen schon.«

McCoy nickte und betätigte eine Taste des Türpaneels. »Und ob ich das weiß«, brummte er leise.

»Wer ist da?« fragte Zar, doch die Tür öffnete sich nicht.

»McCoy.«

Daraufhin schoben sich die beiden Schotthälften auseinander. »Es tut mir leid, Doktor. Ich hatte keine Ahnung, daß Sie mich besuchen wollen. Treten Sie ein ...« Der junge Mann saß vor einer Staffelei, und in der einen Hand hielt er Pinsel und Palette.

»Ich habe dich in den letzten Tagen nur selten zu Gesicht bekommen. Was ist denn los?«

Zar führte den Pinsel mit gleichzeitig behutsamen und sicheren Bewegungen über die Leinwand und mied dabei den prüfenden Blick McCoys. »Was los ist? Soweit ich mich erinnere, sind alle wichtigen Dinge an Bord der *Enterprise* sicher befestigt, so daß selbst bei einem Ausfall der Beschleunigungsabsorber ...«

»Himmel – nicht noch einer von dieser Sorte!« entfuhr es McCoy stöhnend. Als Zar den Blick weiterhin auf die Leinwand gerichtet hielt, fügte er hinzu: »Ich meine, was hast du in der letzten Zeit so angestellt?«

Die eine Schulter des jungen Mannes bewegte sich andeutungsweise – eine Geste, die McCoy als ein Achselzucken interpretierte. Verwirrt trat der Doktor ein wenig zur Seite, so daß er das Bild sehen konnte.

Es zeigte eine blutrote Sonne, die hinter einem zerklüfteten Massiv aus Stein und Eis unterging. Der Hintergrund wirkte recht öde, und McCoy erinnerte sich deutlich an den Widerschein der Sonne auf den eisverkrusteten Felsen. Die zugespitzte Front des Gletschers wirkte wie ein auf das Gestirn am Himmel zielender Dolch.

»Eiskalt trotz der Sonne«, meinte der Doktor. »Ich weiß noch genau, wie seltsam dieser frostige Glanz aussah. Du hast die Szene gut dargestellt.«

Bei diesem Kompliment lockerte sich die steinerne Miene des Künstlers ein wenig. Zar führte vorsichtig einige weitere Pinselstriche aus und drehte den Kopf, so daß McCoy sein Gesicht nicht sehen konnte. Doch der Tonfall der Stimme verriet, was in ihm vorging. »Eine herrliche Welt. Grausam und hart, ja, aber auch wunderschön. Ich vermisse sie ... manchmal.« Er straffte die Schultern und legte den Pinsel beiseite. »Es ist das Lieblingsbild Jans.«

»Hast du noch andere gemalt?«

»Ja. Es gefällt mir, all das darzustellen, was ich bisher sah. Seit ich an Bord kam, sind drei weitere Gemälde von mir fertiggestellt worden, und außerdem habe ich mich mit Skizzen befaßt.«

»Ich würde sie gern sehen.«

Daraufhin zog Zar einige andere Leinwände und einen großen Block aus einer der Schubladen des Wandschrankes. »Ich fürchte, sie entsprechen nicht ganz meinen eigentlichen Vorstellungen«, entschuldigte er sich. »Ich schaffe es nicht so recht, den Bildern jene Form zu geben, die sie vor meinem inneren Auge haben.«

McCoy stellte das erste Bild auf die andere Seite der Staffelei und betrachtete es. Ein Porträt von Jan Sajii – trotz einiger perspektivischer Fehler waren die charakteristischen Züge deutlich zu erkennen. Es war dem Künstler gelungen, sowohl die Art und Weise darzustellen, wie Sajii den Kopf ein wenig zur Seite neigte, als auch das humorvolle Funkeln in seinen Augen. Und dem Doktor entging auch nicht der Einfluß, den Sajii auf den Stil des jungen Mannes gehabt hatte. »Das ist mein erstes Bild«, erklärte Zar. McCoy nickte.

»Der alte Jan, wie er leibt und lebt. Ein gelungenes Werk.«

Beim zweiten Bild handelte es sich um ein Stilleben. Spocks vulkanische Harfe war zu sehen, die an einem Stuhl lehnte, neben einem aufgeschlagenen Buch. Hier und dort zeigten sich mathematische Gleichungen. Eine Starfleet-Uniform hing über der Rückenlehne des Stuhls, und der eine Ärmel baumelte frei. Die goldenen Abzeichen eines Commanders bildeten einen auffallenden Kontrast zum Blau. McCoy nahm alle Einzelheiten des Gemäldes in sich auf, nickte langsam und sah Zar an, der nach wie vor seinen Blick mied. Behutsam legte er das Bild beiseite.

Das dritte Werk war eine abstrakte Malerei mit Wirbelmustern, die das ganze Spektrum von Purpur bis hin zu lavendelfarbenen Tönen abdeckten. Hier und dort waren auch einige zinnoberrote und smaragdgrüne Schattierungen zu sehen. Ein fransiger schwarzer Strich reichte von der Mitte bis zu dem rechten Rand. McCoy runzelte die Stirn. »Was stellt das dar?« fragte er.

Noch immer sah Zar nicht auf. »Ich habe es gestern abend gemalt. Es hat eigentlich gar nichts zu bedeuten.«

Der Doktor gab einen abfälligen Laut von sich. »Ich glaube, da irrst du dich gewaltig. Ein Psychologe hätte vermutlich seine helle Freude damit. Ich wünschte, ich wäre damals dazu in der Lage gewesen, in diesem Fachgebiet einige weitere Kurse zu belegen.« Er schlug den Block auf, als Zar das Bild verstaute, und lächelte, als er sich in einer der Skizzen wiedererkannte – im Laboratorium über ein Mikroskop gebeugt. Zar hatte nicht nur einige Personen aus der Besatzung der *Enterprise* gezeichnet, sondern auch Tiere Sarpeidons, deren Arten inzwischen längst nicht mehr existierten. Darüber hinaus entdeckte er Tusche-Studien, die Früchte zeigten, und Kunstwerke, die eher aussahen wie technische Zeichnungen und Pläne von Mikroprozessoren. Nach einer Weile blätterte McCoy zurück und betrachtete noch einmal eine ganz bestimmte Skizze: Uhura, die an ihrer Kommunikationskonsole saß, das dunkelhaarige Haupt auf die für sie typische Weise zur Seite geneigt, während sie Stimmen lauschte, die nur sie hören konnte. »Diese hier gefällt mir besonders gut.«

Der junge Mann sah ihm über die Schulter. Dann nahm er den Block zur Hand, löste das betreffende Blatt daraus und reichte es dem Doktor. McCoy lächelte überrascht und deutete auf die eine Ecke. »Danke. Wärst du so nett, sie für mich zu signieren? Ich habe so das Gefühl, als könnte diese Skizze eines Tages eine Menge Geld wert sein. Jan ist ebenfalls dieser Meinung. Er sagte, du hättest echtes Talent.«

Zar schüttelte den Kopf und erwiderte leise: »Sie sind ein Optimist, Doktor.« Doch McCoy spürte die Zufriedenheit des jungen Mannes, als er errötend die Signierung vornahm.

Zwar war der Sanitätsoffizier noch immer verwirrt von der Zurückhaltung Zars, seiner Reserviertheit, doch mit einer gewissen Erleichterung stellte er fest, daß sich seine Stimmung inzwischen gebessert hatte. Er schlug ein gemeinsames Essen vor, und er beobachtete dabei ein belustigtes Aufblitzen in den grauen Augen. »Haben Sie *jemals* erlebt, daß ich ein solches Angebot ablehne?«

In der kleinen Kombüse war es ziemlich voll, als sie eintraten. Mit einem speziellen Tastencode forderte McCoy ein Sandwich samt Suppe, Kaffee und einem großen Stück Kuchen an, und nahm an einem freien Tisch Platz. Kurz darauf gesellte sich Zar zu ihm; er trug ein Tablett, das voll beladen war mit einem großen Salat und Schnitten aus Sojaproteinen, verschiedenen Gemüsesorten und einem doppelten Nachtisch. Der Doktor schüttelte den Kopf und beobachtete den jungen

Mann dabei, wie er mit Genuß den Salat verspeiste. »Nimmst du noch immer die zusätzlichen Nährstoffe ein, die ich dir verschrieben habe?«

»Ja. Sie schmecken gut.«

»Nun, ich glaube, bald können wir sie absetzen. Seit dem Verlassen Sarpeidons hast du bereits ordentlich zugelegt.«

»Ich weiß. Gerade gestern mußte ich mir einen größeren Overall besorgen. Der alte spannte zu sehr in den Schultern.«

»Wenn du weiterhin so in dich hineinschlingst, wird dir auch der neue bald zu knapp werden.«

Zar hatte sich gerade einen weiteren Bissen in den Mund geschoben, stellte nun aber das Kauen ein und musterte den Doktor besorgt. »Meinen Sie wirklich? Fast jeden Tag mache ich zusammen mit Captain Kirk sportliche Übungen, und ich trainiere auch allein. Der Captain meinte, er werde schon allein davon müde, mir zuzusehen.« Er legte die Gabel beiseite und schüttelte den Kopf. »Es würde mir gar nicht gefallen, dick zu werden.«

McCoy lächelte. »Du darfst nicht alle meine Bemerkungen wortwörtlich verstehen. Los schon, iß nur. Ich habe dich aufgezogen. Ich meine, es war nur ein Scherz. Komm nur ab und zu in die Krankenstation, damit ich für meine Statistiken dein Gewicht messen und meine Neugier befriedigen kann.«

Anschließend sprachen sie wieder über die Malerei, und McCoy erzählte seinem interessierten Zuhörer von den Galerien auf der Erde – nur um plötzlich festzustellen, daß sich das Gesicht Zars von einem Augenblick zum anderen in eine ausdruckslose Maske zurückverwandelte. Der Doktor folgte dem Blick des jungen Mannes und sah den Ersten Offizier und den Chefingenieur, die gerade die Messe betraten. *Jetzt wird sich gleich herausstellen, was es mit der seltsamen Veränderung Zars auf sich hat,* dachte er und winkte die beiden Männer heran.

Die Offiziere nahmen Platz, und McCoy und Scotty wechselten einige belanglose Worte, während Spock und Zar schwiegen. Der Doktor sah von einem steinernen Gesicht zum anderen.

Schlimmer als je zuvor. Und Zar versucht nicht einmal mehr, sich seinem Vater zu nähern.

»Hast du dich mit den dir zugewiesenen Physiklektionen befaßt?« fragte der Vulkanier abrupt, und er sprach so, als habe er es mit einem faulen Schüler zu tun. McCoy spürte die Unsicherheit seines Schützlings, obgleich sich Zar rein äußerlich nichts anmerken ließ.

»Mit den meisten, Sir.«

»Nun gut. Was sind Fraunhofersche Linien?«

Zar seufzte. »So bezeichnet man die dunklen Absorptionslinien in einem solaren Spektrum.«

»Im wesentlichen korrekt – obgleich es der Antwort an wichtigen Einzelheiten mangelt. Worin besteht der Zweck der Spektroskopie?«

»Gerade mit Hilfe der Spektroskopie war es möglich festzustellen, daß Beta Niobe ...« Zar fuhr mit sorgfältig formulierten Worten fort, und seine Stimme klang so, als stamme sie aus einer Studienaufzeichnung. Schließlich beendete er seine Erklärung und holte tief Luft.

Spock ließ noch immer nicht locker. »Worin besteht die Unschärferelation Heisenbergs? Du brauchst mir nicht die mathematische Gleichung zu nennen.«

Der Mistkerl gibt sich auch noch großzügig, dachte McCoy und musterte den Vulkanier verstohlen. *Warum setzt er seinem Sohn so zu?* Und er begriff plötzlich: *Er weiß nicht, wie er sonst mit dem Jungen reden soll ...*

»... wobei das Ausmaß des Bewegungsmoments im großen und ganzen der Planckschen Konstante ›h‹ entspricht. Dieser Wert lautet sechs Komma zwei sechs mal zehn hoch minus siebenundzwanzig Ergs pro Sekunde«, beschloß Zar seine Antwort erleichtert.

Genug damit! dachte McCoy. Doch nach einem kurzen Zögern fuhr der Vulkanier fort: »Welche Naturgesetze wirken sich bei photoelektrischen Effekten aus? Erkläre mir das Phänomen außerdem in Begriffen der Quantenmechanik.«

Der junge Mann dachte einige Sekunden lang nach. Diesmal brauchte er etwas länger für die Erwiderung, und ab und zu stockte er, um die betreffenden Informationen aus einem entlegenen Winkel des Gedächtnisses hervorzuholen.

Als die drei Gesetze auf die gewünschte Art beschrieben waren, wandte sich McCoy dem Vulkanier zu, um das Thema zu wechseln, doch Spock schenkte ihm keine Beachtung. »Und jetzt die Formel.«

Der Blick der grauen Augen Zars richtete sich kurz auf den Arzt, und dann senkte er den Kopf. Diesmal klang seine Stimme dumpf, so als drohten die Stimmbänder ihm den Dienst zu versagen, und seine Unsicherheit machte sich in wiederholtem Zögern bemerkbar. Schließlich jedoch überwand er auch diese Hürde, wenn auch mit einigen Schwierigkeiten.

Die eine Augenbraue des Ersten Offiziers kam in die Höhe. »Mit diesem Gebiet solltest du dich noch einmal eingehender befassen. Nun gut: Was hat es mit dem Begriff ›zufälliger Elektronendurchgang‹ auf sich?«

Eine lange Pause folgte. McCoy stellte fest, daß die Hand, mit der er den Löffel festhielt, Anstalten machte, sich zu einer Faust zu ballen. Zar überlegte angestrengt, wurde bleich und schob das Kinn vor. »Ich weiß es nicht, Sir.«

»Beim zufälligen Elektronendurchgang handelt es sich um ...«, begann Spock, und sein Vortrag dauerte einige lange Minuten. Der Doktor warf Scotty einen kurzen Blick zu, der für jemanden, der dies alles schon mehrfach gehört hatte, eine geradezu unglaubliche Geduld offenbarte.

Schließlich schien diese besondere Lektion dem Ende entgegenzugehen. Spock schloß seine Rede mit einer kurzen Zusammenfassung der wichtigsten Punkte und schwieg. Zar sah die beiden anderen Offiziere an, zögerte kurz, hob dann eine Augenbraue und meinte: »Faszinierend.«

Es gelang ihm perfekt, seinen Vater nachzuahmen, doch sein Verhalten war ohne jeden Humor. *Man kann jemanden nachahmen, weil man ihn respektiert – oder verspottet. Und dies,* fügte McCoy in Gedanken hinzu, *kann nur Hohn sein.* Das entging auch dem Vulkanier nicht, der den Blick senkte und rasch nach seiner Gabel griff.

Der Doktor räusperte sich. »Was meinen Sie, Scotty – worin mag wohl unser nächster Auftrag bestehen?«

»Welche Order auch immer wir bekommen: Ich hoffe, es geht dabei um etwas Interessanteres. Ich finde meine technischen Zeitschriften inzwischen weitaus aufregender als diesen Flug.«

Der Chefingenieur und McCoy unterhielten sich auch noch über einige andere Dinge, und schließlich meinte Scotty, die Pflicht rufe ihn; er stand auf und ging.

Das sich anschließende Schweigen empfand Spock offenbar als Belastung, und er unternahm einen neuerlichen Versuch. »Ich bin gerade deine letzten Biochemie-Arbeiten durchgegangen, Zar. Größtenteils hast du exakte Antworten gegeben. Wenn du mit den nächsten Abschnitten fertig bist, so könnte ich ...« Wortlos erhob sich der junge Mann, verließ den Tisch und trat an den Lebensmittelprozessoren in der Kombüse heran.

McCoy war gleichzeitig verlegen und besorgt, und er versuchte, sich heiter und aufgeräumt zu geben. »Ich habe noch nie jemanden gesehen, der mit solchem Appetit zulangt! Er stellt sogar Attila und seine Hunnen in den Schatten!« Kurz darauf kehrte Zar an den Tisch zurück. Er hielt ein großes, mit Fleisch gefülltes Brötchen in den Händen. Er nahm Platz, biß herzhaft in das Sandwich und ignorierte alles um sich herum.

Als McCoy Kirk später in der Krankenstation von dem Zwischenfall berichtete, lächelte der Captain unwillkürlich. Der Doktor schüttelte den Kopf. »*Es war ganz und gar nicht komisch, Jim.* Zar hat das Brötchen direkt vor den Augen Spocks verspeist. Das war die schlimmste denkbare Beleidigung ihm gegenüber. Du hättest ihn und das Gesicht deines Ersten Offiziers sehen sollen!«

»War er wirklich so schockiert?«

»Und ob. Du weißt schon – seine Augen begannen so zu funkeln, als sei er zwar zutiefst verletzt, wolle das jedoch nicht zeigen – und er ging. Zar blieb ruhig sitzen, bis der Vulkanier die Messe verlassen hatte, ließ dann den Rest des Brötchens auf dem Teller liegen und machte sich auf und davon. Ich brauche dir wohl nicht extra zu sagen, daß ich mir Sorgen um die beiden mache. Was könnte Zar zu einem derart dramatischen Verhalten veranlaßt haben?«

Voller Unbehagen verzog Kirk das Gesicht. »Ich glaube, ich weiß eine Antwort. Ich habe ihm neulich die Wahrheit gesagt – über das Atavachron, Spock und seine Beziehung zu Zarabeth.«

Der Doktor pfiff leise durch die Zähne. »Das könnte eine Erklärung sein. Und er hat es sich so sehr zu Herzen genommen?«

»Offenbar. Ich glaube, wir haben es mit einer wirklich ernsten Sache zu tun. Ich darf nicht zulassen, daß von der Auseinandersetzung der beiden die Tüchtigkeit Spocks beeinträchtigt wird. Als Erster Offizier ist er zu wichtig für mich. Zar tut mir leid, ja, aber ... Zum Teufel, ich bin auch um das psychische Wohlergehen Spocks besorgt. Meine Pflicht besteht darin, ein Raumschiff zu befehligen und dafür zu sorgen, daß es an Bord keine Schwierigkeiten gibt. Und so wie bisher kann es nicht weitergehen.«

Ein rhythmisches Pfeifen ertönte. »Captain Kirk, bitte melden«, erklang die Altstimme Lieutenant Uhuras.

Kirk schaltete das Interkom der Krankenstation ein. »Hier Kirk.«

»Captain, wir haben einen Notruf mit der Priorität

eins empfangen. Er stammt aus dem Sektor 90,4. Die Nachricht ist mit dem Kommandantencode verschlüsselt.«

»Bin schon unterwegs.« Kirk war bereits auf dem Gang, noch bevor McCoy aufstehen konnte.

10. KAPITEL

Das Brückenschott öffnete sich, und Uhura reichte ihm sofort einen Ausdruck der codierten Mitteilung. Kirk nahm im Sessel des Befehlsstandes Platz und betätigte eine Taste auf der in der Lehne integrierten Konsole.

»Computer.«

»Hier spricht Captain Kirk. Überprüfung der Verbalstruktur durchgeführt?«

»Identitätsbestätigung.«

»Lieutenant Uhura hat eine Notruf mit Priorität eins empfangen. Die Mitteilung wurde im Kommandantencode verschlüsselt. Decodiere und übersetze die Nachricht und stell mir eine Kopie zur Verfügung. Anschließend lösche die Botschaft aus deinen Speicherbänken.«

»Positiv.«

Voller Anspannung wartete Kirk und widerstand der Versuchung, mit den Fingern auf die Armlehne des Sessels zu trommeln. Die auf der Brücke anwesenden Besatzungsmitglieder warfen ihm dann und wann kurze Blicke zu, aber der Captain beachtete sie gar nicht. Seine Gedanken rasten. Priorität eins aus dem Sektor 90,4 – dunkle Ahnungen verdichteten sich in Kirk. Jener Sektor wies nur ein Objekt von großer Bedeutung auf – den Wächter der Ewigkeit.

Unter seiner einen Hand schob sich ein Computerausdruck aus einem Schlitz. Die Übersetzung lautete:

PRIORITÄT EINS

Sternzeit: 6381,7

von: NCC 1704, Starship *Lexington*
Kommandant: Commodore Robert Wesley

an: NCC 1701, Starship *Enterprise*
Kommandant: Captain James T. Kirk

DERZEITIGER AUFTRAG: Patrouillenflug in Sektor 90,4; Codename: Gateway
PROBLEM: An der äußersten Grenze der Reichweite unserer Subraum-Scanner haben wir die Ortungsreflexe dreier großer Raumschiffe registriert. Die fremden Einheiten kommen aus dem Sektor RN-30,2 – der romulanischen Neutralen Zone.
VORLÄUFIGE IDENTIFIKATION: romulanische Kriegsschiffe
GESCHÄTZTER KONTAKTZEITPUNKT: in 10,5 Stunden
SITUATIONSBEWERTUNG: militärische Auseinandersetzung möglich; wir bitten um sofortige Hilfe.
SOS – Mayday – SOS – Mayday – SOS – Mayday – SOS

Kirk holte einige Male tief Luft, schloß die Augen und ordnete seine Gedanken. Dann straffte er die Schultern und wandte sich an Fähnrich Chekov, der ihn erwartungsvoll ansah. »Gegenwärtiger Kurs, Mr. Chekov?«

»Zwei neun null Komma fünf, Sir.«

»Ändern Sie ihn auf sieben vier sechs Komma sechs.«

»Ja, Sir.« Chekóv wandte sich kurz seinen Kontrollen zu und richtete den Blick dann wieder auf den Captain. »Neuer Kurs liegt an, Sir.«

»Steuermann – erhöhen Sie die Geschwindigkeit auf Warp-Faktor acht, Mr. Sulu.«

In den mandelförmigen Augen Sulus blitzte so etwas wie Überraschung, und er führte die angeordneten Schaltungen aus. Die kaum wahrnehmbaren Vibrationen des Raumschiffes verstärkten sich plötzlich. Die *Enterprise* summte. In Gedanken zählte Kirk die einzelnen Sekunden ab. Er war bis elf gekommen, als der Interkom-Sensor zu glühen begann. Mit einem Tastendruck öffnete er einen Kommunikationskanal und fragte in einem grimmigen Tonfall: »Ja, Mr. Scott?«

Eine Zeitlang knisterte es nur leise in dem Lautsprecher; vielleicht überlegte der Chefingenieur jetzt, ob der Captain neuerdings telepathische Fähigkeiten entwikkelt hatte. Dann schließlich meldete er sich mit dumpfer

Stimme zu Wort: »Captain, ich hoffe, Sie haben einen guten Grund dafür, meinen armen Maschinen so übel mitzuspielen.«

»Einen sehr guten sogar, Mr. Scott.«

»Wie Sie meinen, Sir.« Vermutlich blickte der Ingenieur nun auf einige Anzeigen, die die Belastungen deutlich machten, denen die Anlagen im Maschinenraum ausgesetzt waren, denn er fügte besorgt hinzu: »Wie lange wollen wir mit dieser enormen Geschwindigkeit fliegen, Sir?«

»Etwa zwölf Stunden. Wir gehen sogar auf Warp-Faktor neun, wenn es die Triebwerke zulassen.«

Es schloß sich ein langes und vorwurfsvolles Schweigen an, und dann folgte ein Seufzen. »Ja, Sir.«

Trotz seiner Unruhe lächelte Kirk. »Kopf hoch, Scotty. In fünf Minuten findet eine Einsatzbesprechung statt. Im Hauptkonferenzzimmer. Kirk Ende.«

Er hörte, wie sich das Brückenschott öffnete und wieder schloß, und einige Sekunden später stand Spock neben ihm. Der Vulkanier betrachtete kurz die Navigationskontrollen und sah den Captain anschließend mit fragend hochgezogener Augenbraue an.

Kirk nickte. »Wir haben ein Problem, Mr. Spock.« Er reichte dem Ersten Offizier den Ausdruck, der ihn rasch überflog. Kurz darauf kam auch die andere Braue in die Höhe. Der Captain wandte sich unterdessen an Uhura. »Setzen Sie sich mit Doktor McCoy in Verbindung und informieren Sie ihn von der Besprechung. Wir sehen uns in drei Minuten. Kommen Sie, Spock.«

Die anderen Offiziere schwiegen betreten, als Kirk die Situation schilderte und schloß: »Wir haben es mit einem recht ungewöhnlichen Problem zu tun. Die in diesem Raum anwesenden Personen bildeten die Landegruppe, die den Wächter und seine Funktion als Zeitportal entdeckte. Ich möchte Sie deshalb daran erinnern, daß für die anderen Besatzungsmitglieder unsere Absicht *allein* darin besteht, die *Lexington* in Hinsicht auf ein unbefugtes Eindringen romulanischer Einheiten in einen Raumsektor der Föderation zu unterstützen. Niemand sonst an Bord dieses oder des anderen Schiffes darf etwas über den Wächter erfahren. Das schließt auch Commodore Wesley und seine Offiziere ein. Haben Sie verstanden?« Die am Tisch Sitzenden nickten langsam. »Gut. Ich vermute, die drei georteten Fremdschiffe haben nur einen Kundschafterauftrag. Irgendwelche Vorschläge?«

Spock legte die Fingerspitzen aneinander und erwiderte wie zögernd. »Captain, die romulanischen Kriegstaktiken sind alles andere als plump. Die drei Schiffe könnten auch die Aufgabe haben, ein Ablenkungsmanöver durchzuführen. Möglicherweise befindet sich eine ganze Flotte im Anflug.«

Scotty nickte bestätigend. »Ja, Sir. Es wäre sicher nicht schlecht, wenn die Überwachung der Neutralen Zone verstärkt würde. Auf diese Weise erführen wir rechtzeitig davon, wenn sich uns eine größere Streitmacht näherte.«

Kirk wirkte recht nachdenklich. »Lieutenant Uhura, schicken Sie einen vollständigen Lagebericht – der auch den Rat Mr. Scotts beinhalten sollte – an das Oberkommando von Starfleet. Nehmen Sie mit Hilfe des Decknamens ›Gateway‹ auf den Wächter Bezug. Adressieren Sie die Botschaft an Admiral Komack, Code 11.«

»Ja, Sir.«

»Mr. Scott, weisen Sie den Steuermann an, auf Alarmstufe Gelb zu gehen. In Ordnung, das wär's. Sie können auf Ihre Posten zurückkehren. Spock, bitte bleiben Sie.«

Die anderen Personen verließen das Besprechungszimmer.

Der Captain musterte den Vulkanier offen. »Was meinen Sie dazu?«

»Die Daten reichen zu keiner vollständigen Situationsbewertung aus – wie Sie sehr wohl wissen, Captain.«

»Ja, das stimmt. Es wäre sicherer, allgemeinen Alarm zu geben und halb Starfleet zu mobilisieren – aber das ist aufgrund des Geheimhaltungsstatus in Zusammenhang mit dem Wächter nicht möglich. Und außerdem: Zwei Raumschiffe sollten ohne große Probleme mit drei Romulanern fertigwerden. Es würde sicher Verdacht erregen, wenn ich die Föderationskavallerie alarmierte, obwohl es doch nur um eine ausgebrannte Sonne und einige wenige öde Planeten geht – von denen einer nur für Archäologen Interessantes bietet.«

»Sobald Admiral Komack Ihre Nachricht bekommt, schirmt er den entsprechenden Sektor vielleicht mit weiteren Einheiten ab – er hat die Autorität, an der es ihnen mangelt.«

»Ich hoffe nur, bis dahin ist es nicht bereits zu spät ... Schon eine unachtsame Person könnte in der Vergangenheit unbeabsichtigt Dinge bewirken, die in der Gegenwart zu einer Katastrophe führen. Und ich schaudere innerlich bei der Vorstellung, was ein Kommandounternehmen der Romulaner anzurichten in der Lage wäre. Die Struktur der Vergangenheit ist alles andere als gefestigt, wie gerade wir genau wissen. Was mich an etwas anderes erinnert, worüber ich mit Ihnen sprechen wollte. Was soll aus Zar werden?«

Das Gesicht des Vulkaniers blieb ausdruckslos. »Was meinen Sie damit, Captain? Erklären Sie Ihre Frage bitte.«

»Es geht mir um folgendes: Ich habe seine Anwesenheit an Bord stillschweigend geduldet, so daß er sich ein wenig an die moderne Gesellschaft gewöhnen konnte. Es wäre ihm gegenüber nicht fair gewesen, ihn allein und ohne Hilfe mit einer Welt zu konfrontieren, deren kulturelle Normen ihn überfordert hätten. Und das trifft auch im umgekehrten Sinne zu, wie ich leider feststellen muß!« Kirk lächelte dünn, als er sich an die ersten Wochen erinnerte, die der junge Mann an Bord verbracht hatte. »Wie dem auch sei: Er hat sich erstaunlich gut angepaßt, doch er ist nach wie vor ein Zivilist. Ganz gleich, wie friedlich unsere Absichten auch sein mögen – die *Enterprise* ist vor allen Dingen ein Kriegsschiff, gerade jetzt. Was haben Sie mit ihm vor – unter der Voraussetzung natürlich, wir haben das derzeitige Problem gelöst?«

Spock dachte einige Sekunden lang nach. »Ich weiß nicht, Captain. Sie haben natürlich recht. Sein fortgesetzter Aufenthalt an Bord der *Enterprise* widerspricht den Vorschriften.«

»Was ist mit Vulkan? Sie könnten ihn selbst dorthin bringen. Sie haben noch mehr als genug Resturlaub. Wäre es nicht möglich, daß er bei Ihren Eltern unterkommt ...?«

Spock schüttelte den Kopf. »Nein. Zar hätte große Schwierigkeiten, sich an das Leben auf Vulkan anzupassen. Zunächst einmal das Klima. Die dünne Luft, die Hitze – das stellt eine große Belastung für ihn dar.«

»Wenn ich mich recht entsinne, war die Luft auf Sarpeidon ebenfalls recht dünn. Zar ist kräftig und gesund – an die Hitze gewöhnt er sich bestimmt.«

»Es wäre jemand erforderlich, der sich dauernd um ihn kümmert und ihm ständig Hilfestellung leistet. Auf Vulkan herrscht eine sehr alte und von starren, überlieferten Traditionen bestimmte Kultur. Er vermag sich nun in unserer Sprache auszudrücken, aber auf die soziale Struktur ist er nicht vorbereitet. Er sähe sich mit ... extremen Problemen konfrontiert.«

»Ich glaube, Sie unterschätzen ihn. Er wird sich anpassen. Ich vermute, die eigentlichen Schwierigkeiten hätten in erster Linie Sie.«

Spock sah auf, und Kirk nickte. »Schwierigkeiten deswegen, weil es einen lebendigen Beweis dafür gibt, daß Sie nicht unfehlbar sind. Und Zars Belastung bestünde darin zu wissen, daß er ein Krenath ist.«

Der Vulkanier kniff die Augen zusammen. »Wo haben Sie dieses Wort gehört?«

»Zar erwähnte es einmal. Er sagte, es bedeute ›Schandebringer‹. Und es gäbe in unserer Sprache ein Äquivalent: Bastard.«

Der Glanz in den dunklen Augen des Ersten Offiziers trübte sich, und sein Blick glitt in die Ferne. Seine Miene ähnelte mehr als jemals zuvor einer starren Maske. »Zar versteht nicht die volle Bedeutung des Kontexts. Ebensowenig wie Sie.«

Der Captain stand auf. »Nun, als ich dieses Thema zur Sprache brachte, hatte ich dabei keine semantischen Diskussionen im Sinn. Ich wollte Ihnen nur mitteilen, daß es eine diesbezügliche Entscheidung zu treffen gilt. Sagen Sie ihm, daß er aufgrund der Alarmstufe Gelb seinen Aufenthalt auf die Kabine beschränken muß. Nein, warten Sie: Teilen Sie ihm mit, er solle sich bei McCoy in der Krankenstation melden. Das ist der am besten abgeschirmte Bereich des Schiffes, und Pille könnte Hilfe bei der Behandlung der Verwundeten gebrauchen, falls es zu einem Kampf kommt.«

Einmal mehr hob Spock die Augenbrauen. »Falls? Der Ausbruch von Feindseligkeiten erscheint mir fast unausweichlich.«

»Ich fürchte, da haben Sie recht.«

Zar war verwirrt und aufgeregt. Er schreckte aus einem unruhigen Schlaf hoch und sah die Mitteilung auf dem Komschirm der Unterkunft. Aufgrund der Anweisung Spocks machte er sich sofort auf den Weg zu der Krankenstation. Die Korridore des Schiffes waren seltsam leer, und jede Signalplatte leuchtete in einem auffallend gelben Ton. Eine Gruppe von Sicherheitsbeamten – auch sein Freund David gehörte zu ihnen – eilte im Laufschritt an ihm vorbei und beachtete ihn überhaupt nicht, als sei er unsichtbar.

In der Krankenstation herrschte geradezu hektische Aktivität. Doktor McCoy, Schwester Chapel und das medizinische Personal überprüften und sortierten Ausrüstungsmaterialien und stellten im Labortrakt provisorische Liegen auf. McCoy sah auf und sah den jungen Mann, der zögernd an der Tür verharrte. »Zar – schön, daß du gekommen bist. Hol den alten Koronarstimulator und das batteriebetriebene Wiederbelebungsgerät aus dem Lager und stell die Apparate dort in der Ecke auf. Wenn es zu einem Energieausfall kommt, werden wir sie dringend benötigen.«

Der Arzt sorgte dafür, daß seine Mitarbeiter während der nächsten zwei Stunden nicht zur Ruhe kamen. Schließlich holte er tief Luft, sah sich in der verwandelten Krankenstation um und wandte sich an seine Gehilfen. »Ich schätze, mehr können wir derzeit nicht tun. Melden Sie sich wieder bei mir, wenn Alarmstufe Rot angeordnet wird. Zar, du bleibst hier.«

Als sie allein waren, deutete der junge Mann verwundert auf die neuen Installationen. »Was ist denn los?«

»Hat dir denn niemand etwas gesagt?«

»Nein. Mr. Spock wies mich nur an, zu Ihnen zu gehen und Ihnen zu helfen.«

»Nun«, brummte McCoy, »ich schätze, Spock hat derzeit eine Menge um die Ohren. Wir haben einen Notruf von der *Lexington* empfangen, einem anderen Raumschiff der Föderation. Der Kommandant meldete das unbefugte Eindringen romulanischer Einheiten in einen unserer Raumsektoren. Und für gewöhnlich sind Romulaner ein Synonym für Krieg.«

»Krieg? Sie meinen, der *Enterprise* steht ein Kampf bevor?« Es leuchtete in den grauen Augen des jungen Mannes.

»Wahrscheinlich. Laß es dir bloß nicht in den Sinn kommen, die Brücke zu betreten. Der Captain würde dir mit ziemlicher Sicherheit die spitzen Ohren langziehen und dich rauswerfen. Du bleibst hier bei mir, wo du niemandem im Wege bist. Ich kann deine Kraft gut gebrauchen, wenn es darum geht, Verwundete hierher zu tragen.«

»Wann wird der Kampf beginnen?«

»Ich weiß nicht. Ich hoffe jedoch, daß wir den Einsatzort so rasch wie möglich erreichen, denn sonst brennen unsere Triebwerke aus. Und dann heißt mein erster Patient Scott.«

»Und ich muß *hier*bleiben? Aber von hier aus kann man doch gar nichts sehen!«

McCoy seufzte. »Bist wohl ziemlich blutdürstig, wie? Du solltest dir nichts vormachen, Zar. *Kein* Krieg hat auch nur die *geringsten* faszinierenden oder aufregenden Aspekte an sich, und Raumschlachten bilden da keine Ausnahme. Das wirst du in vollem Ausmaß dann begreifen, wenn deine Freunde hereingetragen werden – tot.«

»Ich habe zwar schon von den Romulanern gehört, weiß aber nur sehr wenig von ihnen. Nach dem, was ich über sie gelesen habe, sind es in höchstem Maße gefährliche und brutale Feinde. Wie sehen sie aus?«

McCoy lächelte schief. »Sieh mal in den Spiegel.«

»Es sind *Vulkanier?*«

»Das trifft es nicht genau. Es handelt sich bei ihnen um eine evolutionäre Nebenlinie mit dem gleichen Ursprung. Sie trennten sich jedoch von dem Stamm und gingen eigene Wege, lange Zeit bevor die heutigen Vulkanier ihre Philosophie des Friedens und der völligen Objektivität entwickelten. Die Romulaner sind das, was die Vulkanier vor Jahrtausenden waren – sie sind gewissenlos und kriegerisch. Soweit wir wissen, handelt es sich bei ihrer Kultur um eine Art militärische Theokratie. Ähnlich etwa der der alten Spartaner der irdischen Geschichte.«

Zar nickte geistesabwesend und wirkte plötzlich verschlossen. »Darüber habe ich ebenfalls gelesen. Sie hielten es für eine besondere Ehre, im Kampf zu sterben. Man könnte noch einen anderen Vergleich heranziehen – den der Japaner im frühen zwanzigsten Jahrhundert.«

McCoy kniff die Augen zusammen und beobachtete

den jungen Mann aufmerksam. »Einige der Worte, die ich eben an dich richtete, haben dir offenbar sehr zugesetzt.« Nachdenklich rieb er sich das Kinn. »Laß mich mal überlegen ... war es der Hinweis auf das Wesen der Vulkanier in ferner Vergangenheit? Stellst du dir dabei eine zeitliche Distanz von rund fünftausend Jahren vor?«

Es entging dem Doktor nicht, wie Zar sichtbar zusammenzuckte, und unmittelbar darauf gab sich der junge Mann alle Mühe, seine Miene wieder steinern werden zu lassen. In der für ihn typischen Weise deutete er ein gleichgültiges Schulterzucken an. »Ich weiß nicht, wovon Sie reden.«

»Lieber Himmel – und das soll ich dir glauben? Du bist ein noch schlechterer Lügner als Spock. Jim sagte mir, er habe mit dir gesprochen. Ich kann mir vorstellen, welches Bild du dir nun von deinem Vater machst, aber ...«

»Dieses Thema möchte ich lieber nicht erörtern«, warf Zar ein. McCoy kannte den Ausdruck im Gesicht des jungen Mannes: stur, verstockt, in sich selbst zurückgezogen. Über viele Jahre hinweg hatte er ihn in einer anderen Miene beobachten können, und plötzlicher Ärger wallte in ihm empor.

»Heute in der Messe hast du dich wie ein zehnjähriger Lümmel aufgeführt. Meine Güte, für gewöhnlich halte ich nichts davon, Spock zu verteidigen; aber du hättest ihn nicht so beleidigen dürfen, besonders nicht in meiner Anwesenheit und der Scottys. Werde *erwachsen*. Was immer auch während der Eiszeit auf Sarpeidon geschah – es hat nichts zu tun mit ...«

»Ich sagte, ich will nicht über dieses Thema sprechen!« In den grauen Augen begann es nun zu funkeln, und die großen Hände mit den langen und sehnigen Fingern ballten sich zu Fäusten. Gegen seinen Willen entstand ein ganz bestimmtes Erinnerungsbild vor den inneren Augen McCoys, und er fühlte, wie sich Hände um sei-

nen Hals schlossen, fühlte im Rücken den kalten Fels der Höhlenwand. Ein Hauch von Furcht regte sich in ihm (handelte es sich auch dabei um eine Reminiszenz, oder war das Empfinden real und auf die Gegenwart bezogen?), und er schauderte.

Trotz der Furcht – oder gerade deswegen – hob McCoy die Augenbrauen und vernahm die zynische Schärfe in seiner Stimme, als er erwiderte: »Ich habe wirklich ein Talent dafür, eigentlich logische und nichtemotionale Geschöpfe zu provozieren, nicht wahr? Oder können es die Betreffenden vielleicht nicht ertragen, wenn ihnen jemand die Wahrheit sagt?«

Zar preßte kurz die Lippen aufeinander, und dann ließ er die Schultern hängen und nickte betroffen. »Sie haben recht. Der heutige Zwischenfall tut mir leid. Ich wünschte, ich könnte mich bei Spock entschuldigen. Aber er würde mich nur *anstarren,* und dann käme ich mir wieder wie ein törichter Einfaltspinsel vor. Es ist so, als wolle man versuchen, ganz allein einen Berg beiseite zu schieben – ein völlig aussichtsloses Unterfangen.« Er schüttelte den Kopf. »Bei der ersten sich mir bietenden Gelegenheit werde ich die *Enterprise* verlassen.«

»Du willst *weg?*« Der Doktor versuchte, gegen seine tatsächlichen Empfindungen anzukämpfen und sich möglichst ruhig zu geben. Er begriff plötzlich, wie sehr er den jungen Mann vermissen würde. »Wohin könntest du denn gehen?«

Zar erkannte die Besorgnis im Gesicht des Arztes, und er seufzte. »Darüber habe ich bereits nachgedacht. Ich möchte einen Ort aufsuchen, an dem ich allein zurechtkomme, aus eigener Kraft. Einen Ort, wo meine Fähigkeiten und Erfahrungen gebraucht werden und kein Hindernis darstellen. Vielleicht lasse ich mich als Kolonist auf einem gerade erst besiedelten und noch urwüchsigen und weitgehend unerforschten Planeten nieder ...« Es zuckte kurz in seinen Mundwinkeln, doch es wurde kein Lächeln daraus. »Ich gebe Ihnen rechtzeitig Bescheid. Sie sind praktisch der einzige, dem etwas an mir liegt – *ihm* bin ich zweifellos völlig gleichgültig.«

»Du irrst dich. Immerhin bist du sein ...«

»Er hat mich nur gesucht und gefunden, weiter nichts«, unterbrach Zar den Arzt und nickte. »Es ging ihm dabei allein um den Umstand meiner Existenz. Nicht um *mich*. Es gibt nur eine Person, an der Commander Spock etwas liegt, und das ist ...« Er brach ab, so als würde ihm erst jetzt bewußt, daß er seine Überlegungen laut aussprach. Die Muskeln in seinen Wangen mahlten, und mit leiser Stimme schloß er: »Jemand anders.«

McCoy zögerte kurz und legte Zar dann die eine Hand auf die Schulter. »Gib ihm noch etwas Zeit, mein Junge. Für Spock ist das alles noch schwerer als für dich. Es ist niemals unproblematisch, Vater zu werden – nicht einmal dann, wenn es auf die normale Art und Weise geschieht und man nicht von einem Augenblick zum anderen einen erwachsenen Sprößling vor sich sieht. Nein, leicht ist das *wirklich* nicht – und ich weiß, wovon ich rede, denn ich habe mich in diesem Zusammenhang ebenfalls nicht gerade mit Ruhm bekleckert.«

»Sie?« Zar sah ihn überrascht an. »Was soll das heißen?«

»Ich war verheiratet – eine Zeitlang. Ich habe eine Tochter namens Joanna. Sie ist etwa in deinem Alter.«

»Was macht sie jetzt?«

»Sie studiert Medizin. Sie hat sich zur Krankenschwester ausbilden lassen und entschied anschließend, sich zu spezialisieren, und derzeit macht sie gerade ihren Doktor. Ich habe ein Bild von ihr, das ich dir demnächst einmal zeigen kann. Sie ist recht hübsch – gerät glücklicherweise nach ihrer Mutter.«

Zar war interessiert. »Ist sie wie Sie ... nett, meine ich?«

McCoy lachte leise. »Noch viel netter, geradezu

charmant. Ich habe sie seit drei Jahren nicht mehr gesehen. Aber in sechs Monaten macht sie das Examen, und dann werde ich sie besuchen. Wenn du mich begleitest, könnte ich dich ihr vorstellen ... Nein, das wäre vielleicht nicht sonderlich ratsam.«

Zar musterte ihn verwirrt. »Ich verstehe nicht ganz ...«

»Ich habe schon mehrmals erlebt, welche Auswirkungen diese verdammten Spitzohren auf die durchschnittlichen weiblichen Hormone ausüben – und so unlogisch das auch sein mag: *Alle* Väter neigen dazu, ihre Töchter zu sehr zu schützen.«

Zar zwinkerte einige Male verwundert, begriff dann aber, daß es sich um einen Scherz handelte, als McCoy lächelte. »Oh ...«, entfuhr es ihm ein wenig naiv. »Sie nehmen mich auf den Arm ...«

Von einem Augenblick zum anderen schrillten die Alarmsirenen. Zar zuckte zusammen. Lieutenant Uhuras Stimme tönte aus den Deckslautsprechern. »Alarmstufe Rot. An alle Sektionen: Alarmstufe Rot. Gefechtsstationen besetzen.« Noch immer heulte es in der ganzen *Enterprise*.

McCoy stand auf, und sein Gesichtsausdruck verhärtete sich. »Es geht los. Nun, wenigstens ist das Warten vorbei.«

11. KAPITEL

»Alle Sektionen bestätigen den Status der Alarmstufe Rot, Captain«, meldete Uhura.

»Wir haben jetzt den Sektor 90,4 erreicht.« Sulus Stimme klang ruhig.

»Verzögern Sie auf Unterlichtgeschwindigkeit, Steuermann. Lieutenant Uhura, empfangen Sie etwas?«

»Ja, Sir. Die *Lexington* ruft uns.«

»Schalten Sie auf die normale Audioanlage um, Lieutenant.«

»Ja, Sir.«

Das Knistern der Statik drang aus den Lautsprechern, und dann hörten alle Besatzungsmitglieder auf der Brücke eine verzerrt klingende Stimme. Uhura nahm eine rasche Rejustierung vor. »... haben achtern die Deflektoren verloren. Feindschiffe nähern sich. *Enterprise,* können Sie mich hören? Bitte kommen, *Enterprise.*«

»Öffnen Sie einen Kommunikationskanal, Lieutenant. Schirmen Sie ihn ab.«

»Ja, Sir ... Alles bereit, Sir.«

Kirks Blick war auf den vorderen Beobachtungsschirm gerichtet, als er sagte: »Hier spricht Captain Kirk von der *Enterprise.* Wir empfangen Sie, *Lexington.* Wie ist Ihre Lage? Kommen.«

Eine andere Stimme. »Jim? Hier spricht Bob Wesley. Bisher haben wir uns ganz gut gehalten, aber eine Salve hat unsere hinteren Deflektoren zerstört, und der Bugschild hält keinen weiteren direkten Treffer mehr aus. Kommen.«

»Geben Sie nicht auf, Bob ... Wir haben euch jetzt auf dem Schirm.«

In der Projektion waren nun ein großer heller Punkt

und drei kleinere zu sehen, und sie wuchsen rasch in die Breite. Kurz darauf konnte die Brückenmannschaft das beschädigte Raumschiff sehen. Die kleineren romulanischen Einheiten wahrten eine gewisse Sicherheitsdistanz, sich der enormen Feuerkraft des Kriegsschiffes der Föderation sehr wohl bewußt. Ab und zu, wenn sich ihnen eine gute Gelegenheit bot, nutzten die feindlichen Einheiten ihre größere Manövrierfähigkeit, und dann sauste eins der Schiffe heran, feuerte und zog sich rasch wieder zurück, bevor die *Lexington* ihre schweren Waffen zum Einsatz bringen konnte.

»Machen Sie die vorderen Phaserbatterien bereit, Mr. Sulu.«

»Phaser bereit, Sir.«

»Feuern Sie auf meinen Befehl hin mittschiffs eine zehn Sekunden dauernde Salve ab. Anschließend ändern Sie den Kurs sofort auf vier fünf zwei Komma null.«

»Kurs vier fünf zwei Komma null, unmittelbar nach der Salve – ja, Sir. Phaser geladen.«

Kirk betrachtete die Anzeigen der Instrumentenkonsole, zählte die Sekunden ab und sagte dann ruhig: »Feuer«. Die tödlichen Strahlblitze rasten dahin und trafen direkt auf das mittlere Schiff der romulanischen Formation. Das grelle Licht einer jähen Explosion flutete über den Beobachtungsschirm – und verblaßte sofort wieder, als die *Enterprise* den Kurs änderte. Die anwesenden Besatzungsmitglieder warteten angespannt, und bald darauf erzitterte das Raumschiff.

»Ein Treffer auf die Steuerborddeflektoren, Captain«, meldete Sulu. »Keine feststellbaren Schäden.«

»Kursänderung auf fünf drei acht Komma zwei vier, Mr. Sulu. Wir nehmen uns die anderen vor.«

»Ja, Sir ... Die *Lexington* hat gerade die Hauptbatterien abgefeuert, Sir.«

Der Blick Kirks wanderte zwischen dem großen Beobachtungsschirm und den Instrumenten hin und her. Die

Salve der *Lexington* traf nicht genau ins Ziel, und das romulanische Schiff konnte den Rückzug antreten, wenn auch mit deutlich beeinträchtigter Manövrierfähigkeit.

»Die Stabilisatoren scheinen ziemlich defekt zu sein ...«, ertönte die Stimme Commodore Wesleys aus dem Lautsprecher.

»Bob«, sagte Kirk, »wir können die andere Feindeinheit nicht mehr orten. Wo befindet sie sich?«

»Unmittelbar nach unserer Salve hat sie sich abgeschirmt.«

»Mr. Sulu, machen Sie alles zur Verfolgung des beschädigten Schiffes bereit. Kurs drei zwei sechs Komma null vier.«

»Ja, Sir. Drei zwei sechs Komma null vier ... Captain die Einheit ist gerade von den Schirmen verschwunden.«

Kirk wandte sich seinem Wissenschaftsoffizier zu. »Spock, justieren Sie alle Ihre Sensoren auf Infraroterfassung. Die Romulaner mögen zwar dazu in der Lage sein, unsere Scanner zu täuschen, aber bestimmt verraten sie sich durch die Hitzeemissionen der Triebwerke.«

Der Vulkanier beugte sich über seine Instrumente, und nach einigen Sekunden richtete er sich wieder auf. »Negativ, Captain. Ich konnte eine schwache Temperaturspur entdecken, aber sicher haben die Romulaner inzwischen mehrfach den Kurs gewechselt. Die starken Strahlungsstörungen in diesem Sektor machen eine genaue Erfassung mit den Sensoren unmöglich.«

»Nun gut. Dann kehren wir zur *Lexington* zurück.«

Sobald sich Kirk vergewissert hatte, daß die Situation an Bord des anderen Raumschiffes nicht kritisch war und bereits die Reparaturarbeiten begonnen hatten, beendete er den Rot-Status und ging auf Alarmstufe Gelb zurück. Nach und nach legte sich die bis dahin auf der Brücke herrschende Anspannung, und nach einer Weile winkte der Captain den Ersten Offizier zu sich heran.

Als der Vulkanier an den Befehlsstand herantrat, fragte Kirk ihn leise: »Was halten Sie davon, Spock?«

»Ein Trick, Sir. Eine Ablenkungstaktik, bei der es nicht eigentlich um den Angriff auf unsere Raumschiffe ging. Andernfalls hätte die *Lexington* in eine weitaus ernstere Lage geraten müssen. Man kann den Romulanern vieles nachsagen, aber feige sind sie gewiß nicht. Es überrascht mich, daß sie die Flucht ergriffen haben. Normalerweise hätten sie auch den Kampf gegen uns aufgenommen, obwohl wir ihnen überlegen sind. Ihre Kriegerehre verlangt Blut für Blut.«

»Dem kann ich nur beipflichten. Jetzt kommt es darauf an herauszufinden, warum sie dazu bereit waren, sich selbst zu opfern und entgegen ihrer Kriegsethik zu handeln, um uns von irgend etwas abzulenken ... *Zuerst* jedoch werde ich die Archäologen von Gateway evakuieren.«

»Eine logische Entscheidung, Captain. Ich mußte gerade daran denken, daß die Romulaner vor unserer Ankunft ein Shuttle ausgeschleust haben könnten. Möglicherweise hat die *Lexington* nichts davon bemerkt, daß sie von drei Seiten angegriffen wurde. Wenn meine Vermutung zutrifft, müßten meine Instrumente eigentlich dazu in der Lage sein, Lebensformen zu registrieren.«

»Gut; machen Sie sich an die Arbeit.« Der Vulkanier wandte sich ab, und Kirk sah die hinter den Kommunikationskontrollen sitzende Frau an. »Lieutenant Uhura, setzen Sie sich mit Doktor Vargas auf dem Planeten in Verbindung.«

»Ja, Sir.«

Kurz darauf leuchtete auf dem Beobachtungsschirm das Bild der Archäologin auf. Die Darstellung war nicht ganz deutlich, und immer wieder kam es zu Störungen. »Captain Kirk?«

»Ja, Doktor. Wir haben von Starfleet zusätzliche Unterstützung angefordert. Aber bis Hilfe eintrifft, dürfte es noch eine Weile dauern. Ich möchte deshalb, daß Sie und Ihre Mitarbeiter Vorbereitungen treffen, sich an Bord beamen zu lassen. Wir können nicht ausschließen, daß es im System noch andere romulanische Schiffe gibt. Wann sind Sie für den Transfer fertig?«

»Meine Leute brauchen maximal zwei Stunden. Was jedoch mich angeht: Ich bestehe darauf, hier im Camp zu bleiben.«

»Das kommt überhaupt nicht in Frage, Doktor. Es ist zu gefährlich.«

»Kirk, hier befinden sich Aufzeichnungen und Artefakte von unschätzbarem Wert. Ich darf nicht das Risiko eingehen, daß jene Dinge – und andere Objekte auf diesem Planeten – in die Hand des Feindes gelangen.«

»Ich schicke eine Sicherheitsgruppe zu Ihnen. Die Leute können Ihnen beim Einpacken der Artefakte helfen, und die Aufzeichnungen lassen sich mit dem Kommunikator in den Bordcomputer einspeisen. Im Anschluß daran wird Gateway von meinen Sicherheitskräften gehalten, bis sich die Lage wieder beruhigt hat und Sie in Ihr Lager zurückkehren können.«

»Nein. Es ist zu riskant, unbefugten Personen Zutritt zu ... zu den Ruinen zu gestatten. Sie könnten ... beschädigt werden.«

Statik rauschte und knisterte laut, und das Bild verblaßte. Nach einigen Sekunden schärften sich die Konturen der Projektion wieder. Kirk straffte die Schultern. »Doktor Vargas, ich werde alle notwendigen Maßnahmen treffen, um zu verhindern, daß die von mir geschickten Leute irgend etwas ... beschädigen. Ich übernehme die volle Verantwortung. Ich lasse jetzt sofort eine Einsatzgruppe auf den Planeten beamen, und die betreffenden Personen helfen Ihnen bei den Vorbereitungen. Darüber hinaus bekommen sie die Anweisung sicherzustellen, daß alle Wissenschaftler zusammen mit den Artefakten und den Aufzeichnungen an Bord transportiert werden. Haben Sie verstanden?« Kirks Stimme war scharf.

»Meine Kommunikationsgeräte sind nicht ganz in Ordnung, Captain ... Ich verstand Ihre letzten Worte nicht ... Ich warte auf die Sicherheitsgruppe ...« Das Bild auf dem Schirm tanzte einige Male hin und her, fiel in sich zusammen, wurde wieder stabil. »Wenn alle Dinge zusammengepackt sind, nehme ich neuerlichen Kontakt mit Ihnen auf, so daß meine Mitarbeiter und Ihre Leute zurückgebeamt werden können.«

»Und auch *Sie,* Doktor. Das ist ein Befehl.«

»Es tut mir leid, Captain. Ich kann Sie nicht verstehen ... mein Empfänger funktioniert nicht richtig ...«

Als das Bild auf dem Schirm endgültig verblaßte, wandte sich Uhura von ihren Kontrollen ab. »Sie hat abgeschaltet, Sir.«

Kirk widerstand der Versuchung, mit der Faust auf die Armlehne des Befehlsstandes zu schlagen. »Diesen Unfug, daß sie mich nicht verstehen konnte, nehme ich ihr nicht ab ... Und ich darf nicht zulassen, daß sie ...« Mühsam beherrschte er sich. »Uhura, haben Sie tatsächlich Fehlfunktionen registriert?«

»Ja, Sir. Aber das unterbrach nicht die Verbindung. Sie desaktivierte die Anlage einfach.«

»Wie ich's mir dachte. Von allen sturen ...« Ärgerlich schüttelte Kirk den Kopf. »Nun, vermutlich erginge es mir an ihrer Stelle nicht anders. Und dennoch kann ich nicht erlauben ...«

Spock trat auf ihn zu und sagte mit gedämpfter Stimme: »Captain, ich muß mit Ihnen reden.«

Sie begaben sich in das leere Besprechungszimmer. Der hagere Vulkanier nahm in einem Sessel Platz und starrte einige Sekunden lang auf seine Hände. »Captain, als ich mich mit der Kom-Ausrüstung im Archäologencamp befaßte, stellte ich fest, daß die Anlage dringend überholt werden muß. Das gesamte Kommunikationssystem Vargas' ist unzuverlässig, und die Reichweite von tragbaren Kom-Geräten genügt oft nicht. Die temporalen Emanationen des Wächters und die Strahlungsschübe der Schwarzen Löcher in diesem Sektor stören sowohl die Funkverbindungen als auch die Sensorerfassungen. Angesichts des Umstandes, daß wir den Werten meiner Lebensformindikatoren nicht mehr in vollem Ausmaße vertrauen können, schlage ich vor, daß wir die Wissenschaftler evakuieren und auf dem Planeten eine Sicherheitsgruppe stationieren – die von mir geleitet wird. Vielleicht wäre es mir möglich, den Wächter in ein Abschirmfeld zu hüllen, das einen zusätzlichen Schutz darstellen könnte.«

Kirk nickte. »Ich stimme Ihnen in allen Punkten zu – bis auf einen. Ich habe nicht vor, Sie zusammen mit dem Einsatzteam nach Gateway zu schicken. Ich brauche Sie hier, damit Sie die Emissionen des Wächters kontrollieren. Wenn Sie sich auf dem Planeten befinden und es mit der Kommunikation hapert, besteht die Möglichkeit, daß ich den Kontakt zu Ihnen verliere. Dieses Risiko gehe ich nicht ein. Ihr profundes Wissen in bezug auf den Wächter darf nicht in Gefahr geraten.«

»Wie Sie meinen, Sir.«

»Entwickeln Sie Ihre Idee in Hinblick auf ein Kraftfeld als Schutz für das Zeitportal weiter. Nun, hoffentlich wird es nicht nötig zu versuchen, sie in die Tat umzusetzen.«

Nach dem Ende der Alarmstufe Rot kehrte Zar in die Unterkunft zurück, die er mit Steinberg und Cordova teilte. Als er eintrat, überprüften sie gerade die Ladungen ihrer Handphaser und befestigten Kommunikatoren an ihren Gürteln. Sie trugen Kampfuniform.

»Freut mich, daß Sie zurück sind, Junge«, sagte Steinberg und reichte ihm die Hand. »Juan und ich wollten uns noch von Ihnen verabschieden, bevor wir aufbrechen.«

Verwirrt schüttelte Zar die ihm dargebotenen Hände. »Wohin gehen Sie denn, Dave?«

»Wir werden auf den Planeten gebeamt. Noch niemals zuvor habe ich einen so scheußlichen und öden und langweiligen Ort gesehen. Nichtmal nette junge Frauen gibt's dort unten. Nur einen Haufen älterer Archäologen, für die wir Kindermädchen spielen sollen. Nun, Befehl ist Befehl.«

»Archäologen?«

»Ja. Geleitet wird die Gruppe von einer gewissen Doktor Vargas. Die Wissenschaftler werden evakuiert, und wir haben den Auftrag erhalten, einige alte Ruinen zu bewachen. Mir ist es ein einziges Rätsel, was die Romulaner ausgerechnet an *diesem* Sektor so interessant finden ... Hier gibt es doch nur einige ausgebrannte Sonnen und ein paar Planeten, um die sich kaum jemand schert.«

Juan Cordova grinste. »Halten Sie die Bude während unserer Abwesenheit in Ordnung. Wenn wir wieder zurück sind, erwartet Sie die nächste Lektion von ›Cordovas Kurs in Sittenverfall‹. Mit Schnaps und Kartenspiel hat es nicht so gut geklappt, aber warten Sie nur ab! Das nächstemal geht's um *Frauen* ... Mit dem Ellenbogen stieß Cordova Steinberg in die Rippen. »Sieh dir das an, Dave: Der Typ errötet doch glatt!«

Zar musterte die beiden Männer, einerseits verärgert und andererseits belustigt. »Juan, ich suche schon seit einiger Zeit nach jemandem, mit dem ich einen speziellen Schulterwurf üben kann. Mir scheint, es hat sich gerade einer freiwillig gemeldet ...« Scheinbar entschlossen trat er einen Schritt auf Cordova zu, der sich daraufhin hinter Steinberg versteckte und lachte.

»Komm schon, Dave. Wir sollten uns besser beeilen, bevor er wirklich sauer wird ...« Die beiden Sicherheitsbeamten griffen nach ihren Taschen und hielten auf die Tür zu. Auf dem Gang drehte sich Cordova noch einmal um, hob die Hand und hielt den Daumen nach oben. »Bis später – gehen Sie hier nicht vor die Hunde!«

Eine der beiden dunklen Augenbrauen Zars kam in die Höhe. »Hunde? An Bord der *Enterprise* gibt es doch überhaupt keine Hunde ...«

Steinberg schüttelte den Kopf. »Er meinte, Sie sollten gut auf sich achtgeben. Wir schicken Ihnen eine Postkarte von unserem prächtigen Urlaubsort auf Gateway ...«

»Dave, Juan!« Zar verspürte einen seltsamen Trennungsschmerz, und er eilte auf den Korridor und rief ihnen nach: »Was ist eine Postkarte?«

»Das erklären wir Ihnen, wenn wir zurück sind ...« Die beiden Schotthälften des Turbolifts schlossen sich.

Zar gewann plötzlich den Eindruck, als sei die Unterkunft wesentlich größer geworden, und die Stille bedrückte ihn. Er begab sich in seine Kammer und griff nach dem Block, konnte sich jedoch nicht so recht auf die Zeichenarbeiten konzentrieren. Nach einer Weile bemerkte er, daß er einfach nur auf dem Blatt herumkritzelte, und seltsamerweise formten die Linien ein Gesicht. Verblüfft starrte er auf die Skizze und stellte fest, daß ihm einige Einzelheiten sonderbar vertraut erschienen: dichtes Haar, Falten in den Augenwinkeln, ein angedeutetes Lächeln, das die Lippen umspielte – Doktor Vargas ...

Zar legte den Block beiseite und wanderte unruhig in dem kleinen Zimmer auf und ab. Nach einer Weile holte er die Infospule über die Geschichte Sarpeidons hervor – das Infoband, auf dem auch die digitalen Daten seiner Höhlenmalereien gespeichert waren – und schob sie in den Betrachter. Er wechselte die einzelnen Seiten, ging geistesabwesend die Illustrationen durch und dachte dabei an das kurze Gespräch mit Dave. Dann jedoch verkrampften sich jäh die Finger Zars an den Kontrolltasten, und er starrte auf die Schirmdarstellung. *Das ist doch unmöglich* ... Unwillkürlich richtete sich sein Blick auf das Gemälde an der Staffelei, und er runzelte verwundert die Stirn, als er das Gerät ausschaltete.

Zwei Rätsel ... Erneut erklangen aus seinem Gedächtnis die Worte Daves, und fast gegen seinen Willen erinnerte er sich an die Unterweisungen Spocks und reduzierte die Situation auf das Äquivalent einer mathematischen Gleichung. Die Lösung gefiel ihm ganz und gar nicht. Zar gab sich einen Ruck, trat an die Konsole des Bibliothekcomputers heran und tastete eine Anfrage ein. Es klickte, und auf dem Monitor erschien die Mitteilung: »Keine gespeicherten Informationen unter diesem Begriff.«

Zar kam nicht wieder zur Ruhe, und grübelnd wanderte er durch die Gänge und Korridore der *Enterprise.* Eine eigentümliche Stille herrschte in dem Raumschiff, und der junge Mann begegnete fast niemandem. Einige Male blieb er ruckartig stehen und drehte sich um, weil er das Gefühl hatte, es verfolge ihn jemand, doch jedesmal war er allein. Er verspürte ein vertrautes Prikkeln im Nacken. Er hatte es schon einmal empfunden, auf einer anderen Welt, in einer anderen Zeit, damals, als er auf die Jagd gegangen war – oder selbst gejagt wurde.

Zar widerstand der Versuchung, McCoy aufzusuchen, denn er wußte, daß der Doktor alle Hände voll zu tun hatte. Er erwog kurz die Möglichkeit, sich in die Messe zu begeben und dort eine knappe Mahlzeit einzunehmen, doch dann machte er sich klar, daß das flaue Gefühl in der Magengrube nicht mit Appetit gleichzusetzen war. Er schrieb sein Unbehagen der Tatsache zu, keine Gesellschaft zu haben, und er versuchte, es zu ignorieren. Schließlich war ihm gerade die Einsamkeit ein vertrauter Begleiter, und er hatte bereits vor langer Zeit gelernt, damit zu leben. Sie war ein ebenso fester Bestandteil seiner Welt gewesen wie die Sonne am Himmel, die Felsen, das Eis, und der Hunger. Es erschien ihm jetzt sonderbar, daß er damals geglaubt hatte, erst durch die Gesellschaft anderer Personen wahre Freiheit erlangen zu können, Personen, mit denen er *sprechen* konnte ... Statt dessen aber kam er zu dem Schluß, daß sie sein Problem nur noch komplizierter machten. Das war zwar nicht logisch, aber dennoch wahr.

Zars Überlegungen wandten sich wieder Spock zu. Er erinnerte sich an den Zwischenfall in der Messe und fragte sich, was der Vulkanier jetzt wohl machte. Er empfand nun keinen Zorn mehr auf seinen Vater, begriff, wie töricht er sich verhalten hatte – wie schändlich. Er verfluchte seine Naivität. Irgend etwas verkrampfte sich in der Magengrube des jungen Mannes. Er schauderte, und sein Unbehagen verstärkte sich.

Unbewußt hatte Zar seine Schritte in Richtung Sporthalle gelenkt. Sie war leer – aufgrund des Alarms hatten nur sehr wenige Besatzungsmitglieder dienstfrei. Er streifte das Hemd ab und beugte sich vor, um auch die Stiefel auszuziehen. Körperliche Bewegung konnte ihm jetzt sicher nicht schaden.

Gymnastik, anschließend eine halbe Stunde auf dem Laufband, gefolgt von Gewichteheben. Intensive physische Aktivität war vertraut und bot Zar damit so etwas wie Trost. Vor dem Transfer in die Gegenwart war sein Leben abhängig gewesen von Körperkraft, Reflexen und Ausdauer. Der junge Mann betrachtete seinen Leib als ein Überlebensinstrument, und er fand leidenschaftslosen Gefallen an der Funktionstüchtigkeit dieses Werkzeuges.

Er zog sich an den Ringen empor und machte etwa drei Meter über dem Decksboden einen Handstand, als er bemerkte, daß ihm jemand zusah. Eine junge, in Shorts und ein Sporthemd gekleidete Frau stand etwas abseits und beobachtete ihn. Der offene Blick ihrer grünen Augen verwirrte ihn – obgleich er sie aus einer ungewohnten Perspektive betrachtete. Zars zuvor so glatte und geschmeidige Bewegungen wurden abrupt und ungelenk, und fast hätte er das Gleichgewicht verloren und wäre gestürzt. Erst im letzten Augenblick fing er sich ab und landete mit einem lauten und entwürdigenden Pochen.

»Ist alles in Ordnung mit Ihnen?« fragte ihn die junge Frau.

Zar nickte, da ihm keine passende Antwort einfiel.

Seit er an Bord der *Enterprise* gekommen war, hatten sich seine Beziehungen zum weiblichen Geschlecht auf einige kurze Gespräche mit Lieutenant Uhura und Schwester Chapel beschränkt. Uhura war ein Freund – ebenso wie Scotty oder Sulu. Was Chapel anging, empfand Zar ein wenig anders. Sie faszinierte ihn auf eine rätselhafte Art. Sie brachte ihm Gefühle entgegen, die ihn vage an Zarabeth erinnerten, insbesondere seit der Chromosomenuntersuchung, der ihn Christine unterzogen und nach deren Abschluß sie ihn darum gebeten hatte, niemandem etwas davon zu sagen. Seine Fragen nach den Hintergründen wurden nicht beantwortet. Und in der Folge lehnte es Chapel ab, über dieses Thema zu sprechen.

Die junge Frau, die ihm zugesehen hatte, lächelte nun. »Ich wollte Sie nicht erschrecken. Ich habe auf eine Möglichkeit gewartet, mich mit Ihnen zu unterhalten.« Ihre Stimme war klar und hatte einen angenehmen Klang. »Ich bin Teresa McNair.«

»Nett, Sie kennenzulernen.« Diese förmliche Erwiderung erschien Zar unangebracht und steif, doch andere Worte kamen ihm nicht in den Sinn. Auf sehr intensive Weise kam ihm zu Bewußtsein, wie jung sie war – und klein im Vergleich zu ihm: Sie reichte ihm gerade bis zur Schulter. Zögernd erweiterte er seinen Geist, berührte die Emotionen Teresas und spürte Erwartung, auch das Bemühen, sich ein Bild von ihm zu machen. *Aus irgendeinem Grund erwartet sie von mir, ihren Namen zu kennen ... Warum?* »Weshalb möchten Sie mit mir sprechen?«

»Man könnte sagen, ich bringe Ihnen so etwas wie professionelles Interesse entgegen.« Sie bemerkte seine Verwirrung und fügte hinzu: »Mein zweites Fachgebiet ist extraterrestrische Anthropologie.« Nach wie vor hatte Zar den Eindruck, daß sie irgendein Geheimnis hütete und in diesem Zusammenhang mit einer Reaktion seinerseits rechnete ...

»Und worum handelt es sich bei Ihrem Hauptgebiet?« fragte er neugierig.

Sie sah ihn fragend an. »Während des Dienstes oder in der Freizeit?«

»Bitte?«

Ihre Belustigung kam einer Zar entgegenflutenden mentalen Wolke gleich, die ihn wärmte, obwohl er noch immer nicht verstand, worum es ihr ging. »Sie klingen genau wie er. Machen Sie sich nichts draus. Ich bin die jüngste Elektronikerin des Mitarbeiterstabes von Chefingenieur Scott. Das bedeutet: Ich bekomme nur die schmutzige Arbeit und keine Lorbeeren.« Teresa neigte den Kopf ein wenig zur Seite und musterte ihn. Ganz plötzlich wurde sich Zar seines schweißfeuchten Haars und der nackten Füße bewußt. »Es ist kaum zu glauben«, sagte die junge Frau leise. »Sie sind ein wahrer Künstler, wissen Sie ...«

Das Kompliment erfreute Zar, und fast hätte er seine Unsicherheit vergessen und Teresa angelächelt. Gerade noch rechtzeitig genug beherrschte er sich. »Sie haben also meine Bilder gesehen?«

»O ja.« Das Lächeln Teresas verflüchtigte sich, und dann verblaßte auch das erwartungsvolle Schimmern in den grünen Augen. »Sie haben nicht die geringste Ahnung, wovon ich rede, nicht wahr?«

»Nein.«

»Ich muß mich bei Ihnen entschuldigen – es war nicht recht, Sie zu ködern zu versuchen. Nun gut, lassen wir es dabei.« Erneut neigte sie den Kopf, und diesmal war ihr Lächeln anders. »Vergessen wir die ganze Sache.

Würden Sie … Stimmt etwas nicht?« Zar preßte sich eine Hand an die Schläfe und kniff die Augen zusammen.

»Ich weiß nicht … ich habe plötzlich Kopfschmerzen.« Er entspannte sich, und kurz darauf ließ das dumpfe Pochen hinter seiner Stirn nach. »Jetzt geht's mir schon wieder besser.«

»Für einige Sekunden sahen Sie ziemlich übel aus. Sie sollten sich von Doktor McCoy untersuchen lassen.«

»Vielleicht beherzige ich diesen Rat, später. Jetzt möchte ich mich erst einmal waschen.«

»Ich habe Sie bei Ihren Übungen unterbrochen. Machen Sie nur weiter.«

»Nein, ich war ohnehin fertig damit.« Zar versuchte, sich etwas einfallen zu lassen, um das Gespräch zu verlängern, doch seine Phantasie ließ ihn im Stich. Nach einer Weile sah er sich selbst, wie er einfach nur wortlos vor Teresa stand und sie anstarrte, und daraufhin wandte er sich mit einem Ruck von ihr ab.

McNair rührte sich nicht von der Stelle und sah dem schlanken und hochgewachsenen jungen Mann nach. Er hatte fast den Ausgang der Sporthalle erreicht, als er taumelte und zu Boden sank.

Schmerz! Er flammte direkt hinter den Augen Zars auf, und er krümmte sich zusammen und würgte. Nur unterbewußt merkte er, wie die eine Schulter am Türrahmen entlangschabte, wie seine Knie nachgaben; kurz darauf die Kühle des Decksbodens unter seinem halbnackten Leib. Von roten Blitzen durchzuckte Schwärze wogte ihm entgegen, nahm ihm die Sicht, und dann war nichts mehr …

Als Teresa ihn erreichte, war sie sicher, Zar läge im Sterben. Alle seine Muskeln hatten sich verkrampft, und der Kopf war weit in den Nacken gebeugt. In unregelmäßigen Abständen schnappte er nach Luft, und er keuchte dabei so sehr, als schnüre ihm irgend etwas den Hals zu. Die junge Frau sank auf die Knie, schob die ausgestreckten Arme ein wenig zur Seite, und kurz darauf verstummte das heisere Krächzen. Sie wußte, es war hoffnungslos, und dennoch berührte sie die Wangen Zars. Sie wollte ihn fortziehen vom Schott, den zusammengekrümmten Körper strecken, mit Wiederbelebungsversuchen beginnen.

Und ganz plötzlich atmete er wieder ruhig und gleichmäßig. Erstaunt riß Teresa die Augen auf; sie tastete nach dem Puls Zars. *Extrem schnell – aber vielleicht ist das normal für ihn. Hauttemperatur sehr hoch, aber auch das ist vielleicht nichts Besonderes. Er schwitzt – doch das könnte eine gewöhnliche Reaktion auf die Übungen sein ...* Verwirrt schüttelte sie den Kopf.

Schwarze Wimpern zuckten, und Zar schlug die Augen auf und sah Teresa an. Erst nach einigen Sekunden schien er zu begreifen, daß er am Boden lag, dicht an der Wand. »W-was?« Er versuchte aufzustehen. Mit vorsichtigem Nachdruck legte ihm McNair die Hand auf die Brust.

»Nein. Sie sollten besser liegenbleiben.«

»Was ist denn geschehen?«

»Sie wurden bewußtlos. Eine Art Anfall ... ich habe so etwas noch nie erlebt. Ich dachte schon, es sei um Sie geschehen. Ich war sicher, es handele sich um Agonie.« Als er sie fragend ansah, fügte sie erklärend hinzu: »Wenn Menschen oder Tiere sterben – vor allem dann, wenn das unter großen Schmerzen geschieht –, so verkrampfen sie sich und atmen auf die Weise, wie es bei Ihnen der Fall war.«

»Sind Sie sicher?«

»Im Alter von zwölf Jahren überlebte ich einen romulanischen Angriff. Die meisten anderen Kolonisten kamen ums Leben. Ich weiß, wovon ich spreche.«

Zar bewegte sich vorsichtig und unternahm zunächst keinen weiteren Versuch, sich in die Höhe zu stemmen. Die Pein war jetzt nur noch eine Erinnerung, ein fransiger Schatten, der sich rasch verflüchtigte. Er fühlte sich ein wenig müde, und er hatte Hunger.

»Wie geht es Ihnen jetzt?« Teresa ließ ihn nicht aus den Augen.

»Gut.« Er mied ihren Blick. Plötzlich wurde er sich des Drucks bewußt, den ihre Hand ausübte, der sanften und sehr angenehmen Berührung ihrer Finger auf seiner nackten Haut. Dieser Kontakt machte es ihm möglich, ihre Sorge für ihn zu fühlen, und auch noch etwas anderes ... Ein entlegener Faktor ihres Bewußtseins genoß es, ihn anzufassen. Dieses Empfinden verwunderte Zar und regte ihn gleichzeitig auf seltsame Weise an. Er wünschte sich, an diesem Ort verweilen zu können, sich nicht zu rühren, zu warten ... Worauf? Die Überlegung verblüffte ihn, und bevor er sich noch darüber klarwurde, was er eigentlich machte, drehte er sich um, stand auf und blickte auf Teresa herab. »Es ist jetzt wieder alles in Ordnung.«

McNair schüttelte den Kopf. »Sie sahen eben noch ziemlich mies aus, aber wenn Sie meinen ...« Sie streckte die Hand aus, um sich an der Wand abzustützen und sich ebenfalls zu erheben, und sie spürte, wie Zar sie ergriff und sie mit einer Kraft in die Höhe zog, die sie sehr erstaunte – bis sie sich an seine Abstammung und die Tatsache entsann, daß die Schwerkraft Sarpeidons höher gewesen war als die der Erde.

»Ist Ihnen das schon einmal passiert? Ich meine, hatten Sie andere Anfälle von dieser Art?«

»Nein ...« Zar zögerte, und nach einer Weile schüttelte er den Kopf. »Nein. Ich weiß nicht, was mit mir geschehen und was der Grund dafür ist ... Ich erinnere mich nicht ...« Er sah Teresa an, und sie senkte den Blick. Er spürte, daß sie etwas vor ihm zu verbergen versuchte.

»Woran denken Sie?«

»An nichts. Sie sollten sich besser so rasch wie möglich bei McCoy melden. Erzählen Sie ihm, was Ihnen hier zustieß.«

Die grauen Augen beobachteten die junge Frau aufmerksam, und das Gesicht Zars war nun wieder eine unbewegliche Maske. »Sie denken an die Möglichkeit eines zerebralen Schadens, nicht wahr? An so etwas wie Epilepsie – richtig?«

Widerstrebend nickte Teresa.

»Ich schätze, das läßt sich nicht ganz ausschließen.« Sie sah, wie Zar ein Schaudern unterdrückte. »Es gibt da etwas ...« Er schüttelte den Kopf. »Ich entsinne mich nicht.«

Nachdem er geduscht hatte, begaben sie sich gemeinsam in die Messe, um dort eine Mahlzeit einzunehmen, und Teresa erzählte ihm von ihrem Heimatplaneten, von ihrer Ausbildung an der Starfleet-Akademie. Zar hörte interessiert zu. McNair schloß ihren Bericht mit einer Beschreibung des Überlebenstests, dem sich jeder Kadett vor der Abschlußprüfung unterziehen mußte. »Es ist ziemlich schlimm. Die Studienleiter wählen irgendeinen gottverlassenen und praktisch nicht bewohnbaren Planeten aus, und dort wird man dann einfach abgesetzt, ohne Lebensmittel, ohne Waffen und Werkzeuge. Und sie erwarten von einem, daß man dort *überlebt.*«

Zar hob die eine Augenbraue. »Und?«

Teresa starrte ihn einige Sekunden lang groß an, und erst nach einer Weile begriff sie, daß er sie nicht aufzog. »Ich schaffte es«, fuhr sie fort. »In dem Monat, den ich auf jener Welt verbrachte, geriet ich nur einmal in eine kritische Lage. Ich stürzte von einem Felsen und verstauchte mir den Fuß. Aber ich hatte Glück: Ich hätte mir auch den Hals brechen können ... Was ist denn mit Ihnen?«

Zar musterte sie aus geweiteten Pupillen, und Entsetzen schimmerte in seinen Augen. »Jetzt erinnere ich mich wieder.« Er sprach so leise, daß sie ihn kaum verstehen konnte. »Sieben Jahre ... ich hatte ganz vergessen, was es bedeutet, den Tod auf jene Weise zu empfinden. Ich muß mit dem Captain sprechen.«

Und bevor Teresa McNair eine der Fragen stellen konnte, die ihre Gedanken bereits formuliert hatten, war Zar fort.

Spock richtete sich auf, blickte auf seine Sensoren und runzelte andeutungsweise die Stirn. Er legte einen Schalter um, betätigte mehrere Tasten und nahm anschließend eine Neujustierung der Instrumente vor, um mögliche – aber unwahrscheinliche – atmosphärische Störungen zu berücksichtigen. Die Anzeigen veränderten sich nicht. Daraufhin schaltete er das Interkom ein. Kurz darauf ertönte die ein wenig verschlafen klingende Stimme des Captains. »Hier Kirk.«

»Es tut mir leid, Sie geweckt zu haben, Captain, doch meine Sensoren empfangen etwas, das Sie sich ansehen sollten.«

»Bin schon unterwegs«, erwiderte Kirk, und seine Stimme hörte sich dabei so fest wie immer an.

Es dauerte nicht lange, bis der Captain auf der Brücke eintraf; er trat neben Spock, der im Sessel des Befehlsstandes saß und sich nachdenklich das Kinn rieb.

»Um was geht's?«

»Ich habe mit den Scannern die Oberfläche des Planeten überprüft und insbesondere die von den Ruinen ausgehenden Emanationen gemessen.«

»Ist es dabei zu irgendeiner Veränderung des Strahlungsmusters gekommen?«

Der Erste Offizier antwortete zunächst nicht, begab sich an seine Konsole und betätigte mehrere Tasten. Mit gedämpfter Stimme entgegnete er: »Als ich mit der Abtastung begann, bekam ich zuerst diese Anzeigen.« Auf dem Monitor leuchteten einige Datenkolonnen auf. Spock nahm eine neue Schaltung vor. »Vor genau sechs Komma vier Minuten dann verringerten sich die Werte schlagartig. Seitdem sind sie konstant, aber auf einem niedrigeren Niveau.« Er projizierte eine grafische Darstellung.

»Man könnte fast meinen, die Emanationen des Wächters hätten ein wenig ... nachgelassen«, brummte Kirk und betrachtete das Bild auf dem Schirm.

»Genau.«

»Haben Sie eine Erklärung dafür?«

»Es gibt mehrere Möglichkeiten. Vielleicht handelt es sich um eine natürliche Veränderung der von den Ruinen ausgehenden temporalen Emanationen. Denkbar wäre auch, daß wir es mit den Auswirkungen irgendeiner Art von Energiefeld zu tun haben.«

»Ein Kraftfeld?« fragte Kirk leise.

»Ja. Allerdings müßte es mir eigentlich gelingen, Hinweise auf ein solches Feld zu registrieren, und meine Sensoren entdecken nichts. Seltsamerweise bekomme ich aus dem gesamten Bereich, in dem sich der Wächter befindet, nur negative Anzeigen.«

»Was ist mit den Lebensformindikatoren und der Landegruppe?«

»Ich habe die Instrumente neu justiert, um bei der Meßphase Störungen zu berücksichtigen; die Landegruppe wurde in der letzten Zeit nicht von mir überwacht.«

Der Captain drehte sich um. »Lieutenant Uhura, worin bestand der letzte Kontakt mit den Leuten, die wir auf den Planeten beamten?«

»Sie berichteten, das Kommunikationssystem der Archäologen sei völlig ausgefallen und sie wollten deshalb ihre tragbaren Kommunikatoren benutzen. Diese Nachricht bekam ich vor fast zweieinhalb Stunden. Vor rund einer Stunde signalisierten sie den Beginn des Transports der Artefakte, und die entsprechenden Gegenstände trafen auch ein. Die Landegruppe müßte sich gleich wieder melden, Sir.« Uhura unterbrach sich, und flink huschten ihre Finger über die Kontrollen der Kom-Konsole. »Es trifft eine Mitteilung ein, Captain.«

Kirk und Spock traten neben Uhura, die einige Sekunden lang den Kopf zur Seite neigte und aufmerksam lauschte. Schließlich sah sie zu ihnen auf, und der Blick ihrer dunklen Augen war ernst. »Captain, die Botschaft stammt von Admiral Komack. Starbase Eins hat gerade zehn romulanische Raumschiffe geortet, die aus der Neutralen Zone kommen und Kurs auf diesen Sektor nehmen. Sie müßten in etwa vierzehn Stunden hier eintreffen. Der Admiral beorderte daraufhin fünf Raumschiffe und ein Großkampfschiff hierher. Die Einheiten sind mit höchster Warp-Geschwindigkeit unterwegs und dürften in etwa vierzehneinhalb Stunden zu uns stoßen, vielleicht auch etwas eher.«

»Vielen Dank, Lieutenant. Setzen Sie sich mit der Landegruppe in Verbindung. Teilen Sie den Leuten mit, sie sollten sich darauf vorbereiten, wieder an Bord gebeamt zu werden. Informieren Sie Lieutenant Harris, daß ich ihn zur Anwendung von Gewalt bevollmächtige, sollte Doktor Vargas ihm irgendwelche Probleme bereiten. Ich darf nicht zulassen, daß jemand auf dem Planeten zurückbleibt.«

»Ja, Sir.« Uhura wandte sich wieder ihrer Konsole zu.

»Spock, messen Sie weiterhin die Emanationen. Setzen Sie mich sofort in Kenntnis, wenn es zu weiteren Veränderungen der Strahlungsmuster kommt.« Leiser fügte der Captain hinzu: »Wenn die Möglichkeit besteht, daß Romulaner auch nur in die Nähe des Wächters gelangen, so müssen wir etwas dagegen unternehmen. Selbst wenn das die Zerstörung des Zeitportals bedeutet.«

Der Vulkanier sah ihn mit hochgezogener Augenbraue an. »Captain, der wissenschaftliche Verlust wäre ...«

»Enorm und nicht wiedergutzumachen. Ich weiß. Aber in diesem Zusammenhang bleibt mir keine andere Wahl.« Kirk drehte sich erneut zu der an den Kom-Kontrollen sitzenden Frau um. »Lieutenant, steht inzwischen die Verbindung mit der Landegruppe?«

Uhura schüttelte den Kopf, rejustierte den Empfänger in ihrem Ohr und versuchte es wieder und immer wieder. Nach einer Weile sah sie Kirk an, der sie angespannt beobachtete. »Es tut mir leid, Sir. Unsere Leute antworten nicht. Keiner von ihnen.«

12. KAPITEL

Spock protestierte zwar, aber Kirk ließ es sich nicht nehmen, das Rettungsteam selbst zu leiten. Sie rematerialisierten an den Transferkoordinaten der ersten Landgruppe, und um sie herum war alles leer und verlassen. Die Begleiter des Captains duckten sich unwillkürlich, um dem kalten und heulenden Wind zu entgehen; McCoy setzte den Scanner ein und hielt das Gerät in verschiedene Richtungen.

»Keine Anzeichen von Lebensformen ... Moment ... doch ... ganz schwach. Aus dieser Richtung.« Er streckte den Arm aus, und sie setzten sich sofort in Bewegung.

Das, was von der ersten Landegruppe und den Archäologen übriggeblieben war, lag verstreut außerhalb des wissenschaftlichen Camps. Kirk preßte die Lippen aufeinander und schloß kurz die Augen. Einige Sekunden später, als er die Fassung wiedergewonnen hatte, trat er auf McCoy zu, der sich gerade über eine auf dem Boden liegende Gestalt beugte.

Doktor Vargas hatte kaum noch Ähnlichkeit mit der Frau, an die sich Kirk erinnerte. Als der Captain herankam, sah McCoy zu ihm auf und schüttelte rasch den Kopf.

»Kann sie sprechen, Pille?«

»Das bezweifle ich.«

Beim Klang der Stimmen rührte sich der blutige und verbrannte Körper, und Augenlider zitterten und öffneten sich. »Kirk ...« Die Stimme war so schwach, daß der Captain McCoy zur Seite stieß und der Sterbenden fast das Ohr auf den Mund preßte. Er begriff, daß ihn Vargas nicht sehen konnte, und er berührte ihre Hand.

»Ich bin hier. Doktor Vargas – wer war es?«

»Romu ...«

»Pille, kannst du ihr etwas geben, das ihr das Sprechen erleichtert?«

McCoy verzog das Gesicht und schüttelte den Kopf. »Nein, Jim. Stimulanzien würden ihr nur die letzte Kraft rauben.«

»Das ist keine Antwort auf meine Frage! Kannst du ihr etwas geben, das sie in die Lage versetzt zu reden?«

»Cordrazin oder auch Trimethylphenidat, aber ...«

»Also los, Pille, verpaß ihr eine Dosis davon! Ich *muß* wissen, ob die Romulaner den Wächter gefunden haben!«

McCoy brummte etwas Unverständliches, holte jedoch den Injektor hervor und hielt ihn an den einen Arm der Archäologin. Kirk vernahm ein leises Zischen. Vargas schlug die Augen auf und stöhnte.

»Haben die Angreifer die Wahrheit herausgefunden?« Kirk schüttelte die Wissenschaftlerin vorsichtig. »Wissen sie, wo sich der Wächter befindet?«

»Nein ... sie hatten keine Drogen ... setzten primitive Methoden ein ... Torquemada ... wir wehrten uns ... zu große Übermacht. Aber wir haben ... nichts verraten. Halten Sie ... sie auf ...« Vargas schloß die Augen, um sie unmittelbar darauf wieder aufzureißen. Kirk spürte, wie ihr ganzer Leib erbebte. Sie keuchte, und dann fügte sie mit erstaunlicher klarer und ruhiger Stimme hinzu: »Sie müssen sie aufhalten. Mein Wächter ... darf nicht mißbraucht werden, um ...« Erneut schlossen sich ihre blauen Augen, und die Lider hoben sich ein wenig, als sich der Kopf zur Seite neigte. Der Captain ließ den Leichnam sanft zu Boden sinken, und McCoy drückte der Toten die Augen zu.

Die anderen Angehörigen des Rettungsteams standen hinter McCoy und Kirk, und der Captain erhob sich. Masters, der Sicherheitschef, räusperte sich. »Wir haben alles überprüft, Sir. Keine Überlebenden. Es war ein wahres Gemetzel ... sieben von meinen Leuten ...« Er schluckte, und etwas gefaßter fuhr er fort: »Sollten wir sie beerdigen, Captain?«

»Sechzehn Tote? Nein, der Boden ist viel zu hart. Lassen Sie Bahren und Leichensäcke von der *Enterprise* hierher beamen. Ab sofort werden alle Kommunikationssignale verschlüsselt, und wir setzen uns nur noch per Richtstrahl mit dem Schiff in Verbindung. Wir dürfen es nicht riskieren, abgehört zu werden. Wir veranstalten eine Begräbniszeremonie, wenn ... wenn dies alles vorbei ist. Starben sie alle auf die gleiche Weise?«

»Durch Folterung? Ja. Warum, Captain?«

Kirk ballte die Fäuste und holte tief Luft. »Der Feind wollte Informationen, die sie ihm nicht geben konnten, weil sie gar nichts davon wußten. Die wirklichen Helden sind die Archäologen. Sie zogen den Tod vor, anstatt etwas zu verraten. Haben Sie das Gebäude durchsucht?«

»Ja, Sir. Die Romulaner haben das unterste zuoberst gekehrt. Wir können von Glück sagen, daß die Aufzeichnungen rechtzeitig genug an Bord gebracht wurden.«

»Ja, das stimmt. Ich wünschte nur, wir hätten auch die Männer und Frauen in Sicherheit bringen können. Ist von Ihnen bereits eine Identifikation durchgeführt worden, oder soll McCoy Netzhautanalysen vornehmen?«

»Das ist schon erledigt, Sir.«

»Gut. Holen Sie sofort die Ausrüstung her. Wenn wir noch mehr Zeit verlieren, droht uns vielleicht ein ähnliches Schicksal wie denen, die hier ihr Leben ließen.«

»Jawohl, Sir.«

Kirk winkte McCoy herbei. »Überprüfen wir den Wächter. Justiere deinen Phaser auf tödliche Energieabstrahlung, Pille.«

Die beiden Männer wanderten an brüchigen Ruinen

vorbei, und als das Gebäude der archäologischen Expedition hinter ihnen außer Sicht geriet, blieb Kirk stehen und sah sich aufmerksam um. Anschließend nahm er einen Scanner zur Hand und führte eine neuerliche Sondierung durch. Daraufhin schüttelte er den Kopf. »Pille, nimm eine Kontrolle mit deinem Tricorder vor.«

Der Doktor nannte einige Koordinaten, und Kirk runzelte die Stirn. »Ich verstehe das nicht ... wir müßten eigentlich dazu in der Lage sein, den Wächter von hier aus zu sehen. Und doch ist die Landschaft ... Sein Tonfall veränderte sich abrupt. »Pille, das Zeitportal *ist nicht mehr da.* Wohin ... Hältst du es für möglich, daß die Romulaner die Zeitpforte *fortgebracht* haben?«

»Lieber Himmel, nein, Jim. Sie konnten sie unmöglich bewegen. Sie wiegt viele Tonnen. Außerdem würde sie an einem anderen Ort nicht funktionieren. Aber wo ist sie jetzt?«

Der Captain nahm seinen Kommunikator zur Hand und aktivierte den Codierungsprozessor. »Kirk an *Enterprise.*«

»Hier *Enterprise.* Spock spricht.«

»Sind Sie von der hiesigen Lage unterrichtet worden?«

»Positiv, Captain.«

»Überwachen Sie nach wie vor die Emanationen aus dem Ruinengebiet?«

»Ja, Captain. Sie sind konstant geblieben, auf dem niedrigeren Niveau, das ich Ihnen zeigte.«

»In Ordnung. Kirk Ende.«

Einmal mehr sah sich der Captain aufmerksam um, und seine Verwirrung nahm zu. Ruinen, geborstene Säulen, blaugraue Felsblöcke, Sand wie Asche – und sonst nichts. »Der Wächter kann sich doch nicht einfach in Luft aufgelöst haben, Pille! Er *muß* irgendwo dort vor uns sein ...« Er unterbrach sich jäh und sah den Arzt an. »Jetzt hab ich's! Das Zeitportal *befindet* sich auch vor uns – wir können es nur nicht sehen!« McCoy starrte ihn groß an, und Kirk nickte aufgeregt. »Eine neue Art von Abschirmung. Die Romulaner konfrontieren uns mit einem Trugbild, das uns anstelle des Wächters etwas anderes vorgaukelt. Wir müßten jetzt noch etwa hundert Meter von der Zeitpforte entfernt sein, doch irgendein Kraftfeld lenkte das Licht so um, daß wir nur die üblichen Ruinen sehen.«

»Das könnte stimmen, Jim. Klingt logisch für mich. Aber wenn du recht hast: Wie, zum Teufel, sollen wir die Romulaner dann daran hindern, den Wächter für ihre eigenen Zwecke zu nutzen – wenn wir ihn nicht einmal finden können?«

»Was ist mit deinem Tricorder? Registriert das Gerät irgendwelche Lebensformen, die uns einen Anhaltspunkt dafür geben könnten, wo sich der Feind verbirgt?«

Das Instrument des Arztes summte leise, und kurz darauf schüttelte McCoy seufzend den Kopf. »Ich empfange die temporalen Energien, aber das ist auch schon alles. Etwas anderes läßt sich nicht feststellen. Wir sind blind, Jim – sowohl in visueller als auch gerätetechnischer Hinsicht.«

Kirk überlegte. »Hm, ich glaube, ich habe da eine Idee ... Laß uns jetzt zurückkehren.«

Als McCoy und Kirk im Transporterraum an Bord der *Enterprise* rematerialisierten, fiel ihr Blick auf den wartenden Zar. Angesichts der Blässe seines Gesichts wirkten die Augen fast schwarz. Die Stimme des jungen Mannes vibrierte, als er fragte: »Die Landegruppe ... die Leute sind alle tot, nicht wahr? Wenn ich nur eher davon erfahren hätte ... sie könnten jetzt noch leben ... Juan und Dave ... Doktor Vargas ...«

McCoy musterte Zar aufmerksam und stellte fest, daß er unter Schockwirkung stand. Kirk trat von seinem Transferfeld, griff nach dem einen verkrampften Arm des jungen Mannes und schüttelte ihn. Der Captain benutzte einen scharfen und befehlenden Tonfall, als er sagte: »Pille, hilf mir, ihn in die Krankenstation zu bringen.«

Zar bewegte sich so steifbeinig und ungelenk wie eine Marionette, als Kirk und McCoy ihn rasch in die Krankenstation führten und dort in einen Sessel drückten. Besorgt tastete der Arzt nach dem Puls und warf dem Captain einen kurzen Blick zu. »Komm wieder zu dir, Junge. Woher weißt du, was mit den Leuten der Landegruppe geschehen ist?«

Die grauen Augen zwinkerten, und die trüben Schatten in ihnen lösten sich teilweise auf. »Ich ... spürte es. Auf die gleiche Art und Weise, wie schon ... zuvor. Ich hatte Kopfschmerzen, und mir wurde elend. Ich begriff, warum die Romulaner angriffen. Die Pein wurde immer schlimmer. Ich verlor das Bewußtsein ... und dann endlich ließ der Schmerz nach. Als ich mich schließlich an die eine Gelegenheit erinnerte, bei der ich schon einmal so etwas empfand, wußte ich, daß sie alle tot waren.« Zar ließ die Schultern hängen. »Alle tot ... Und ich hätte sie retten können, wenn ...«

Kirk reichte ihm eine mit schwarzem Kaffee gefüllte Tasse und beobachtete den jungen Mann, als er mit zitternden Händen danach griff und sich bemühte, die Selbstbeherrschung wiederzufinden. »Mach dir keine Vorwürfe, Zar. Was meintest du damit, als du eben sagtest, du hättest begriffen, warum die Romulaner angriffen?«

»Es erschien mir offensichtlich. Sie drangen in diesen Raumsektor ein, um den Wächter zu finden. Man könnte ihn als eine tödliche Waffe einsetzen. Ich stellte dem Computer einige entsprechende Fragen. In seinen Speicherbänken sind keine diesbezüglichen Informationen enthalten. Und das bedeutet, das Zeitportal ist als streng geheim eingestuft. Ich frage mich, wie die Romulaner von der Existenz des Wächters erfahren haben.«

»Darauf weiß ich keine Antwort.« Kirk zuckte mit den

Schultern und nahm McCoy zur Seite. Zar stützte unterdessen erschöpft den Kopf in die Hände. »Was hältst du davon, Pille?«

»Keine Ahnung, Jim. Präkognition? Hellseherei? Empathische Rückkopplung angesichts der Qualen seiner Freunde? Ohne weitere Daten ist keine Bewertung möglich.«

Der Captain verzog kurz das Gesicht. »Jetzt hörst du dich fast so an wie Spock. Ich muß auf die Brücke zurückkehren. Versuch inzwischen, mehr über diese seltsame Fähigkeit Zars herauszufinden. Sie könnte sich als nützlich erweisen.«

Als Kirk gegangen war, füllte McCoy die leere Tasse seines Patienten erneut mit Kaffee. »Geht's dir jetzt besser?«

»Ja.« Zar schüttelte den Kopf. »Ich kann es noch immer kaum fassen. Erst vor einigen Stunden habe ich zum letztenmal mit ihnen gesprochen ... und sie dann so zu sehen ...« Er stellte die Tasse ab.

»Aber du warst doch gar nicht bei ihnen. Du konntest sie nicht sehen ...« McCoy unterbrach sich.

»Doch. In Ihrem Bewußtsein, als Sie mich berührten.«

»Es tut mir leid.« McCoy musterte die Züge des jungen Mannes, und dabei fiel ihm auf, daß sich das Gesicht Zars verändert hatte. Er wirkte nun reifer, und das verlieh ihm ein fremdartigeres Erscheinungsbild, ließ ihn nicht mehr so sehr wie einen Menschen wirken, eher wie einen ...

»Zar, wann begannst du jenes Unbehagen zu empfinden, das du eben erwähntest?«

»Fast unmittelbar nach der Verabschiedung von Juan und Dave. Ich nahm den Skizzenblock zur Hand und zeichnete geistesabwesend, und es entstand das Bild Doktor Vargas'. Ich versuchte, das Elend zu verdrängen, es einfach zu vergessen, aber dieses Empfinden verstärkte sich, drängte sich immer wieder in meinen geistigen Fokus. Schließlich wurde der Schmerz so stark, daß ich das Bewußtsein verlor. Als ich wieder zu mir kam, ging es mir besser. Erst später, als ich mit ... jemandem sprach, verstand ich, worauf die Pein zurückzuführen war.«

»Wann war es am schlimmsten?«

»Etwa zweieinhalb Stunden nach dem Transfer der Landegruppe.«

Als die Leute starben ... dachte McCoy und entsann sich an die kurze Untersuchung der Leichen.

»Du meintest, du hättest schon einmal ein ähnliches Erlebnis gehabt. Wann?«

Ein Schatten legte sich über die Züge des jungen Mannes. »Als ... als meine Mutter starb ... vor sieben Jahren. Ich hatte das damit einhergehende Empfinden fast vergessen. Ich vermute, ich habe diese Erfahrung verdrängt. Deshalb brachte ich jenes Gefühl nicht sofort in Zusammenhang mit den Männern und Frauen auf Gateway. Dieser Spürsinn bezog sich nie auf mich selbst: Als die Vitha mich angriff und ich beinah ums Leben gekommen wäre, war ich völlig überrascht. Aber als Zarabeth in die Gletscherspalte stürzte ... Ich jagte in der Nähe; die Entfernung mag etwa acht Kilometer betragen haben. Ich spürte die emotionale Warnung: Mir wurde elend, und ich bekam Kopfschmerzen; in meiner Magengrube krampfte sich etwas zusammen. Ich wußte, daß etwas nicht in Ordnung war. Ich machte mich auf den Rückweg ... Und als ich etwa die Hälfte der Distanz hinter mir hatte, flammte der Schmerz in mir auf, und da wußte ich, daß das Unglück geschehen war. Ich wurde ohnmächtig ... Als ich den entsprechenden Ort erreichte, war es zu spät. Meine Mutter ... lebte bereits nicht mehr ... war schon seit mindestens einer Stunde tot.«

McCoy schüttelte den Kopf, und es kamen ihm keine Worte in den Sinn, mit denen er Zar hätte trösten können. Eine Zeitlang hockte der junge Mann einfach nur still im Sessel und blickte in die Ferne. Dann zwinkerte er einige Male und sah den Doktor an. »Als mir klarwurde, daß ich ebenso empfunden hatte wie damals beim Tod Zarabeths, wußte ich, daß meinen Freunden etwas zugestoßen war, ohne daß ich ihnen helfen konnte.« Er ballte die Fäuste. »Das ist das Schlimmste. Man weiß, was sich anbahnt, und man kann nichts dagegen unternehmen. Außerdem frage ich mich, wie ich es aushalten soll, einerseits engere Beziehungen zu anderen Personen einzugehen, jemanden liebzugewinnen, und andererseits zu ... zu spüren, wie die Betreffenden eines Tages sterben. Das ist einfach unerträglich.«

»Ich vermute, je besser du die vulkanischen Disziplinen der Gedankenabschirmung beherrschen lernst, desto weniger wird dich so etwas belasten«, erwiderte McCoy. »Ich weiß, im Augenblick muntert dich das nicht sonderlich auf. Nun, wenn du zufälligerweise erneut solche ... emotionalen Eindrücke gewinnst, so solltest du mich und den Captain sofort davon in Kenntnis setzen.«

»Gut.«

»Und jetzt kehr in deine Kabine zurück und schlaf ein wenig. Du siehst aus, als könntest du Ruhe brauchen, und mich erwartet eine ziemlich unangenehme Aufgabe.«

Zar nickte und ging. McCoy holte sich einen Kittel samt Handschuhen aus dem Lager, begab sich in die Pathologie und biß in Gedanken die Zähne zusammen.

»Wir stehen also vor folgendem Problem.« Der Captain ging vor dem oberen Ende des Konferenztisches auf und ab. »Wir wissen, daß die Romulaner eine besondere Abschirmung eingesetzt haben, um den Wächter vor uns zu verbergen. Solange das Kraftfeld besteht, haben wir keine Möglichkeit, festzustellen, *wo* sich die Romulaner befinden. Darüber hinaus können wir nicht bestimmen, mit wie vielen Feinden wir es zu tun haben. Wenn wir eine Einsatzgruppe auf den Planeten beamen, um den Gegner zu stellen, so sehen wir uns vielleicht einer großen Übermacht gegenüber, sobald wir in den abgeschirmten Bereich vordringen. Spock hat eine Messung der entsprechenden Region vorgenommen, und sie ist groß genug, um eine beträchtliche Streitmacht zu beherbergen. Andererseits: Jede verstreichende Sekunde gibt den Romulanern mehr Zeit für einen Mißbrauch des Zeitportals. Unsere Instrumente helfen uns nicht viel weiter – es sei denn zur Ortung des Kraftfeldes. Offen gesagt: Es wundert mich, warum die Romulaner den Wächter noch nicht benutzt haben. Wir sind nach wie vor hier, und daraus schließe ich, daß der Feind noch keine temporalen Transfers durchgeführt hat. Ja, Lieutenant?« Kirk richtete den Blick auf Uhura.

»Captain, Ihre Vermutungen und Schlußfolgerungen gründen sich auf die Annahme, daß die Romulaner *wissen,* worum es sich bei dem Wächter handelt, daß sie über sein Potential als Zeitpforte informiert sind.« Nachdenklich schüttelte Uhura den Kopf. »Vielleicht aber trifft das nicht zu. Wie viele Personen mag es geben, die über den Wächter informiert sind? Vielleicht zwanzig in der ganzen Föderation – einschließlich wir fünf hier. *Warum glauben Sie, die Romulaner wissen Bescheid?*«

Stimmengemurmel wurde laut, und Uhura hob die Hand. Als es wieder still geworden war, fuhr sie fort: »Wenn die Romulaner tatsächlich Kenntnis von den Möglichkeiten haben, die der Wächter bietet, so bedeutet das, es gibt irgendwo ein Sicherheitsrisiko – vielleicht einen Spion, der dem Feind Informationen geliefert hat. Doch bei Starfleet ist in dieser Hinsicht nichts bekannt.« Die dunkelhäutige Frau beugte sich vor und sah die anderen Offiziere an. »Auch ich bezweifle eine solche Möglichkeit. Ich bin davon überzeugt, die Romulaner haben keine Ahnung, was der Wächter darstellt. Ich glaube vielmehr, sie haben nur in Erfahrung gebracht, daß uns aus irgendeinem Grund sehr an Gateway gelegen ist. Die Romulaner nehmen vermutlich an, die Föderation hüte auf dem Planeten ein militärisches Geheimnis. Etwas, das von uns entwickelt wurde, eine neue Installation vielleicht. Aus welchem anderen Grund sollte das Oberkommando einen öden Aschenhaufen von einem ständig patrouillierenden Raumschiff bewachen lassen?« Uhura legte eine weitere Pause ein. »Denken Sie daran, welcher Eindruck sich uns darbot, als die erste Landgruppe nach Gateway gebeamt wurde ... Mr. Spock entdeckte den Wächter mit seinem Tricorder – und den Sensoren an Bord des Schiffes. Glücklicherweise ist die wissenschaftliche Technologie der Romulaner nicht ganz so weit entwickelt wie die unsrige. Militärisch sind sie stark, aber es mangelt ihnen an intellektueller Neugier. Und die Zeitpforte wird erst dann reagieren, wenn sie ihr eine Frage stellen ... Ich bin sicher, sie sind noch immer so sehr damit beschäftigt, nach irgendeiner neuen Waffe oder einem Raumschiff zu suchen, daß sie den Ruinen – und damit auch dem Wächter – nicht die geringste Beachtung schenken.«

Einige Sekunden lang herrschte Stille. Dann nickte Spock und preßte die Fingerspitzen aneinander. »Eine vollkommen logische Argumentationsfolge, Lieutenant. Ich bin geneigt, Ihnen zuzustimmen, da Ihre Theorie alle uns bisher zur Verfügung stehenden Daten berücksichtigt.« Der Vulkanier blickte die anderen Anwesenden ernst an. »Allerdings dürfen wir uns nicht darauf verlassen, daß die Romulaner den Wächter auch weiterhin ignorieren. Früher oder später dürften sie auf ihn aufmerksam werden. Und wenn das der Fall ist ...«

Der Captain schüttelte den Kopf. »Das gilt es zu verhindern. Selbst wenn wir die Phaser sowohl der *Enterprise* als auch der *Lexington* einsetzen müssen, um den ganzen Planeten zu vernichten. Bis zum Eintreffen der romulanischen Flotte bleiben uns weniger als dreizehn Stunden. Wir können zwar hoffen, daß die Kampfschiffe der Föderation den feindlichen Einheiten dichtauf folgen, aber wir dürfen kein Risiko eingehen.«

Die Mienen der am Tisch sitzenden Offiziere machten deutlich, was in ihnen vorging. Kirk musterte sie nacheinander. »Ich weiß, daß die Vernichtung des Wächters einem ungeheuren Verlust gleichkäme – eine enorme Menge an wissenschaftlichen und historischen Informationen ginge verloren. Außerdem gibt es noch eine andere Gefahr. Es wäre durchaus denkbar, daß der Wächter über ein eigenes Verteidigungssystem verfügt. Ein Versuch, ihn zu eliminieren, könnte dazu führen, daß er uns allen – Romulaner *und* Menschen – den Garaus macht. Und selbst wenn das Portal über kein Selbstschutzpotential verfügt: Die von dem Wächter eingesetzten Energien sind so gewaltig, daß seine Zerstörung möglicherweise das Ende des ganzen Sektors bedeutet. Ganz gleich, von welcher Perspektive aus wir die Angelegenheit auch betrachten: Die Risiken sind erheblich. Aber wenn ich es für notwendig halte, Gateway zu vernichten, so zögere ich nicht, diese Entscheidung zu treffen. Welche Folgen sich daraus auch ergeben mögen: Ich allein übernehme die Verantwortung. Die Vorstellung, unsere Phaser auf die Zeitpforte abzufeuern, gefällt mir ganz und gar nicht – aber vielleicht haben wir keine Wahl.« Kirk blieb am Kopfende des Tisches stehen und schwieg einige Sekunden lang. Dann straffte er die Schultern. »Das wär's. Sie können gehen.«

13. KAPITEL

LOGBUCH DES CAPTAINS – STERNZEIT 7340.37

Wir sind noch immer auf Alarmstufe Gelb und warten auf die Ankunft sowohl der romulanischen Flotte als auch der Verstärkung von Starfleet. Innerhalb der nächsten zwölf Stunden muß es mir unbedingt gelingen sicherzustellen, daß die Zeitpforte nicht von Unbefugten benutzt werden kann. Wenn das unmöglich ist, bleibt mir nichts anderes übrig, als Gateway zu vernichten. Die einzige eventuelle Lösung des Problems, die mir bisher in den Sinn gekommen ist, macht es erforderlich, die Allgemeine Order Neun zu brechen, aber in dieser Hinsicht habe ich kaum eine Wahl. Kirk Ende.

Der Captain betätigte die Aufzeichnungstaste, lehnte sich in seinem Sessel zurück und warf einen fast sehnsüchtigen Blick auf die Koje. Anstatt sich dort auszustrecken, bestellte er sich eine weitere Tasse Kaffee und schaltete das Interkom ein.

»Hier Spock.«

»Haben Sie mit Doktor McCoy über das gesprochen, was bei unserer Rückkehr im Transporterraum geschah?«

»Nein, Captain.«

»Zar wartete dort auf uns. Obwohl ihn niemand informiert hatte, wußte er aus irgendeinem Grund, was auf dem Planeten geschehen war – von dem Tod der Angehörigen der Landegruppe. Haben Sie ihn seitdem gesehen?«

»Nein.«

»Die ganze Sache hat ihn sehr mitgenommen. Offenbar stand er in einer Art emphatischen Verbindung mit seinen Freunden Cordova und Steinberg und erlebte ihre Qualen mit. McCoy denkt an so etwas wie Präkognition oder emotionale Hellseherei. Was halten Sie davon?«

Der Vulkanier zögerte mit der Antwort: »Ich weiß nicht, Captain. Die von Ihnen eben erwähnten Fähigkeiten sind bei Telepathen nicht ganz unbekannt, aber ich habe in dieser Hinsicht nur ein einziges Mal Erfahrungen sammeln können ...«

»Ich erinnere mich. Die *Intrepid.* Wenn ich mich recht entsinne, war es ziemlich schmerzhaft.«

»Ja. Sie sind ihm im Transporterraum begegnet?«

»Genau. Er teilte uns mit, er habe aufgrund des ursprünglichen Schocks das Bewußtsein verloren, doch als wir rematerialisierten, hatte er sich wieder einigermaßen in der Gewalt und machte sich Vorwürfe dafür, uns nicht rechtzeitig gewarnt und seine Freunde auf diese Weise gerettet zu haben. Offenbar empfand er einige Zeit vor ihrem Tod ein ausgeprägtes Unbehagen.«

»Befindet er sich jetzt in der Krankenstation?«

»Nein. Deshalb habe ich mich mit Ihnen in Verbindung gesetzt. Ich kann ihn nirgends finden, und ich möchte ihm einige Fragen in bezug auf seine besonderen Fähigkeiten stellen. Stimmt es wirklich, daß er die Präsenz anderer Lebensformen spürt, indem er sich auf ihre emotionalen Emissionen konzentriert? Und dazu ist kein physischer Kontakt nötig?«

»Positiv. Allerdings muß es sich um eine recht hochentwickelte Lebensform handeln. Andere Wesen, die sich durch ein niedrigeres Evolutionsniveau auszeichnen, Insekten zum Beispiel, haben kaum Gefühle, die sich in für Intelligenzen wie uns verständliche Assoziationen transkribieren ließen.«

»Dann stimmt meine Vermutung also. Gut. Beordern Sie Mr. Scott, Sie abzulösen, und kommen Sie anschließend in mein Quartier. Bringen Sie Zar mit. Kirk Ende.«

Als er das Interkom ausschaltete, runzelte der Vulkanier andeutungsweise die Stirn; und die Falten fraßen sich ihm noch tiefer in die Haut, als sich in der Unterkunft Zars niemand meldete. Spock versuchte es in der Sporthalle, in der Bibliothek, anschließend auch im Aufenthaltsraum. Keine Reaktion. Er übergab das Kommando dem Chefingenieur und machte sich auf den Weg zu seiner eigenen Unterkunft. Er ließ sich dabei von etwas leiten, was Kirk als eine Ahnung bezeichnet hätte, Spock aber als eine logische Schlußfolgerung erachtete.

Die Tür öffnete sich, und der Blick des Vulkaniers fiel auf die vertrauten Gegenstände seiner Kabine: Liege, Sessel, Mikrofilmleser, Speicherspulen. Alles ganz normal ... Dann sah Spock die reglose Gestalt, die auf dem Boden des Alkoven lag, halb verborgen hinter dem scharlachroten Vorhang ...

Für einen Sekundenbruchteil war der Vulkanier wie erstarrt und konnte sich nicht von der Stelle rühren. Dann setzten sich seine Beine von ganz allein in Bewegung und trugen ihn zu der schwarzgekleideten Gestalt. Als er sich herabbeugte und die Hand ausstreckte, um sanft die Schulter des jungen Mannes zu berühren, drehte sich Zar auf die Seite, seufzte leise und erwachte.

Der Vulkanier war erleichtert, und ein wenig schärfer als beabsichtigt fragte er: »Was machst du hier?«

Zar reagierte mit offensichtlicher Verlegenheit. »Ich konnte nicht in meiner Unterkunft bleiben. Dort war alles so ... so leer. Deshalb kam ich hierher, um die Speicherspule über die Geschichte Sarpeidons zurückzubringen und mir dein Informationsmaterial über die Künste auf Vulkan anzusehen. Nach einiger Zeit wurde ich müde. Ich habe dich nicht so rasch zurückerwartet. Bist du nicht im Dienst?«

»Doch. Warum hast du nicht die Liege benutzt?«

Zar sah ihn groß an aus seinen grauen Augen. »Es ist nicht meine, sondern deine. Außerdem kann ich überall schlafen.«

Eine Braue Spocks kam kurz in die Höhe. »Ganz offensichtlich. Steh auf. Der Captain möchte dich sprechen. Komm mit.«

»Mich?«

»Eigentlich uns beide. Ich weiß nicht, warum.«

Kirk nahm gerade einen Schluck von seiner zweiten Tasse Kaffee und rieb sich die vor Müdigkeit geröteten Augen, als das Türsignal aufleuchtete. »Herein!« rief er und bedeutete den beiden Besuchern, Platz zu nehmen. »Bitte setzt euch. Zar, ich möchte dir einige Fragen stellen und einen Vorschlag machen.« Der Captain ließ sich auf dem Rand der Koje nieder und hielt die Kaffeetasse mit beiden Händen, während er den Blick zweier Augenpaare auf sich gerichtet fühlte. Das eine sah ihn fragend an, das andere ruhig und kühl.

»Zar, kannst du feststellen, ob sich in deiner Nähe eine intelligente Lebensform befindet – ohne sie zu sehen?«

Der junge Mann nickte. »Dazu war ich bisher bei jeder Lebensform in der Lage, der ich begegnete.«

»Bist du fähig, deinen Geist so abzuschirmen, wie es Spock vermag? Kannst du zum Beispiel Schmerz abschirmen und verhindern, daß man mit Drogen Informationen von dir gewinnt?«

»Eine mentale Abschirmung, die verhindert, daß andere Telepathen gegen meinen Willen in mein Bewußtsein eindringen, ist mir durchaus möglich. Was den anderen Punkt anbelangt ... Ich weiß es nicht.«

Spock hob die eine Augenbraue. »Zar weist einen natürlichen Gedankenschild von nicht unbeträchtlicher Stabilität auf. Im Hinblick auf die Abschirmung von Schmerz und den Widerstand in bezug auf Drogen ist eine Technik nötig, die sowohl ein hohes Maß an geistiger Disziplin erfordert als auch eine umfassende physiologische Kontrolle. Dieses Niveau hat er noch nicht erreicht. Mit einem qualifizierteren Lehrer wäre er dazu durchaus in der Lage. Ich bin nicht kompetent genug.«

»Aber Sie halten es für ausgeschlossen, daß jemand gegen den Willen Zars seine Gedanken erfassen könnte, nicht einmal infolge einer mentalen Verschmelzung?« Kirk beugte sich vor.

»Das ist bei ihm ebenso unmöglich wie bei mir.« Der Vulkanier runzelte die Stirn.

»Was wissen wir über die telepathischen Fähigkeiten der Romulaner?«

»Fast nichts, Captain. Es gibt sie, aber was ihre Qualität und Quantität anbelangt, sind wir nur auf Vermutungen angewiesen.« Spock kniff die Augen zusammen. »Captain, es gibt nur einen logischen Grund für diese Fragen – die Antwort lautet: nein.«

Kirk lächelte dünn. »Ich kann mich nicht entsinnen, Sie um eine Antwort gebeten zu haben.«

Zar musterte die beiden Offiziere verwirrt. »Was soll das alles? Captain: Welchen Vorschlag wollten Sie mir machen?«

»Hat Spock dir davon erzählt, daß die Romulaner den Bereich des Wächters mit einem speziellen Kraftfeld abgeschirmt haben?«

»Nein, er hat mir gar nichts gesagt. Nun, offenbar ist die Zeitpforte bisher noch nicht von den Romulanern benutzt worden, zumindest nicht auf diese Weise, die wir befürchten – woraus sich allerdings eine interessante Frage ergibt. Könnten wir es überhaupt irgendwie feststellen, wenn sich das, was wir als Geschichte erachten, plötzlich verändert? Ein solcher Wandel müßte doch auch unsere eigene Vergangenheit erfassen und augenblicklich zu einem Teil davon werden. Wir erinnern uns an das, was *war* ... Ich frage mich, wie entsprechende Gleichungen beschaffen sein müßten ...«

Spock beugte sich vor. »Eine faszinierende Vorstellung. Rein theoretisch wäre es denkbar ...«

Der Captain hob die Hand. »Ich unterbreche euch nur ungern, aber während ihr hier sitzt und die Logik temporaler Manipulationen erörtert, könnte es im Zeit-Kontinuum *wirklich* zu einer Veränderung kommen. Zar, wir haben es mit folgender Situation zu tun ...« Kirk beschrieb dem jungen Mann das Problem und schloß: »Wir müssen also irgendwie die Abschirmung durchdringen und die Zeitpforte schützen, bevor die Romulaner begreifen, womit sie es eigentlich zu tun haben. Um das zu bewerkstelligen, bleibt uns nichts anderes übrig, als in den Bereich des Kraftfeldes vorzustoßen.«

Der junge Mann überlegte eine Zeitlang. »Sie möchten, daß ich die Schwelle des Kraftfeldes überschreite, da ich die Präsenz von Romulanern spüren kann, ohne sie zu sehen – ist das korrekt ausgedrückt?«

»Wäre das möglich?«

In den grauen Augen begann es zu glänzen. »Ich werde es versuchen, Sir. Wenn ich mich im Innern des abgeschirmten Bereiches befinde, ohne vom Feind gefaßt zu werden – was soll ich dann in Hinsicht auf den Wächter unternehmen?«

»An dieser Stelle kommt Spock ins Spiel. Er hat über eine Möglichkeit nachgedacht, das Zeitportal in ein Energiefeld zu hüllen, das die Romulaner, wenn sie es entdecken, eine Zeitlang daran hindern dürfte, zum Wächter zu gelangen. Auf diese Weise gewinnen wir Zeit und können abwarten, bis Verstärkung eintrifft.«

»Ja, Sir.« Zar stand auf. »Wann brechen wir auf?«

»Von ›wir‹ kann gar keine Rede sein.« Der Vulkanier erhob sich ebenfalls, und die knappe Bemerkung klang wie eine Warnung. »Zumindest schließt dich das nicht mit ein. Ich bin durchaus dazu imstande, das Energiefeld allein zu installieren. Captain ...«, fügte er hinzu, ohne den Kopf zu wenden. »... es ist Ihnen doch wohl klar, daß Sie die Allgemeine Order Neun verletzen, indem Sie in dieser Angelegenheit einen Zivilisten um Hilfe bitten?«

»Abgesehen von der Zerstörung Gateways nehme ich die einzige mir zur Verfügung stehende Möglichkeit wahr, den Wächter zu schützen. Und ich bin bereit, mich über die Order Neun hinwegzusetzen, um dieses Ziel zu erreichen.«

»Diese Entscheidung kommt Ihnen nicht zu, Captain.« Spock sah Kirk an, und das Blitzen in seinen dunklen Augen veranlaßte Kirk, kurz zu zwinkern, bevor sich sein Gesichtsausdruck verhärtete. Die Stimme des Vulkaniers klang scharf: »Zar, kehr jetzt in deine Unterkunft zurück.«

»Nein, Sir.« Angesichts des kühlen und entschlossenen Tonfalls des jungen Mannes wandten sich beide Offiziere zu ihm um. »Du hast recht, Spock. Diese Entscheidung kann nicht der Captain treffen, sondern nur ich. Und ich bin mit dem Vorschlag einverstanden.«

»Nein.« Der Vulkanier schüttelte den Kopf. »Es ist zu gefährlich. Ich darf es nicht zulassen. Ich gehe allein.«

»In diesem Punkt irrst du dich. *Ich* gehe allein, wenn das nötig ist. Der Captain kann jemand anders damit beauftragen, das Energiefeld zu installieren, aber nur ich bin dazu in der Lage, in den abgeschirmten Bereich vorzustoßen und die in dem betreffenden Gebiet versteckten Romulaner zu lokalisieren. Tatsächlich wäre es besser, wenn ich allein mich an die Durchführung dieser Aufgabe machte. Dann brauchte ich keine Gedanken an das Wohlergehen eines Begleiters zu verschwenden, der mich nur behindern würde.«

»Das genügt«, warf Kirk rasch ein. »Entweder ihr geht beide, oder niemand von euch – und dann bleibt mir nur noch die Vernichtung des ganzen Planeten übrig.« Spock drehte sich zu ihm um, und angesichts seines Blicks ballte der Captain die Fäuste. »Spock, ich weiß, was Sie jetzt denken. *Aber ich habe keine andere Wahl.* Ich würde jede beliebige Person an Bord dieses Schiffes opfern – und mein Name steht an erster Stelle der Liste –, um die Romulaner daran zu hindern, den

Wächter für ihre eigenen Zwecke einzusetzen. Das ist meine Pflicht, und niemand, nicht einmal Sie, darf mich daran hindern.« Kirk richtete den Blick auf Zar und fuhr fort: »Ich schicke Zar, weil er sich freiwillig dazu bereit erklärte und über jene einzigartige Wahrnehmungsfähigkeit – wenn diese Bezeichnung den Kern der Sache trifft – verfügt. Er hat von uns allen die größten Chancen, lebend in den abgeschirmten Bereich einzudringen und ihn mit heiler Haut wieder zu verlassen. Und ich bitte Sie, Spock, ihn zu begleiten, weil Sie ihn besser schützen können als sonst jemand. Wenn Sie jedoch ablehnen, gebe ich Zar einen anderen Gefährten mit auf den Weg. Denken Sie darüber nach. Wir haben nicht mehr viel Zeit.«

Daraufhin wandte sich Spock wieder an seinen Sohn, der nach wie vor ruhig am Tisch stand, die Hände in die Seiten gestemmt, das Funkeln in den Augen eine stumme Herausforderung. Der Erste Offizier formulierte einige Worte in einer Sprache, die Kirk nicht verstand und bei der es sich um Vulkanisch handeln mochte. Der junge Mann schob das Kinn vor, und er antwortete in einem ähnlich scharfen Tonfall. Spock preßte kurz die Lippen aufeinander, und dann nickte er, langsam und zögernd.

Ohne ein weiteres Wort zu verlieren, verließ Zar den Raum. Der Captain musterte den Ersten Offizier. »Nun – wer hat sich durchgesetzt?«

»Er bereitet sich auf den Aufbruch vor.« Spock mied den Blick Kirks. Der Captain wußte, daß er zorniger war, als jemals zuvor – auf sie beide.

»Ich wünschte, es gäbe eine andere Möglichkeit, Spock.« Kirk seufzte. »Nun, zumindest wird es nicht lange dauern. In einer Stunde, höchstens zwei, sind Sie wieder an Bord, und dann ist der Wächter geschützt.« Er machte eine kurze Pause. »Es war ganz schön mutig von ihm, Ihnen auf diese Weise die Stirn zu bieten.«

»Nein. Es war respektlos und aufsässig.«

»Ich glaube, so meinte er das nicht.« Kirk erinnerte sich an den Ausdruck im Gesicht Spocks, als Zar verdeutlicht hatte, er würde ihn nur behindern. »Er ist recht frech ... Und ich entsinne mich daran, daß ich mich in seinem Alter ähnlich verhielt.« Er lächelte hintergründig. »Mein alter Herr versuchte es mit allen Mitteln, mich zu disziplinieren – ohne Erfolg. Hatte Ihr Vater vergleichbare Probleme mit Ihnen?«

Erstaunt hob der Vulkanier die Augenbrauen, bemerkte das doppeldeutige Grinsen Kirks und seufzte. »Die vulkanischen Ordnungsmaßnahmen hatten die üblichen Wirkungen auf mich – im großen und ganzen.«

»Nun, wenn dies alles vorüber ist und Sie einverstanden sind, stelle ich eine Sicherheitsgruppe zusammen, und dann können wir uns dabei abwechseln, ihm die Ohren langzuziehen.«

Der Captain wartete und beobachtete die beiden Männer, als sie, gekleidet in dunkle und isolierte Overalls, den Transporterraum betraten. Er sah ihnen dabei zu, wie sie sich Phaser und Kommunikatoren an die Gürtel schnallten, und einmal mehr erstaunte es ihn, wie sehr sich Spock und Zar ähnelten – und gleichzeitig unterschieden. Beide zeichneten sich durch glatte und geschmeidige Bewegungen aus, doch während die Spocks knapp und präzise waren, haftete denen Zars eine – katzenartige – Qualität an. Kirk spürte, daß dieses Wort als Beschreibung nicht ganz ausreichte, doch es fiel ihm kein anderes ein.

Als sie auf den Transporterfeldern standen – Spock hielt den tragbaren Energiefeldgenerator in den Händen –, betätigte Kirk einige Tasten, woraufhin ein leises und beständiges Summen zu hören war. »Denkt daran: Ihr habt maximal zwölf Stunden Zeit, um das Abwehrfeld zu installieren und in den Bereich der Landekoordinaten zurückzukehren, bevor Bob und ich damit beginnen, den Planeten zu pulverisieren. Wenn ihr dann noch auf Gateway seid ...«

»Verstanden, Captain.« Spock nickte. Eine Sekunde später erschimmerten die Gestalten und lösten sich auf.

Auf dem Planeten herrschte Stille, abgesehen von dem Wind, und selbst das Heulen der Böen schien jetzt leiser geworden zu sein. Die beiden Männer blickten auf die graubraunen Ruinen, und nach einer Weile setzten sie sich in Bewegung, kletterten vorsichtig über große Felsblöcke hinweg, vorbei an den Mauerresten eingestürzter Gebäude. Der platinfarbene Sand, in dem hier und dort kleine Quarzpartikel funkelten, kam in seiner Beschaffenheit einem feinen Pulver gleich, in dem keine Spuren zurückblieben. Es dauerte nur einige wenige Augenblicke, und wie von Geisterhand wurden die Mulden ihrer Fußabdrücke wieder aufgefüllt.

Spock nahm des öfteren Kontrollen mit seinem Tricorder vor, und schließlich hob er die Hand und blieb stehen. »Das Abschirmfeld müßte sich nun unmittelbar vor uns befinden«, bemerkte er mit gedämpfter Stimme.

Zar hielt aufmerksam Ausschau, doch er sah nur weitere Felsen und geborstene Säulen, ein Spiegelbild der sich hinter ihnen erstreckenden Landschaft – obgleich er aufgrund seines Orientierungssinns davon überzeugt war, daß der Wächter kaum mehr vierzig Meter von ihnen entfernt sein konnte. Er kniff die Augen zusammen, und eher gefühlsmäßig erfaßte er ein trübes Schimmern weiter vorn. »Ich kann es sehen.«

»Ja. Bist du dazu in der Lage, irgend etwas im Innern des Feldes wahrzunehmen?«

»Zwei Personen ... vielleicht auch drei, in der Nähe des Wächters. Wir sollten uns nach links wenden.«

Obgleich Zar infolge seiner besonderen Sensibilität sicher war, daß der Weg direkt voraus keine Hindernisse aufwies, ließen sich die beiden Männer auf Hände und Knie sinken, und kurz darauf drangen sie in den eigentlichen Bereich des Abschirmfeldes vor. Beide empfanden dabei ein vages Prickeln, doch dieser Eindruck verflüchtigte sich rasch, als sie weiterkrochen. Spock machte Anstalten, sich wieder aufzurichten, doch Zar hielt ihn am Arm fest. »Bleib unten – die Romulaner sind überall um uns herum. Folge mir.«

Dann und wann hatte der Vulkanier einige Mühe, nicht den Anschluß zu verlieren, als Zar von einer Dekkung zu der anderen eilte, und immer häufiger streckten sie sich lang auf dem Boden aus und schoben sich Zentimeter um Zentimeter vorwärts. Als sie eine Stelle erreichten, von der aus sie den Wächter sehen konnten, waren sie selbst recht gut getarnt – über und über bedeckt mit einer Patina aus grauem Aschestaub, der sie zu einem Teil der Ruinen zu machen schien.

Neben dem noch immer reglosen Monolithen stand ein kleines Raumschiff mit geöffneter Luke. Romulaner waren eifrig dabei, es zu entladen. Sie schenkten dem großen und steinernen Gebilde nicht die geringste Beachtung, doch Spock und Zar hatten keine Möglichkeit, unbemerkt in die unmittelbare Nähe des Zeitportals zu gelangen.

Spock nickte stumm in die Richtung, aus der sie gekommen waren, und daraufhin wichen sie in sichere Entfernung zurück. Zar entdeckte einen Felsspalt, in dem sie sich sowohl vor dem Gegner verbergen konnten als auch vor dem Wind geschützt waren, und dort kauerten sie sich nieder, um auf die Beendigung der Entladearbeiten zu warten. »Wir können nur hoffen, daß die Romulaner in dieser Hinsicht ebenso tüchtig sind wie in bezug auf andere Dinge«, sagte Spock leise. »Es bleiben uns noch elf Stunden und vierundzwanzig Komma drei Minuten, bis Kirk und Wesley mit der Vernichtung des Planeten beginnen.«

Zar nickte stumm, und die beiden Männer lehnten sich an den Granit und lauschten dem Wind, während die Minuten verstrichen. Der junge Mann setzte seinen speziellen Wahrnehmungssinn ein, um die romulanischen Präsenzen zu lokalisieren, und dann und wann kroch er aus der Felsnische hervor, um das Geschehen zu beobachten. Um die Müdigkeit zu verdrängen, wandte er sich schließlich an den Vulkanier an seiner Seite. »Ich habe mich neulich mit dem biologischen Lehrmaterial befaßt ...«

»Ja?«

»Darin war von Hybriden die Rede – ich bin einer ...«

»Nein. Eine solche Beschreibung dürfte wohl eher auf mich zutreffen«, erwiderte Spock.

Zar musterte ihn überrascht. »Du? Aber ich dachte ...« Er sprach nicht weiter.

»Ich bin zur einen Hälfte Mensch. Wußtest du das nicht? Ich war sicher, McCoy hätte dir das gesagt. Aus welchem Grund erstaunt dich das so sehr?«

»Die meisten Hybriden sind steril ...«, entfuhr es Zar, bevor er diese Worte zurückhalten konnte, und er errötete verlegen.

Unmittelbar darauf spürte er einen emotionalen Hauch bitterer Belustigung, doch die Stimme Spocks klang so ruhig wie immer, als er antwortete: »Ich bilde da ganz offensichtlich eine Ausnahme.«

»Das bedeutet, ich bin nur zu einem Viertel Vulkanier – und nicht zur Hälfte, wie ich bisher annahm. Dein Verhalten gibt keinen Hinweis auf den menschlichen Aspekt deines Wesens.«

»Danke.« Die Ironie verstärkte sich.

»Welcher Elternteil stammt von Vulkan?«

»Mein Vater, Sarek, der frühere Botschafter auf der Erde, der auch diplomatische Aufgaben auf anderen Welten wahrnahm und einen Sitz im Rat der Föderation hatte.«

»Sarek von Vulkan? Ich habe über ihn gelesen ... Eine sehr alte und respektable Familie.«

»In der Tat. Und diese Verwandtschaft stellt hohe Anforderungen an mich.«

»Es muß gut sein zu wissen, wohin man gehört ... Ganz gleich, wohin man auch seine Schritte lenkt – es gibt einen Ort, wohin man zurückkehren kann, wo man mit offenen Armen empfangen wird. Ein Zuhause. So etwas vermisse ich ...« Zar hielt abrupt inne und schluckte, als sich in seinem Hals plötzlich ein Kloß zu bilden schien. Vor seinem inneren Auge entstand die Vision von schneebedeckten Berggipfeln und tiefen Tälern. *Und das Bild, das ich sah ... was bedeutet es?* Er bedachte den Vulkanier mit einem kurzen Blick und stellte fest, daß Spock ihn beobachtete. Das Gesicht des Ersten Offiziers war nur ein diffuser Fleck im Zwielicht. Er glaubte, in den dunklen Augen Spocks einen besorgten Glanz zu erkennen, und daraufhin wandte sich Zar rasch ab, kroch nach draußen und blickte in Richtung des kleinen Raumschiffes. »Die Entladearbeiten werden noch immer fortgesetzt ...«

Als der junge Mann zurückkehrte, sah der Vulkanier ihn ruhig an. »Als wir von Sarpeidon zurückkehrten, habe ich in deinem Namen einen Optionsantrag für die vulkanische Staatsbürgerschaft an das Familienoberhaupt adressiert. T'Pau weiß über dich Bescheid. Wenn mir etwas zustoßen sollte, so kannst du trotzdem Anspruch auf Einbürgerung erheben.«

Diese Vorstellung bereitete dem jungen Mann ein gewisses Unbehagen, und seine Stimme klang schärfer als beabsichtigt, als er entgegnete: »Wenn dir etwas passiert, so dürften die Aussichten, daß ich lebend zurückkehre, nicht sehr groß sein – obwohl ich mich darüber freuen würde, ein ... ein Heim zu haben. Allerdings sind meines Wissens die sozialen Strukturen Vulkans recht starr.«

»Ja. Die Erwartungen der Familie sind nur schwer in Einklang zu bringen mit persönlichen Ambitionen und ... Wünschen. Die Familie trifft die wichtigsten Lebensentscheidungen – oder versucht es zumindest. Sie befindet über die berufliche Laufbahn, sogar die Ehe.

Man würde dich dazu auffordern, die Erbfolge zu sichern und die Tradition zu bewahren.«

»Du meinst, ich müßte auf Anordnung hin heiraten?« Das Unbehagen Zars nahm weiter zu, und er schauderte leicht.

Eine solche Verbindung könnte nicht glücklich sein, wäre nichts anderes als Pflichterfüllung. Vor dem inneren Auge des jungen Mannes formten sich die Züge seiner Mutter, und er sah, wie sich ihre Lippen bewegten und ein sanftes Lächeln andeuteten – eine Vision, die in krassem Gegensatz zu der stand, die nach dem Gespräch mit Kirk in ihm entstanden war. Zar fragte sich, welches der beiden Bilder der Wahrheit entsprach. *Denk nicht darüber nach. Konzentrier dich auf etwas anderes.* »Heirat ... eine solche Konzeption ist mir bisher fremd geblieben. Und was die Erbfolge betrifft: Ich frage mich, ob meine Gene kompatibel wären mit denen einer reinrassigen Vulkanierin – oder einer menschlichen Frau ...«

»Darauf kann ich dir keine Antwort geben. Aber wie dem auch sei: Ich rate dir von einer Ehe mit einer Vulkanierin ab.«

»Warum?«

»Wegen des Pon farr.«

»Pon farr? Die Übersetzung dieses Begriffes lautet ›Paarungszeit‹ oder ›Zeit der Heirat‹. Was hat es damit auf sich?«

Spock holte tief Luft, und Zar spürte die Emotionen, die den Vulkanier innerlich erzittern ließen – Verlegenheit, auch das Widerstreben, ihm Antwort zu geben. Dann aber gab sich sein Vater einen Ruck und berichtete ihm mit leiser Stimme von dem Fortpflanzungstrieb, der Vulkanier alle sieben Jahre erfaßte, von dem Wahn, der damit einhergehen und der sogar zum Tod führen konnte, wenn die betreffende Person zu lange dagegen ankämpfte.

Zar war verblüfft. »Auf diese Weise heiraten Vulkanier?« Er riß die Augen auf, als er den Gedanken weiterführte. »Das wird doch nicht auch mit *mir* geschehen, oder?«

Der Erste Offizier starrte auf einen kleinen Kieselstein und mied den Blick Zars. »Wahrscheinlich nicht«, antwortete er, ohne den Kopf zu heben. »Größtenteils geht dieses Phänomen auf eine rassenspezifische Konditionierung zurück. Vielleicht wirst du eines Tages einen gefühlsmäßigen Schatten davon verspüren, aber den Wahn erlebst du sicher nicht.«

»Den Wahn ...« Zar schauderte deutlich sichtbar. »Hast du ...?«

»Einmal.«

Zar preßte die Lippen aufeinander, um die nächste Frage zurückzuhalten, aber die Worte platzten dennoch aus ihm heraus, so als zeichneten sie sich durch ein rätselhaftes Eigenleben aus. »Geschah das mit ...« Er schluckte. »Ich meine, passierte das damals, als ...«

»Nein.« Zar hatte eigentlich erwartet, daß Spock mit Verärgerung reagierte, doch die Stimme des Vulkaniers klang unbewegt, und auch in den empathischen Emanationen ließ sich kein Verdruß feststellen. »Es passierte vor einigen Jahren auf Vulkan.«

»Dann bist du also verheiratet ... Das wußte ich gar nicht.« Zar überlegte kurz, ob das bedeutete, daß er Brüder oder Schwestern hatte. *Legitime Geschwister,* flüsterte irgendwo in ihm eine bittere Stimme. Doch Spock schüttelte den Kopf.

»Nein. Meine potentielle Partnerin weigerte sich, eine Verbindung mit mir einzugehen. Deshalb kam es nicht zu einer Ehe.« Spock stieß den Kieselstein beiseite und strich mit den Fingern durch den feinen Sand. »Sind die Romulaner noch immer damit beschäftigt, das Schiff zu entladen?«

Zar kniff die Augen zusammen, als er sich auf das konzentrierte, was er von seinem gegenwärtigen Standort aus optisch nicht zu erfassen vermochte. »Ja. Wieviel Zeit bleibt uns?«

»Elf Stunden und fünf Komma fünf Minuten.« Spock nahm den Kieselstein zur Hand, ließ ihn wieder fallen und sah seinen Begleiter an. »Hast du noch weitere Fragen in Hinblick auf ... auf das, worüber wir eben sprachen? Du solltest darüber Bescheid wissen – obwohl es mir seltsam erscheint, mich auf eine Weise zu verhalten, die McCoy vermutlich als ›die Karten offen auf den Tisch legen‹ bezeichnen würde.«

Zar verstand weder diese Umschreibung noch den in jenen Worten mitklingenden Widerwillen. Etwas anderes beschäftigte ihn. Nach längerem Schweigen erkundigte er sich vorsichtig: »Nur alle sieben *Jahre?*«

Erneut registrierte seine sensibilisierte Wahrnehmung die Belustigung des Vulkaniers, und diesmal fand sie auch einen Niederschlag im Tonfall Spocks. »Du klingst betroffen. Inzwischen solltest du eigentlich wissen, ob du dieser zeitlichen Beschränkung unterliegst oder nicht ... Selbst diejenigen, auf die das zutrifft, sind unter gewissen Umständen dazu imstande, die physisch-psychischen Reaktionen zu beschleunigen oder zu verzögern. Manchmal gelingt es sogar, sie vollständig zu unterdrücken.«

Jetzt war es Zar, der mit deutlich hörbarem Sarkasmus antwortete: »Ganz offensichtlich.«

»Nur einige wenige Nichtvulkanier wissen überhaupt von der Existenz des Pon farr. Es handelt sich dabei um etwas, das nicht Gegenstand oberflächlicher oder gar anzüglicher Diskussionen sein sollte. Die meisten Vulkanier ziehen es vor, nicht über diese Sache nachzudenken und sie, soweit es ihnen möglich ist, zu vergessen.«

»Ich verstehe.« Das Heulen des über die Ruinen hinwegstreichenden Windes ähnelte dem leisen Stöhnen eines Phantoms. Zar zögerte einige Sekunden lang und blickte dann erneut in Richtung des Raumschiffes. »Jetzt sind nur noch zwei von ihnen übriggeblieben. Sollen wir es versuchen?«

»Wir haben noch Zeit. Warten wir noch eine Weile ab. Je weniger Romulaner sich in der Nähe des Wächters befinden, desto größer sind unsere Chancen, unentdeckt zu bleiben.«

Zar nickte und lehnte sich wieder an den Fels. »Ich habe von Sarek gelesen, doch seine menschliche Frau wurde nirgends erwähnt. Stammte sie von der Erde?«

»Ja. Mein Vater war damals Botschafter auf Terra, und er heiratete die Lehrerin Amanda Grayson.«

»Eine Lehrerin? Wie seltsam ...«

»Was meinst du damit?«

»Sowohl deine Mutter als auch meine waren Unterweiserinnen. Hm, ich frage mich, ob es Gemeinsamkeiten zwischen ihnen gibt ...«

»Als Lehrerinnen oder Mütter?« Der Vulkanier beugte sich zurück und blickte zum sternenbesetzten Himmel empor.

»Sowohl als auch. In gewisser Weise war Zarabeth noch strenger mit mir als du. Wir hatten keine anderen Gesprächspartner, aber ich konnte mir trotzdem keinen grammatikalischen Fehler leisten, ohne daß sie mich sofort verbesserte.«

»Mit meiner Mutter war es ähnlich – vielleicht machst du eines Tages ihre Bekanntschaft.« Auch diese Worte wurden von einer gewissen Belustigung begleitet.

»Du lächelst innerlich. Warum?«

Spock sah ihn an. »Woher willst du das wissen?«

»Ich nehme deine Gefühle wahr. Wir sind uns sehr nahe, und es befinden sich keine Menschen in der Nähe, die deine Emanationen stören oder dämpfen könnten. Wenn ich den emphatischen Signalen von Menschen lausche, so gewinne ich fast den Eindruck, als hörte ich laute Stimmen in einem Zimmer, und manchmal rufen und schreien sie sogar. Du hingegen ... du bist wie ein Flüstern in einem großen Saal – aber ich kann auch ein solches Wispern vernehmen, wenn es niemand übertönt.« Zar zögerte kurz und fügte dann hinzu: »Deine einzelnen Emotionen sind klar voneinander abgegrenzt und stellen keine wirre Mischung dar wie die von Menschen. Du empfindest immer nur ein Gefühl, niemals mehrere zugleich – und das entspricht deiner Denkweise.«

»Von Vulkaniern erwartet man, daß sie überhaupt nichts fühlen«, sagte Spock tonlos.

»Ich weiß. Aber ich bin sicher, dabei handelt es sich nur um eine Maske. Tief im Innern kommt es auch bei Vulkaniern zu emotionalen Regungen. Mach dir keine Sorgen: Wenn du möchtest, schirme ich mich vor diesem Faktor deines Wesens ab ... Nun, was hieltest du eben für komisch?«

»Ich dachte an meine Mutter«, erwiderte Spock. »Ich stellte mir vor, wie sie auf die Mitteilung reagieren würde, daß sie einen sechsundzwanzigjährigen Enkel hat. Wenn man die Sarpeidon-Jahre mit denen des Terra-Standards in Beziehung setzt, so bist du sogar schon achtundzwanzig. Amanda wäre bestimmt ...« Der Vulkanier schüttelte andeutungsweise den Kopf und malte sich offenbar erneut aus, was seine Mutter für ein Gesicht machen würde.

Zar spürte, wie sich in Spock das Gefühl der Heiterkeit verstärkte. Er wurde neugierig, und nach einer Weile fragte er: »Worin *bestände* denn ihre Reaktion?«

»Sie wäre vermutlich ebenso beschaffen wie meine, denn immerhin ist Amanda noch zu jung, um einen Enkel in deinem Alter zu haben.«

»Das hat dich so schockiert, als du mich fandest – ich meine den geringen Altersunterschied zwischen uns beiden?«

»Ja.« Spock bemerkte die Überraschung des jungen Mannes und sagte ein wenig gereizt: »Was durchaus verständlich sein dürfte. Für wie alt hältst du mich?«

»Ich weiß nicht. Darüber habe ich mir bisher noch keine Gedanken gemacht ... für ziemlich alt, glaube ich.«

»Wir haben es mit einer in physischer Hinsicht absurden Situation zu tun.«

»Hm ...«

Einige Minuten lang herrschte Stille. Dann erklang wieder die Stimme des Vulkaniers. »Es gibt da etwas, was ich dir erklären muß.«

»Was denn?«

«Die Bedeutung des Wortes ›Krenath‹.«

Zar hatte ganz vergessen, diesen Ausdruck Kirk gegenüber erwähnt zu haben. Er spürte, wie ihm das Blut ins Gesicht schoß, und er war froh, daß sein Erröten in der Dunkelheit verborgen blieb.

»Auf der Erde, vor vielen Jahrhunderten, kam entgegen den Geboten der Logik den Kindern die Schande einer Verbindung zu, die nicht den üblichen moralischen Werten entsprach. Glücklicherweise benutzt man das Wort Bastard heute in einem anderen Zusammenhang. Umgangssprachlich wird damit eine aus verschiedenen und oftmals nicht näher beschriebenen Gründen unerwünschte Person bezeichnet.« Spock holte tief Luft und fuhr fort: »Auf Vulkan aber, wo Familien im Leben der einzelnen Personen die wichtigsten Faktoren überhaupt sind, ist die Lage anders. Die Krenath erachtet man als unmittelbaren Beweis für das verdammenswerte Verhalten der Eltern. Man gesteht ihnen alle denkbaren Rechte zu, wozu auch die volle Anerkennung in den Familien beider Elternteile gehört. Es sind Vater und Mutter, die die Schande tragen müssen.«

Der junge Mann dachte eine Zeitlang nach, und seine zornige Bitterkeit legte sich allmählich. Er begriff, welche Kraft es den Vulkanier gekostet hatte, ihm diese Angelegenheit zu erklären.

»Es käme also dem ... Bruch einer der wichtigsten Traditionen deiner Heimat gleich, würdest du mich ... anerkennen?«

»Ja.«

Zar hielt die Frage zurück, die ihm gleich im Anschluß an diese Erwiderung Spocks in den Sinn kam. Ganz offensichtlich lag es *nicht* in der Absicht des Vulkaniers, ihn ganz offiziell zu seinem Sohn zu erklären – zumindest nicht zeit seines Lebens. Verlegen kroch Zar aus der Felsnische heraus und kehrte wenige Sekunden später aufgeregt zurück. »Die Romulaner sind fort. Nur ein Wächter ist zurückgeblieben. Wir können los.«

14. KAPITEL

Stille herrschte auf der Brücke der *Enterprise,* die Atmosphäre erwartungsvoller Anspannung. Kirk saß zurückgelehnt im Sessel des Befehlsstandes und trank eine weitere Tasse Kaffee – die er rasch und ruckartig absetzte, um sich Lieutenant Sulu zuzuwenden. Der junge Navigator unterdrückte ein Seufzen – das Warten belastete sie alle. »Allgemeine Subraum-Erfassung beendet, Sir. Keine Anzeichen von sich nähernden Raumschiffen.«

»Gut, Mr. Sulu. Nehmen Sie die nächste Abtastung in zehn Minuten vor. Anschließend verkürzen Sie die Intervalle um jeweils eine Minute.«

»Ja, Sir.«

»Lieutenant Uhura, irgendwelche Nachrichten von den diesen Sektor anfliegenden Föderationsschiffen? Vielleicht die Angabe einer neuen Ankunftszeit?«

»Nein, Sir. Ich gebe Ihnen sofort Bescheid, wenn ich eine solche Mitteilung empfangen sollte.« Sie klang ein wenig eingeschnappt. Der Captain machte sich klar, daß man sein Verhalten so interpretieren konnte, als versuche er ihr zu sagen, wie sie ihre Arbeit machen solle – und für gewöhnlich achtete er sehr darauf, derartige Fehler zu vermeiden. Gerade solche Schnitzer waren dazu angetan, die Tüchtigkeit einer gut aufeinander eingespielten Mannschaft nachhaltig zu beeinträchtigen. Kirk schüttelte den Kopf und begriff, daß Müdigkeit und Erschöpfung seine eigene Tatkraft in Frage zu stellen begannen.

Er hörte, wie sich die Brückentür öffnete, und kurz darauf trat McCoy an seine Seite. Kirk sah auf, und die

Nervosität des Arztes entging ihm nicht. »Was ist los, Pille?«

»Jim, ich habe im ganzen Schiff nach Zar gesucht und konnte weder ihn finden noch Spock. Weißt du, wo sie sich aufhalten?«

»Ich habe sie nach Gateway geschickt, damit sie den Wächter mit einem Energiefeld schützen.« Die Stimme des Captains klang ruhig und gleichmäßig.

»Du hast *was?*« McCoy flüsterte nur, doch Sulu vernahm die Worte, drehte sich um und wandte sich dann hastig wieder seiner Konsole zu.

»Mr. Sulu, ich übergebe Ihnen das Kommando. Doktor McCoy und ich begeben uns in das kleine Besprechungszimmer. Informieren Sie mich unverzüglich über alle Veränderungen der allgemeinen Situation.«

»Ja, Sir.«

Als sie allein waren, wiederholte McCoy seine Frage, diesmal jedoch einige Dezibel lauter. Kirk bedachte ihn mit einem durchdringenden Blick und erwiderte scharf: »Dein Gebaren kommt Insubordination gefährlich nahe. Ich schlage vor, du nimmst Platz und versuchst, dich zu beruhigen.«

McCoy setzte sich und sagte leiser: »Tut mir leid, Jim. Kommt nicht wieder vor.«

Kirk ließ sich dem Arzt gegenüber in einen Sessel sinken und lächelte müde. »Schon gut, Pille. Es ist eine schwierige Zeit für uns alle.«

»In der Tat. Ich bin gerade mit den Autopsien fertig. Erzähl mir, was dich zu deiner Entscheidung bewogen hat.«

»Ich habe Zar und Spock deshalb auf die Planetenoberfläche beamen lassen, weil der Erste Offizier schneller als sonst jemand an Bord dieses Schiffes das Energiefeld installieren kann – möglicherweise mit Ausnahme Scottys, der im Maschinenraum jedoch dringender gebraucht wird. Und was Zar angeht ... Er erklärte sich freiwillig dazu bereit, an dem Unternehmen teilzunehmen; mit seiner besonderen Fähigkeit ist er dazu in der Lage, die Präsenzen von Romulanern zu spüren.«

McCoy musterte ihn einige Sekunden lang. »Jim, ist dir denn nicht klar, in welche Lage du die beiden gebracht hast? Wenn die Romulaner sie nicht umbringen, fahren sie sich vermutlich gegenseitig an die Gurgel. Ein falsches Wort könnte genügen, um ...«

»Ich weiß, was du meinst, aber es blieb mir keine andere Wahl. Und auch noch in einer anderen Hinsicht sind mir die Hände gebunden: Wenn die Bemühungen Spocks und Zars erfolglos bleiben, muß ich in rund zehneinhalb Stunden mit der Vernichtung Gateways beginnen – ob sie dann zurück sind oder nicht.«

Der Doktor riß die Augen auf. »Das ist doch nicht dein Ernst, Jim ...«

»Und ob. Aber bestimmt brauche ich jene Entscheidung nicht in die Tat umzusetzen. Spock und Zar müßten bald zurückkehren. Ich habe die beiden Personen geschickt, die für diese Mission die besten Voraussetzungen mitbringen. Wenn sie es nicht schaffen, so vermag es niemand.«

»Aber ... Zar – er hat doch gar keine Ausbildung, keine militärischen Erfahrungen. Die Romulaner sind erbarmungslos. Wenn sie ihn in die Gewalt bekommen, wird es ihm ebenso ergehen wie den Leuten der Landungsgruppe.«

»Was das Überleben unter besonders ungünstigen Voraussetzungen angeht, hat gerade Zar mehr Erfahrungen sammeln können als wir alle. Als Späher und Kundschafter ist er uns weit überlegen – wie du selbst feststelltest, wenn ich mich recht entsinne. Und die Romulaner: Sie mögen ziemlich grausam sein, aber denk daran, daß man Zar in diesem Zusammenhang nicht unbedingt als zivilisiert bezeichnen kann.«

McCoy trug nach wie vor eine skeptische Miene zur Schau. Kirk schüttelte den Kopf. »Es blieb mir nichts anderes übrig, Pille. Mach kein solches Gesicht ... man könnte meinen, *du* seist der Vater Zars, und nicht Spock.«

Der Doktor atmete tief durch. »Du hast recht, Jim. Entschuldige, daß ich mich eben habe gehenlassen. Nun, der eigentliche Grund dafür, daß ich auf die Brücke gekommen bin, bist *du*.« Er deutete auf den Captain. »Hast du in letzter Zeit mal in einen Spiegel gesehen? Du siehst aus wie ein Schatten deiner selbst, und du beginnst dich auch so zu verhalten. Du brauchst Schlaf. Bist du also dazu bereit, unter die Decke zu kriechen und dir von mir ein Mittel geben zu lassen, das dich vier oder fünf Stunden lang – sechs wären noch besser – ruhen läßt, oder soll ich dich in meiner Eigenschaft als Bordarzt für dienstuntauglich erklären?«

Kirk seufzte. »Erpressungen scheinen hier allmählich zur Tagesordnung zu gehören, nicht wahr, Doktor?«

»Tut mir leid, Jim. *Ich* mache das, was *ich* für richtig halte. Außerdem: Derzeit bleibt dir doch ohnehin nichts anderes zu tun als abzuwarten, oder?«

»Also gut, Pille.« Der Captain schaltete das Interkom ein. »Mr. Sulu?«

»Ja, Sir?«

»Ich suche meine Kabine auf. Benachrichtigen Sie mich sofort, wenn die Scanner positive Ortungsergebnisse liefern oder sich Mr. Spock meldet. Er befindet sich auf Gateway, und er müßte sich jeden Augenblick mit uns in Verbindung setzen, um sich wieder an Bord beamen zu lassen. Kirk Ende.«

Er stand auf und winkte den Arzt beiseite. »Du hast es gehört, Pille. Und ich brauche keine Arznei. Sorg dafür, daß ich in fünf Stunden geweckt werde, wenn Sulu bis dahin keine Neuigkeiten für mich hat. Fünf Stunden, Pille ... Wenn du mich länger schlafen läßt, stelle ich dich vors Kriegsgericht, klar?« Er unterdrückte ein Gähnen und rieb sich die geröteten Augen.

»Ja, Sir!« McCoy nahm Haltung an und gab sich alle

Mühe, seine Version von pseudomilitärischer Disziplin zu offenbaren. Er hatte keinen sonderlich großen Erfolg damit.

Der Captain schüttelte den Kopf, als er sich der Tür zuwandte. »Du kannst von Glück sagen, daß du nicht die Akademie besuchen mußtest ...« Hinter ihm schloß sich das Schott des Besprechungszimmers.

McCoy ließ sich wieder in seinen Sessel sinken und stützte den Kopf in die Hände. Er versuchte, die Gedanken an Spock und Zar zu verdrängen, doch vor seinem inneren Auge formte sich ein bestimmtes Bild. Er sah nicht nur kräftige Hände, sondern auch zwei zornig funkelnde Augenpaare, das eine dunkel, das andere grau ...

Er fluchte leise.

15. KAPITEL

Spock und Zar krochen an Felsblöcken und den Resten eingestürzter Mauern vorbei, bis sie noch rund fünfzehn Meter von dem romulanischen Wächter entfernt waren. Er wandte ihnen den Rücken zu und stand direkt neben dem kleinen Raumschiff. Uniform und steife Haltung machten deutlich, daß sie es mit einem Zenturio zu tun hatten. In exakt fünf Minuten marschierte er einmal an der Flanke des gelandeten Schiffes entlang und beobachtete dabei aufmerksam die Umgebung.

Das Flüstern des Vulkaniers war so leise, daß der junge Mann Mühe hatte, ihn zu verstehen. »Begib dich hinter das Schiff und sorg dafür, daß der Wächter abgelenkt wird. Sei dabei nicht allzu laut. Ich kümmere mich dann um den Romulaner.«

Zar schnaufte abfällig und respektlos und erwiderte zischend: »Das ist in höchstem Maße unlogisch, und das weißt du auch. Gerade ich bin dazu in der Lage, mich unbemerkt an den Wächter heranzuschleichen und ihn außer Gefecht zu setzen. Geräuschlos, ohne andere Romulaner auf den Plan zu rufen. Warte hier.«

Spock wollte seinen Sohn festhalten, doch Zar war bereits unterwegs. Er wurde eins mit den Schatten und Schemen, und man hätte meinen können, er sei dazu fähig, sich unsichtbar zu machen. Der Vulkanier hielt konzentriert Ausschau, und nach einer Weile sah er Zar auf der anderen Seite des Schiffes, verborgen im Schatten eines großen Felsens. Der junge Mann duckte sich und huschte an der stählernen Außenhülle entlang; Spock bemerkte, wie etwas in der Hand Zars aufglänzte.

Der Zenturio hatte gerade die Hälfte seiner fünfminütigen Wanderung hinter sich, als Zar sprang. Er bewegte sich mit einer solchen Geschwindigkeit, daß der Erste Offizier gar keine Einzelheiten erkennen konnte und bereits alles vorbei war, als er begriff, was überhaupt geschah. Fast gegen seinen Willen hielt er die einzelnen Erinnerungsfragmente fest und reihte sie aneinander ...

Der katzenartige Sprung ... dann zwei Hände, die nach dem Kinn des Romulaners griffen, den Kopf mit einem Ruck nach hinten rissen ... das Aufblitzen einer Messerklinge, die dem Wächter die Kehle aufschlitzte – und Zar trat rasch zurück, um nicht von dem aus der Wunde spritzenden Blut besudelt zu werden.

Spock brauchte rund eine halbe Minute, um aufzustehen und die fünfzehn Meter zurückzulegen. Als er Zar erreichte, hockte der junge Mann am Boden und wischte die verschmierte Klinge an der einen noch zukkenden Schulter des Romulaners ab. Er sah auf, und in dem Zwielicht wirkten seine Augen wie zwei silberne Murmeln.

Spock spürte, wie sich etwas in ihm zusammenkrampfte. »Was hast du jetzt vor? Willst du ihn ausweiden und an einen Haken hängen?«

Das wilde Funkeln in den grauen Pupillen verblaßte allmählich. »Wie bitte?«

»Du hast ein Leben ausgelöscht – es gab keinen Grund dafür, keine Entschuldigung.«

Zar bedachte die blutige Leiche nur mit einem flüchtigen Blick und zuckte dann mit den Schultern. »Er war ein Feind. Was spielt sein Leben schon für eine Rolle?«

Spock ballte die Fäuste und zwang sich dann wieder dazu, sich zu entspannen. Seine Stimme klang kühl und reserviert, als er sagte: »Wenn du zu so etwas fähig bist, hast du kein Recht, dich als Vulkanier zu betrachten.«

Zar wußte, was Spock meinte, und sein Gesichtsausdruck verhärtete sich, als er aufstand und seinen Vater musterte. »Ich habe logisch gehandelt«, sagte er, und seine Stimme kam dabei einem leisen Fauchen gleich. »Warum sollte ich ihn schonen und ihm dadurch möglicherweise die Gelegenheit geben, die anderen Romulaner zu alarmieren? Außerdem: Er und seine Kollegen haben meine Freunde umgebracht – auf recht grausame Art und Weise. Ich tötete rasch. Sie hingegen quälten ihre Opfer.«

Spock schüttelte den Kopf. »Der Umstand, daß die Romulaner Leben auslöschten, gibt dir nicht das Recht, ihrem Beispiel zu folgen. Du hattest keinen Grund, diesen Mann zu töten. Auf Vulkan wird das Leben an sich als eine Kostbarkeit erachtet – als etwas Einzigartiges, das in seiner jeweils charakteristischen Form niemals wieder existieren kann. Hätte ich auch nur geahnt, daß du ... so etwas beabsichtigst, wäre ich nicht bereit gewesen, es zu dulden.« Der Vulkanier wollte sich abwenden, zögerte aber. »Sag mir sofort Bescheid, wenn sich jemand nähert.« Er starrte auf den Zenturio, und in seinen Wangen mahlten die Muskeln. »Du solltest die Leiche irgendwo verstecken.«

Zar blickte seinem Vater nach, und er biß so fest die Zähne zusammen, daß die Kiefer schmerzten. Dann schluckte er einige Male, beugte sich vor, schob das Messer ins Futteral zurück und griff nach den Armen des Toten.

Der Erste Offizier arbeitete bereits seit rund einer Stunde an der Installation des Energiefeldes, als Zar, der bis dahin ein regloser Schatten inmitten dunkler Schemen gewesen war, sich ihm plötzlich näherte. Neben dem Vulkanier ging er in die Hocke und flüsterte: »Wie lange dauert es noch?«

»Ungefähr vier Minuten, um diese Justierungen hier zu beenden. Anschließend kann ich das Gerät einschalten.«

Der junge Mann schüttelte den Kopf. »Soviel Zeit haben wir nicht. Wir müssen uns irgendwo verbergen. Es nähert sich jemand.« Zar kniff die grauen Augen zusammen, und sein Blick wandte sich nach innen, als er sich auf seine spezielle Wahrnehmungsfähigkeit besann. »Mehrere Personen.«

Spock zögerte und setzte dann die Arbeit fort. »Wenn ich hiermit fertig bin, verstecke ich mich. Bis dahin ... Verschwinde von hier.«

»Ich lasse dich nicht allein zurück. Ich mag zwar kein Vulkanier sein, doch das bedeutet nicht, daß ich ein Feigling bin.« Erneut verschleierte sich der Blick Zars. »Wir haben keine Chance. Es sind insgesamt sechs. Und sie müßten jeden Augenblick hier eintreffen!«

Der Erste Offizier preßte die Lippen aufeinander und zögerte noch einmal. Nach einigen Sekunden stand er auf und bedeckte den Generator mit einigen Steinen. »Wir warten, bis die Romulaner wieder fort sind, und anschließend kehren wir hierher zurück. Die Ruinen dort drüben ...«

Sie liefen los. Kurz darauf erreichten sie die betreffenden Ruinen – eine gespenstisch und zerklüftet wirkende Ansammlung von Felsen, die einst ein Gebäude gebildet haben mochten, vielleicht auch eine Straße oder sonst etwas – und kletterten rasch empor. Ein besonders großer Block ragte über die anderen hinaus, und unter ihm gab es eine kleine Höhlung, die gerade Platz genug für zwei Personen bot.

Im unteren Bereich des Felsens klaffte ein schmaler Riß, durch den Spock und Zar die Romulaner sehen konnten. Die sechs Soldaten wanderten unsicher umher und suchten offenbar nach dem verschwundenen Wächter. Dann gerieten sie außer Sicht, und die beiden Männer in der Mulde mußten sich auf die Fähigkeiten Zars verlassen, die Emotionen der Gegner wahrzunehmen. Sie duckten sich in den Schatten und schwiegen. Nach einer Weile hauchte Zar:

»Sie sind verwirrt.«

Zwei weitere Minuten verstrichen.

»Argwohn und Mißtrauen ... sie haben andere Romulaner benachrichtigt ...«

Noch einmal zehn Minuten.

»Es kommen noch mehr. Und sie alle suchen.«

Anderthalb Stunden.

»Überraschung. Auch Verwunderung und Zorn. Einer hat den Toten gefunden.«

Kurz darauf sah Spock die Uniformierten. Jeweils zu zweit suchten sie immer wieder das Gelände ab. Einmal kletterte einer der Romulaner an dem Felshang in die Höhe und warf einen kurzen Blick in das Versteck Spocks und Zars. Die beiden Männer duckten sich und rührten sich nicht von der Stelle. Nur diesem Umstand und der Tatsache, daß sie dunkle Kleidung trugen, verdankten sie es, nicht entdeckt zu werden. Unter dem Überhang war es noch finsterer als in den anderen Bereichen der Ruinen, und der Gegner sah sie nicht.

Sechseinhalb Stunden. Spock und Zar gaben keinen Laut von sich, beobachteten nur mit wachsender Anspannung, wie die Romulaner weiterhin die Ruinen durchsuchten, mit der Geduld erfahrener Jäger. Zar war mit einer derartigen Verhaltensweise vertraut genug, um zu dem Schluß zu gelangen, daß die Romulaner solange weitersuchen würden, bis sie sicher waren, daß sich keine Fremden in der Nähe aufhielten. Und angesichts der vielen möglichen Verstecke, die es in den Ruinen gab, konnte das noch lange dauern.

Während die Zeit verstrich und die beiden Männer von der Mulde unter dem Überhang aus das Terrain beobachteten, verringerte sich allmählich die Anzahl der patrouillierenden Romulaner. Als fünfzehn Minuten vergangen waren, ohne daß sie einen Uniformierten gesehen hatten, meldete Zar, in der unmittelbaren Nähe hielten sich keine Feinde mehr auf, und daraufhin krochen sie aus ihrem Versteck und lockerten dankbar die verkrampften Muskeln. »Wieviel Zeit haben wir noch?« fragte Zar und fürchtete die Antwort.

»Vierunddreißig Komma zwei Minuten, bis der Captain den Vernichtungsbefehl gibt. Es hängt ganz davon ab, welches Ziel er zuerst von den Phaserbatterien anvisieren läßt. Vielleicht bekommen wir noch eine zusätzliche Frist, bis der Planet auseinanderbricht. Ich halte es jedoch für angeraten, nicht darauf zu hoffen.«

»Trotzdem müssen wir auf der Hut sein. Ich spüre romulanische Präsenzen überall um uns herum ... Duck dich und folge mir. Wir sollten alle Felsformationen ausnutzen, die uns Deckung geben können.«

Sie wandten sich nach links – zwei Schatten, die sich dem Rande des Abschirmfeldes näherten. Spock und Zar waren stillschweigend überein gekommen, daß es keinen Sinn hatte zu versuchen, zu dem Wächter zurückzukehren.

Sie liefen einige Meter, um sich dann hinter einem Felsbrocken oder einer geborstenen Säule zu verbergen, von wo aus sie anschließend das Gelände beobachteten. Sie ließen sich auf Hände und Knie sinken, preßten sich manchmal auch ganz in den feinen Aschestaub und krochen flink durch einen offenen und ungeschützten Bereich, bis sie zu der nächsten Deckung gelangten. Und von dort aus begann alles wieder von vorn.

Beide Männer waren recht widerstandsfähig und kräftig, doch die Anspannung der vergangenen Stunden und die jetzigen und fortgesetzten Anstrengungen blieben nicht ohne Folgen. Spock konzentrierte sich darauf, den stechenden Schmerz in den Händen zu ignorieren. Die Finger waren verkratzt, und die Kälte machte sie steif und verstärkte noch die Pein. Er hatte weder die Zeit noch die Kraft, um sich mental gegenüber diesen Empfindungen abzuschirmen, und so blieb ihm nichts anderes übrig, als den Schmerz zu ertragen.

Zar erging es ein wenig besser. Fast sein ganzes Leben hatte er in einer Eishöhle verbracht, und deshalb war er abgehärtet. Die Kälte machte ihm nichts aus. Mit dem Hunger sah die Sache anders aus: Immer wieder bildeten sich Krämpfe in seiner Magengrube. Während der vielen Jahre im Gletscherland Sarpeidons hatte der Hunger immer Anlaß zu großer Sorge gegeben, und aufgrund der Gewohnheitsreaktion auf dieses Empfinden fiel es Zar schwer, weiterhin den Feind zu lokalisieren.

Sie hatten innerhalb der an vielen Stellen nahezu unzugänglichen Ruinen rund anderthalb Kilometer zurückgelegt, als sie sich schließlich dem Rand des gegnerischen Tarnfeldes näherten – und begriffen, daß all ihre Bemühungen umsonst gewesen waren.

Wer auch immer der Befehlshaber des romulanischen Kommandounternehmens sein mochte: Der Betreffende war ganz offensichtlich entschlossen, das Eindringen weiterer Feinde zu unterbinden. Er hätte Wächter in dem offenen Gelände am Rande des Abschirmfeldes postiert. Es handelte sich jeweils um zwei Uniformierte, und die einzelnen Kontrollgruppen waren gerade so weit voneinander entfernt, daß sie sich nicht sehen, *wohl aber hören konnten,* wie Spock in Gedanken hinzufügte. Er zog den Phaser, betrachtete die Waffe kurz und schob sie dann wieder ins Halfter. *Zu laut, selbst dann, wenn wir die Strahler auf Betäubung justieren. Und die offene Fläche vor uns macht ein heimliches Anschleichen unmöglich.*

Der Vulkanier wandte sich an seinen Begleiter. »Glaubst du, du kannst schnell genug laufen, um an den Wächtern vorbeizugelangen, wenn ich aus der Deckung heraus das Feuer auf sie eröffne?«

Zar schüttelte den Kopf. »Selbst wenn ich dazu in der Lage wäre: Unter diesen besonderen Umständen mache ich mich nicht allein auf den Weg. Wenn wir beide unsere Waffen einsetzen ...«

»Zuviel Lärm – die nächsten beiden Romulaner träfen wenige Sekunden später ein. Offen gesagt: Ich bezweifle, ob es mir gelänge, ihnen zu entkommen, selbst dann, wenn ich einen Vorsprung hätte. Wir haben es hier nicht mit Menschen zu tun, denen wir mit unserer Körperkraft überlegen wären. Die Romulaner sind uns ebenbürtig.«

»Wielange ...«

»Vierzehn Komma vier Minuten.«

Still lagen sie am Boden und beobachteten die beiden Soldaten, die am Rande des Tarnfeldes standen, die Hände auf den Kolben der Waffen. Vor seinem inneren Auge sah Spock die Anzeige eines Chronometers, die sich immer mehr dem Wert Null näherte, und er biß sich auf die Lippe. Unwillkürlich verarbeitete er die Fakten ihrer derzeitigen Situation zu einer Gleichung und begriff, daß der Tod sie erwartete, ganz gleich, was sie auch unternahmen. Er überraschte sich dabei, wie er überlegte, welche Art des Sterbens der anderen vorzuziehen war: der von einem Phaserblitz herbeigeführte Tod oder der infolge des Kataklysmus, wenn der ganze Planet auseinanderbrach – und zornig schüttelte er den Kopf. Es *mußte* doch noch eine andere Möglichkeit geben!

Zar kniff die Augen zusammen und sah an den Wächtern vorbei. Unmittelbar hinter ihnen erkannte er die von dem Tarnfeld verursachte optische Verzerrung. Dieser Anblick quälte ihn – Sicherheit, nur wenige Meter entfernt. Und doch würde er sterben, wenn nicht recht bald eine umfassende Veränderung der Lage erfolgte. In einigen Minuten, während er an diesem Ort im Staub lag und auf den Feind starrte. Unerbittlich verstrichen die Sekunden. *Zorn ... Verzweiflung.* Der Tod erwartete ihn. Jene Romulaner dort würden ihn umbringen. Er haßte sie. Er wollte nicht sterben, nicht hier und nicht jetzt. *Stärker noch als zuvor; mentale Energien, die sich zu dichten Sturmwolken verdichteten – Tod.* Sterben wie Dave und Juan ... wie der Wächter, den er ins Jenseits geschickt hatte ... Zar fühlte die Nähe des Todes.

Als Spock merkte, daß der junge Mann sich nicht mehr an seiner Seite befand, kroch er zurück, bis er ihn sah. Zar kauerte an einem Felsen, und die Fingernägel schabten über den Stein. Er keuchte, und auf der Oberlippe perlte Schweiß. »Ich werde sterben«, vernahm Spock das Wispern seines Sohnes, so leise wie das Rascheln von Ipanki-Blättern in einem lauen Wind. »Ich habe Angst ... ich hasse sie ... ich sterbe ...«

Spock fühlte sich elend, und gleichzeitig war er auf irrationale Art und Weise versucht, seinen Sohn zu trösten. Er streckte die eine Hand aus und berührte ihn vorsichtig an der Schulter. »Hör auf, Zar.«

»Sei still«, zischte der junge Mann und ignorierte ihn anschließend. Erneut murmelte er seine Litanei: »Ich habe Angst. Ich hasse sie. Ich werde sterben ... der Tod ...« Sein Blick richtete sich auf die Wächter, und es blitzte in den grauen Augen. »Sterben ...« Der Körper Zars versteifte sich, und unmittelbar darauf rutschten die erschlafften Hände über den Fels. Der junge Mann kippte zur Seite und sank in den Staub.

Verblüfft sah Spock ihn an, und aus einem Reflex heraus wandte er seine Aufmerksamkeit dann den beiden Romulanern zu. Sie lagen am Boden und rührten sich nicht.

Dem Vulkanier war plötzlich, als erlebe er einen Alptraum, und langsam und steifbeinig näherte er sich seinem reglosen Sohn und tastete nach dem Puls. Nichts. Er hob den Kopf Zars an und befühlte die Halsschlagader. Er verspürte ein Pulsieren, ganz sanft und leicht, kaum wahrnehmbar ... Die Finger krochen weiter und verharrten an den Schläfen. Spock konzentrierte sich auf den psychischen Kosmos Zars, und nach einer Weile registrierte er die gedankliche Aktivität, die auf Vulkan Kar-selan genannt wurde. Schwach, ganz schwach, nur noch ein diffuses Raunen. Aber noch immer vorhanden. Er holte tief Luft.

Er sandte eine mentale Sonde in den Geist seines Sohnes, schickte sie tiefer in die nun finsteren Gewölbe des Bewußtseins Zars, versuchte, seine innere Essenz zu erreichen, rief ihn beim Namen, wieder und immer wieder. Der Name – der Kern der Identität, des Ichs, ebenso wie bei den von Magie bestimmten Vorstellungen archaischer Völker. Zar ... Zar ... Gateway verlor an Bedeutung, schien sich einfach zu verflüchtigen. Die Felsen um Spock herum waren verschwunden. Der Schmerz in seinen Händen – nur noch eine vage Erinnerung. Zar! Und ... endlich ... der Kontakt! **ZAR!**

Der junge Mann rührte sich und stöhnte leise. »Ganz ruhig«, flüsterte Spock. »Du hast es überstanden. Bleib eine Weile still liegen.«

Erneut atmete der Vulkanier tief durch und schloß kurz die Augen. Als er sie wieder aufschlug, sah Zar ihn an. Die grauen Pupillen waren noch immer ein wenig trübe.

»Kannst du dich bewegen? Der Weg ist frei, und wenn wir leise sind, müßten wir es eigentlich schaffen. Wir haben nicht mehr viel Zeit.«

Der junge Mann nickte und versuchte zu sprechen – vergeblich. Er konzentrierte sich auf die ihm noch verbliebene Kraft, biß die Zähne zusammen ... und stemmte sich in die Höhe.

»Gut ... sei vorsichtig ... weiter so ...« Spock griff unter die Schultern Zars und half ihm beim Aufstehen. Einige Sekunden lang schwankte sein Sohn und suchte an einem nahen Felsen nach Halt. Spock stützte ihn, und gemeinsam wankten sie an den im Staub liegenden Wächtern vorbei. Weder Zar noch der Vulkanier blickten auf die beiden Toten.

Kurz nachdem sie die Grenze des Tarnfeldes durchschritten hatten, überwand Zar die Schwäche und gewann seine natürliche Spannkraft zurück. Er streifte den Arm Spocks von sich ab und ging allein weiter. Es blieben ihnen noch fünf Minuten.

16. KAPITEL

Es war still auf Gateway, und selbst die Stimme des kalten Windes war verklungen, so als ahne er sein baldiges Ende. Kirk hob den elektronischen Feldstecher, und zum viertenmal innerhalb kurzer Zeit beobachtete er das Gelände. McCoy wanderte unruhig auf und ab, zählte in Gedanken die verstreichenden Sekunden und schreckte davor zurück, auf das Chronometer zu blikken. Kirk ließ seinen Blick über die öde Landschaft schweifen, und kurz darauf holte er den Kommunikator hervor, öffnete einen Rufkanal und vernahm aus dem kleinen Lautsprecher nur das ihm inzwischen schon so vertraut gewordene Knistern der Störungen. Fünf Stunden lang hatte er keine andere Antwort bekommen. Vor dreihundert Minuten war er, noch immer müde, erwacht, nur um festzustellen, daß es noch immer keine Nachricht von Spock gab. Fünf Stunden der Anspannung – und der immer größer werdenden Sorge ... Ein letztesmal blickte er in Richtung des Horizontes, und dann ließ er den elektronischen Feldstecher sinken und nahm eine Rejustierung des Kommunikators vor.

»Kirk an *Enterprise.*«

»Hier *Enterprise.* Uhura spricht.«

»Lieutenant, treffen Sie die nötigen Vorbereitungen, um die Landegruppe an Bord zu beamen. Weisen Sie Mr. Scott an ...« Irgendein Glanz in den Ruinen des Camps der archäologischen Expedition erweckte seine Aufmerksamkeit. »Warten Sie damit. Beamen Sie Doktor McCoy und das Sicherheitsteam an Bord. Ich folge später. Teilen Sie Mr. Scott mit, er soll sich für den Beginn der Vernichtungssequenz Zehn bereithalten. Kirk Ende.«

McCoy drehte sich zu ihm um. »Jim, ich muß hierbleiben, um ...« Der Transporterstrahl erfaßte ihn, und der Arzt verschwand zusammen mit den Sicherheitsbeamten.

Der Captain näherte sich dem, was von dem Gebäude der von den Romulanern umgebrachten Wissenschaftler übriggeblieben war, und nach einigen Schritten blieb er stehen und fand das Objekt, das er zuvor bemerkt hatte. Der samtartige Glanz polierten Holzes, auf dem sich nun eine breite Bandspur zeigte, eine gerissene Saite – die Stradivari Doktor Vargas', trotz der Beschädigungen in einem noch bemerkenswert guten Zustand. Kirk nahm sie in die Hand und erinnerte sich an den Abend, als Vargas und ihre Kollegen für ihre Besucher ein kleines Konzert gegeben hatten. Behutsam wickelte er die Violine in ein halb zerrissenes Tuch. Anschließend klemmte er sich das Musikinstrument unter den einen Arm und griff nach dem Kommunikator. Er zögerte kurz und blickte auf die Chronometeranzeige. *Noch zwei Minuten* – diese letzte Frist wollte er Spock und Zar noch lassen. Sechzig Sekunden mehr als vereinbart. Als sie verstrichen waren, kämpfte Kirk gegen die Versuchung an, die Entscheidung noch etwas länger hinauszuzögern. Doch schon zuvor hatte er solchen Empfindungen widerstehen müssen, und er hätte es nicht zum Raumschiff-Captain gebracht, wäre er nicht zu Opfern bereit gewesen.

Während der letzten beiden Minuten dachte Kirk an Spock und fragte sich, was ihm zugestoßen sein mochte. Er erwog verschiedene mögliche Zwischenfälle – visionäre Vorstellungen, die kurz vor seinem inneren Auge aufblitzten und dann wieder verschwanden. *Spock ... mit dem Kopf nach unten hing er von einem bizarr geformten Baum herab und lächelte ... wie er sich über seine Sensoren beugte ... oder ein Schachbrett ... »Faszinie-*

rend« ... ein Spock, der sich ihm schwankend näherte, über und über bedeckt mit Aschestaub ...

Kirk riß die Augen auf und lief los.

»Wo sind Sie gewesen? Was hat Sie solange aufgehalten?« Der Captain ergriff den Vulkanier an den Schultern, schüttelte ihn und stützte ihn, als der Erste Offizier das Gleichgewicht zu verlieren drohte. »Sie können sich gar nicht denken, wie froh ich bin, daß ...« Kirk unterbrach sich und musterte den Begleiter Spocks, und hastig umfaßte er den Arm Zars, der ebenso unsicher auf den Beinen war wie sein Vater. Langsam kehrten die drei Männer in Richtung des Lagers zurück.

»Captain, ich muß leider melden, daß wir unseren Auftrag nicht durchführen konnten. Es ist uns nicht gelungen, das Energiefeld zu installieren. Unglücklicherweise sind die Romulaner mit einem ihrer Schiffe in unmittelbarer Nähe des Wächters gelandet – obwohl sie nach wie vor nicht zu wissen scheinen, welche Funktion er erfüllt. Der Gegner kehrte zurück, bevor ich Gelegenheit dazu hatte, eine endgültige Justierung des Generators vorzunehmen und ihn zu aktivieren, und wir waren dazu gezwungen, uns zu verstecken, während die Soldaten die Ruinen nach uns absuchten.«

Zar taumelte, und um das Gleichgewicht zu halten, ließ der Captain den jungen Mann auf einen großen Felsen sinken. Anschließend schaltete er den Kommunikator ein. »Kirk an *Enterprise.*«

»Hier *Enterprise,* Lieutenant Commander Scott.«

»Scotty, ich hab sie gefunden, lebend. Beamen Sie uns drei hoch.«

Kurze Stille anstatt der erwarteten Bestätigung. Dann: »Es gibt hier einige Probleme, Sir. Wir haben den Gegner gerade geortet. Es sind zehn romulanische Kriegsschiffe, und sie nähern sich uns rasch. In weniger als einer Minute sind sie bis auf Feuerreichweite heran, Captain. Ich habe die Aktivierung der Schutzschilde befohlen. Soll ich sie desaktivieren, um Sie an Bord zu nehmen?«

Kirks Stimme klang fest, als er erwiderte: »Das kommt unter keinen Umständen in Frage. Versuchen Sie, den Feind abzuwehren. Die Verstärkung von der Föderation müßte jeden Augenblick eintreffen. Zusammen mit der *Lexington* dürften Sie sich eine Zeitlang halten können. Sind die Schilde der *Lexington* inzwischen repariert worden?«

»Ja, Captain. Ich habe eben mit Commodore Wesley gesprochen. Machen Sie sich in diesem Punkt keine Sorgen, Sir. Mit uns ist alles in Ordnung. Das Schiff, das der *Enterprise* in einem Kampf das Wasser reichen kann, muß erst noch gebaut werden.«

»Ich weiß, Scotty. Viel Glück. Geben Sie mir Bescheid, sobald ... sobald sich Ihnen eine Möglichkeit bietet, uns an Bord zu holen, Scotty.«

»Scott Ende.«

Mit einem deutlich hörbaren Klicken klappte Kirk den Kommunikator zusammen. »Das wär's. Wir sitzen hier fest, meine Herren. Die *Enterprise* zieht jetzt in den Kampf, und ich kann mich nicht um sie kümmern. Zehn zu zwei – kein besonders günstiges Verhältnis.«

Spock musterte den düsteren Gesichtsausdruck Kirks und erwiderte: »Lieutenant Commander Scott ist nicht nur ein guter Offizier, sondern auch ein hervorragender Taktiker. Außer Ihnen, Jim, kennt niemand die *Enterprise* besser als er.«

»Ich weiß. Sie haben recht, was die Qualitäten Scottys angeht. Ich schätze, die Lage könnte noch schlimmer sein – aber das tröstet mich nicht sonderlich.«

Eine Zeitlang schwiegen die drei Männer, und dann richtete sich Kirk mit einem entschlossenen Ruck auf. »Ich habe einige Vorräte mitgebracht. Habt ihr Appetit?«

»Was ist mit Wasser?« fragte Zar, der damit zum erstenmal aus seiner Apathie erwachte. Sie tranken, brachen einige Rationspakete auf und nahmen eine stille Mahlzeit ein. Kirk beobachtete den Himmel, so als stelle er sich nun die Schlacht vor, die Tausende von Kilometern entfernt im All stattfand.

»Captain«, ließ sich plötzlich der Vulkanier vernehmen. »Solange wir *hier* sind, besteht die einzige logische Entscheidung, die wir treffen können, darin, zu dem Wächter zurückzukehren und den Schutzfeldgenerator einzuschalten. Mit drei Phasern haben wir den Romulanern gegenüber bessere Chancen.«

Kirk sah ihn an. »Wollen Sie damit etwa behaupten, dreimal null ergäbe ein anderes Ergebnis als null? Wenn mich meine mathematischen Kenntnisse nicht trügen, ist das nach wie vor der Fall. Die Romulaner sind jetzt alarmiert und erwarten einen Vorstoß unsererseits. Ein solches Unternehmen wäre Selbstmord.«

»Ihre Argumente sind korrekt, wenn ich Ihre Ausdrucksweise auch als ein wenig zu blumig erachte, Captain. Da inzwischen aber die romulanische Flotte eingetroffen ist, dürfen wir nicht zulassen, daß dem hier gelandeten Expeditionkorps leistungsfähigere Sensoren und Detektoren zur Verfügung gestellt werden. Wenn die beiden Raumschiffe während des Kampfes stark beschädigt oder gar zerstört werden ...«

»Sind wir ohnehin so gut wie tot. Ich verstehe, was Sie meinen. Sollten wir es schaffen, das Schutzfeld zu aktivieren, so bekäme die Verstärkungsflotte von der Föderation mehr Zeit – und das könnte den Ausschlag geben.« Der Captain stand auf. »Nun gut. Seid ihr jetzt ausgeruht genug?«

»Ja«, antworteten Spock und Zar synchron. Der Erste Offizier musterte Zar, als der sich erhob. Das Wasser und die Mahlzeit hatten dem jungen Mann zwar neue Kraft gegeben, doch er war noch immer blaß, und unter seinen Augen zeigten sich dunkle Ringe.

Kirk sah sie beide an. »Wer von euch beiden wird mir diesmal sagen, wie unsere Chancen stehen?«

Spock schoß eine Braue in die Höhe, und irgendwo in seinen dunklen Augen funkelte etwas. »Diesmal, Captain, stehen unsere Chancen dreitausendfünfhundertneunundsiebzig Komma vier fünf zu eins.«

»Nett. Wir haben es also mit nichts weiter als einem gemütlichen Sonntagsspaziergang zu tun.«

Bei diesen Worten hob auch Zar die Augenbrauen. »Einem Sonntagsspaziergang, Captain?«

Kirk stöhnte. »McCoy hat mich vor solchen Reaktionen gewarnt – ich hätte auf ihn hören sollen. Zwei Typen wie ihr ... Das sind genau zwei zuviel. Kommt. Gehen wir.«

Zar nickte. »Vor einigen Wochen habe ich ein Gedicht gelesen, das eine ähnliche Situation schilderte. Es trug den Titel *Horatius beim* ...« Weiter kam der junge Mann nicht. Er verdrehte die Augen, und der Körper erschlaffte. Spock lockerte den Nervengriff und fing den zu Boden sinkenden Leib rechtzeitig auf. Er schob den einen Arm unter die Knie Zars und hob ihn mühelos hoch.

Kirk beobachtete den Vulkanier verständnisvoll, und ein sanftes Lächeln umspielte seine Lippen, als er sagte: »Das verringert unsere Chancen noch weiter, Mr. Spock.«

Der Vulkanier erwiderte ruhig den Blick seines Freundes. »Nein, Jim. Ich habe sie von Anfang an unter diesen Voraussetzungen berechnet.« Daraufhin drehte er sich um und schritt in Richtung des Gebäudes. Der Captain nahm sowohl die Vorräte als auch die in ein Tuch gewickelte Violine an sich und folgte ihm.

Als er kurz vor dem zerstörten Camp der Wissenschaftler zu dem Vulkanier aufschloß, sagte Kirk mit betont beiläufig klingender Stimme: »Ich hoffe, Ihnen ist klar, wie er sich verhalten wird, wenn er wieder zu sich kommt.«

Spock nickte. »Darum habe ich es auch so eilig. Ich möchte nicht in der Nähe sein, wenn er das Bewußtsein wiedererlangt. Inzwischen dürfte er dreizehn Kilo schwerer sein als ich.«

Kirk grinste.

Der Vulkanier legte den Besinnungslosen im Innern des Gebäudes auf den Boden, suchte einige Sekunden lang und legte dann eine angesengte Decke über Zar. Der Captain setzte sein Bündel neben ihm ab. »Ich hoffe, er nimmt das hier mit, wenn er sich an Bord beamen läßt.«

»Was ist das?«

»Die Violine Doktor Vargas'. Hat Zar noch seinen Kommunikator bei sich?«

Spock bückte sich und durchsuchte die Taschen des Overalls. »Ja.«

»Dann können wir jetzt los.«

Kirk und der Vulkanier schlugen den gleichen Weg ein, den Spock zuvor mit Zar beschritten hatte. Sie drangen an der gleichen Stelle in den von den Romulanern abgeschirmten Bereich vor und kamen an den beiden reglos am Boden liegenden Wächtern vorbei. Kirk bedachte sie mit einem kurzen Blick, und als sie vorsichtig weitergingen, flüsterte er: »Betäubt?«

Spock sah ihn nicht an, und seine Stimme war dumpf, als er antwortete: »Nein, tot – nehme ich jedenfalls an.«

»Haben Sie sie außer Gefecht gesetzt?« Kirk duckte sich hinter einen großen Felsen und ließ sich dann ebenso wie der Vulkanier in den Staub sinken, um das vor ihnen liegende Gelände zu beobachten.

»Nein. Zar.«

Der Captain zischte kaum hörbar.

Spock brauchte nur fünf Minuten, um den Schutzfeldgenerator zu justieren und einzuschalten. Anschließend beseitigten die beiden Männer alle äußeren Hinweise auf die Existenz des Schildes und machten sich rasch auf den Rückweg. Sie hatten den Rand des Tarnfeldes fast erreicht, als sie einen Ruf vernahmen. Kirk blieb stehen. »Offenbar sind gerade die beiden Wächter gefunden worden. Ich fürchte, damit sind wir erledigt, Mr. Spock. Möchten Sie unsere Chancen jetzt noch einmal berechnen?«

»Ich kenne ein Versteck in der Nähe. Hier entlang, Captain.«

Wenn nicht die Uniform Kirks gewesen wäre, hätten sie es vielleicht erneut geschafft, dem Feind zu entkommen. Das Licht eines romulanischen Scheinwerfers reflektierte von den goldenen Tressen, und unmittelbar darauf wurden Kirk und Spock aus ihrem Versteck gezerrt. Die Soldaten hielten sich nicht mit Worten auf: Sie fesselten die beiden Offiziere, und unter schwerer Bewachung eskortierte man sie ins Lager.

Die Romulaner hatten einen recht großen Stützpunkt eingerichtet, stellte Kirk nun fest und sah sich aufmerksam um. Neun Plastazelte, die zu einem nicht ganz regelmäßig geformten Kreis angeordnet waren; in der Mitte befand sich ein Speicher, der vermutlich zur Lagerung von Ausrüstungsgütern und Munition diente. Zwei Raumschiffe von unterschiedlicher Größe standen auf der anderen Seite des Lagers. Als der Schutzfeldgenerator von Spock eingeschaltet worden war, hatte sich das kleine Schiff nicht mehr in der Nähe des Wächters befunden – Kirk hoffte, daraus schließen zu können, daß der Feind nach wie vor nichts von dem Zeitportal ahnte.

Ein heftiger Schlag traf ihn zwischen den Schulterblättern, und Kirk taumelte in das größte Plastazelt. Ein zweiter Hieb schleuderte ihn auf den felsigen Boden. Bäuchlings lag er auf dem harten Untergrund, und er fühlte, wie man ihm auch die Füße zusammenschnürte und den betreffenden Strick mit dem verband, der es ihm unmöglich machte, die Hände zu bewegen. Jemand griff nach seinem Haar, zog ihm den Kopf in den Nakken und knebelte ihn. Die scharrenden und kratzenden Geräusche weiter links deuteten darauf hin, daß Spock einer ähnlichen Behandlung unterzogen wurde. Auf den Knebel folgte eine Augenbinde, und dann hörte der Captain das Geräusch sich entfernender Schritte. Irgendeine Art von sechster Sinn sagte ihm jedoch, daß sie nicht allein waren – bestimmt hielt sich in ihrer Nähe ein Wächter auf. *Der Gegner will offenbar keine Risiken eingehen,* dachte Kirk.

Er zerrte an den Stricken, gab diesen Versuch aber sofort auf. Wer auch immer sie gefesselt hatte: Der Betreffende war ein Experte und hatte sogar daran gedacht, ihm eine Schlinge um den Hals zu legen. Jeder Befreiungsversuch mußte dazu führen, daß er sich selbst erdrosselte. Er hatte praktisch keine Möglichkeit, seine Umwelt wahrzunehmen, und er kämpfte gegen die Versuchung an, über sein Schicksal zu spekulieren – oder das des Schiffes. Die *Enterprise* würde den Kampf überstehen – davon mußte er ausgehen. Wenn er daran zweifelte, gab er sich auf.

Nach einer Weile hörte der Captain hinter sich erneut das Geräusch von Schritten, und unmittelbar darauf zerrte eine starke Hand seinen Kopf in die Höhe. Die Augenbinde wurde abgenommen, und Kirk zwinkerte infolge der jähen Helligkeit. Jemand in seiner Nähe holte leise Luft – es klang fast wie ein Seufzen –, und dann sagte eine Stimme, die ihm fast vertraut erschien: »Nehmen Sie ihm die Fesseln ab und ziehen Sie ihm auch den Knebel aus dem Mund. Anschließend drehen Sie den Vulkanier um, so daß er uns sehen kann.«

Einige Augenblicke später konnte sich Kirk wieder bewegen. Er rieb sich die Handgelenke, und seine Augen paßten sich allmählich an die im Zelt herrschenden Lichtverhältnisse an. Vor sich sah er eine schlanke Gestalt mit schmalem und nachdenklich wirkendem Gesicht. Die Uniform wies die Insignien eines Commanders auf. Die vage vertraut klingende Stimme fragte: »Erkennen Sie mich, Captain Kirk? Ich weiß, wer Sie sind. Im romulanischen Imperium sind Sie nicht sonderlich beliebt, und ich halte noch weniger von Ihnen. Zwischen uns beiden steht noch eine ganz persönliche Rechnung offen. Sie haben meine Ehre als Commander befleckt.« Er straffte die Schultern und salutierte förmlich. »Commander Tal, zu Ihren Diensten.«

Dann trat der Romulaner auf den Vulkanier zu. »Commander Spock. Die Imperiumsautoritäten haben vor einiger Zeit einen auf Ihren Namen lautenden Hinrichtungsbefehl ausgestellt. Man wirft Ihnen Verrat und Sabotage vor. Die Order gilt noch immer.« Tal begann damit, in dem Zelt auf und ab zu marschieren, und er fuhr fort: »Ich halte Ihre Gefangennahme für einen besonderen Glücksfall, denn unsere hiesige Mission drohte erfolglos zu bleiben. Wir waren bisher nicht dazu in der Lage, die auf diesem Planeten befindliche Föderationsinstallation ausfindig zu machen. Es gab hier nichts weiter als einige alte Archäologen, die offenbar Gefallen daran fanden, in den Ruinen umherzuwühlen. Sehr klug von der Föderation, ein militärisches Geheimnis auf diese Weise zu tarnen ... Aber Sie haben sich verraten, indem Sie ein Raumschiff damit beauftragten, ständig im System zu patrouillieren.« Der romulanische Commander winkte, und ein untersetzter Zenturio trat heran und blieb abwartend vor Kirk stehen. Nach einer kurzen Pause sprach Tal weiter.

»Captain Kirk, ich respektiere Ihre Intelligenz. Sie wissen, daß wir stark sind. Wir behaupten voller Stolz von uns, die militärische Macht zu sein, die über die ganze Galaxis herrschen wird – und zwar recht bald. Weil wir uns bei unseren Handlungen nicht etwa von Grausamkeit leiten lassen, wie die Klingonen, sondern allein den Gesichtspunkten von Nutzen und Vorteil folgen. Nun gut. Ich schlage Ihnen also vor, Vernunft walten zu lassen. Sie wissen bereits, daß ich Sie töten werde, wenn Sie mir nicht sagen, was die Föderation auf dieser Welt versteckt. Und ich brauche wohl nicht extra hinzuzufügen, daß Sie in einem solchen Fall ein ziemlich unangenehmer und schmerzhafter Tod erwartet. Ich versichere Ihnen, das ist noch sehr gelinde ausgedrückt. Wenn Sie aber kooperieren, so versichere ich Ihnen bei meiner Ehre als Soldat, daß ich Sie am Leben lasse. Vielleicht erlaubt man Ihnen sogar, zu Ihren Leuten zurückzukehren, doch das kann ich Ihnen nicht garantieren. Sie werden leben und auch glücklich sein. Ich gebe Ihnen zwei Ihrer Sternminuten Zeit, um darüber nachzudenken.«

Tal wartete geduldig. Das Schweigen dauerte an, und nach einer Weile räusperte sich der Romulaner. »Wie lautet Ihre Entscheidung, Captain?«

Kirk starrte ihn nur an und spannte in der Erwartung des Kommenden die Muskeln an. Tal verzog kurz das Gesicht, nickte und winkte dem untersetzten Soldaten zu. »Seinen Kopf berühren Sie nicht – ich möchte, daß er noch sprechen kann.« Der Wächter brummte zustimmend und ballte die Fäuste. Nach dem dritten Schlag wurden die Knie des Captains weich. Der Soldat hielt ihn fest, während Kirk keuchend nach Luft schnappte und vergeblich versuchte, die Hände auf die Magengrube zu pressen, in der heißer Schmerz brannte. Dann ließ ihn der Wächter los, und Kirk sank zu Boden. Tal zuckte mit den Schultern, und andere Soldaten machten sich daran, den Knebel des Vulkaniers zu lösen.

Die bis dahin unpersönliche und monotone Stimme des romulanischen Commanders veränderte sich, klang jetzt tiefer und älter und sinniger: »Commander Spock, es würde mir eine gewisse persönliche Genugtuung bereiten, Sie der gleichen Prozedur zu unterziehen wie den Captain, doch ich weiß, wie wenig Sinn das hat. Vulkanier können sich vor Schmerzen abschirmen und wären eher dazu bereit, das eigene Leben zu zerstören, als ein Geheimnis preiszugeben. Es ist uns daher unmöglich, Sie dazu zu zwingen, uns eine Information zu geben, die Sie für sich behalten wollen – aber vielleicht können wir Sie auf andere Weise zur Vernunft bringen.« Der Blick Tals wanderte kurz zu Kirk und richtete sich dann wieder auf den Vulkanier. »Sagen Sie uns, was wir wissen möchten – damit ersparen Sie dem Captain weitere Qualen. Andernfalls wird er vor Ihren Augen sterben, in dem Bewußtsein, daß er selbst geschwiegen hat – aber daß Sie ihn hätten retten können.«

Spocks Gesicht blieb ausdruckslos, und schweigend und ruhig blickte er auf das linke Knie des romulanischen Offiziers. Tal ballte die Fäuste. »So etwas wie Loyalität kennen Sie überhaupt nicht, oder? Der Captain ist Ihnen ebenso gleichgültig wie damals mein Commander ...« Er hob eine zitternde Hand und schüttelte den Kopf. »Ich freue mich bereits auf Ihren Tod.« Er zögerte, und gelassener und beherrschter fügte er hinzu: »Sagen Sie mir eins: Wer von Ihnen hat den Wächter am Schiff umgebracht? Ich bezweifle eigentlich, daß der Captain die Kraft hätte, einen ausgebildeten romulanischen Kämpfer zu überwältigen – also müssen Sie es gewesen sein, Vulkanier. Und was ist mit den anderen beiden? Wenn Sie mir erklären, wie Sie die beiden Soldaten getötet haben, ohne Geräusche zu verursachen oder Spuren zu hinterlassen, so verspreche ich Ihnen, wenigstens ein gutes Wort für Sie einzulegen ...«

Keine Antwort.

»Nun gut. Fesselt sie wieder.« Die Romulaner machten sich sofort an die Arbeit. Als die beiden Offiziere der Föderation erneut gebunden und geknebelt waren und auch die Augenbinden trugen, sagte Tal: »Ich glaube, ich habe Sie inzwischen davon überzeugt, daß wir es ernst meinen. Ich lasse Sie nun allein und möchte Ihnen Gelegenheit geben, über folgendes nachzudenken: Ich kehre bald mit einem Gerät zurück, bei dem es sich um eine Neuentwicklung unserer Wissenschaftler handelt – bisher gab es noch keine Möglichkeit, es an einem Menschen auszuprobieren. Wie ich hörte besteht eine geringe Wahrscheinlichkeit, daß durch den Einsatz Dauerschäden zurückbleiben. Der Apparat wird als Neurostimulator bezeichnet; man kann ihn so justieren, daß er Impulse in das Nervensystem sendet. Auf diese Weise erzeugt er verschiedene Empfindungen, deren Spektrum von einem leichten Prickeln bis hin zu dem schier unerträglichen Schmerz reicht, den jemand verspürt, der bei lebendigem Leibe verbrennt.«

Tal stieß Kirk mit der Stiefelspitze an. »Der Vorteil jenes Gerätes ist offensichtlich: Es sind nur elektrische Signale, die entsprechende Gefühle bewirken und Einfluß nehmen auf das submotorische Nervensystem des Behandelten. In rein körperlicher Hinsicht wird das Opfer nicht verletzt. Allerdings: Versuche mit Tieren und humanoiden ... Freiwilligen deuten darauf hin, daß die Tendenz einer dauerhaften Beeinträchtigung des gesamten Zerebralsystems besteht. Das Gerät läßt sich wieder und immer wieder einsetzen, ohne daß die Wirkung nachläßt. Die damit ausgelösten Empfindungen, Captain, werden Sie dazu veranlassen, alle meine Fragen zu beantworten. Für Sie gibt es kein Ende des Schmerzes – nicht einmal im Tode, so wie bei Ihren Wissenschaftlern. Ich wünschte, die *Glory Quest* wäre rechtzeitig genug eingetroffen. Dann hätten wir den Stimulator schon gestern einsetzen können – ohne daß das hier notwendig geworden wäre.«

Der romulanische Commander zögerte kurz und fügte leise hinzu: »Sie kennen Ihre Grenzen, Kirk. Selbst der Widerstand des tapfersten Mannes läßt sich brechen – Sie *werden* reden. Die Frage ist nur, wieviel Schmerz Sie ertragen können und wann Sie nachgeben. Denken Sie darüber nach.«

17. KAPITEL

Die *Enterprise* war in einer schwierigen Lage. Die romulanischen Schiffe umkreisten sie und unternahmen immer wieder Vorstöße, um sich dann wieder auf sichere Distanz zurückzuziehen. Sie waren wie ein Rudel Hyänen, das eine verwundete Löwin angriff und sehr darauf achtete, nicht in die Reichweite ihrer Fangzähne zu geraten. Die Phaserbatterien des Starships hatten zwei feindliche Einheiten zerstört, und der *Lexington* war es gelungen, einen weiteren romulanischen Kreuzer zu vernichten, doch inzwischen funktionierten die Steuerborddeflektoren nicht mehr. Der nächste Treffer in jenem Bereich mußte die Außenhülle platzen lassen. Wesley manövrierte die *Lexington* so, daß die *Enterprise* auf der betreffenden Seite vor einer Attacke geschützt war, doch ihre Bugschilde waren nicht mehr sehr stabil.

Chefingenieur Scott hatte sich für die einzige Taktik entschieden, die angesichts dieser Voraussetzungen zumindest geringe Erfolgsaussichten bot. Er nutzte den Vorteil sowohl der größeren Feuerkraft des Raumschiffs als auch der leistungsfähigeren Triebwerke. Er entlud die Phaser, änderte rasch den Kurs, beschleunigte und setzte anschließend zu einem neuerlichen Angriff an. Der Kampf fand in der Nähe Gateways statt, doch die Romulaner waren inzwischen vorsichtiger geworden und nahmen nicht mehr sofort die Verfolgung auf, wenn die beiden Raumschiffe der Föderation die Geschwindigkeit erhöhten und sich absetzten. Der Feind wußte, daß sich die Schiffe Starfleets nicht allzuweit entfernten.

Scott rutschte unruhig im Sessel des Befehlsstandes

hin und her. Er nahm diesen Platz nicht gerne ein, hielt sich lieber im Maschinenraum auf. Er wußte zwar, daß es seine Pflicht war, unter diesen besonderen Umständen als Kommandant zu fungieren, doch seine Hauptsorge galt der *Enterprise* an sich. Es bereitete ihm fast körperliche Schmerzen zu wissen, welche Belastungen die Aggregate des Raumschiffes ausgesetzt waren, und immer wieder verzog er das Gesicht, wenn er Schadensberichte entgegennahm.

»Das B-Deck meldet eine Explosion, hervorgerufen von einem Leck und dem Brechen einiger Schottsiegel, Mr. Scott. Die Wartungsmannschaften sind bereits im Einsatz.«

Scott nickte Uhura zu und richtete den Blick auf Fähnrich Chekov, der die Sensoren Spocks kontrollierte. »Was ist mit dem Schiff, das sich die *Lexington* während des letzten Durchgangs vorgenommen hat?«

»Ich glaube, wir haben es erwischt, Sir. Die Fluglage ist nicht mehr stabil. Vermutlich ist das gyrostatische System hin. Außerdem orte ich ein Strahlungsleck – die Energiespeicher könnten detoniert sein, Sir.«

»Gut. Ich schätze, über den Romulaner brauchen wir uns keine Sorgen mehr zu machen.«

Sulu drehte sich um. »Mr. Scott, Sir. Der Gegner beginnt mit einem neuen Abfangmanöver.«

Der Chefingenieur richtete die Aufmerksamkeit auf den bugwärtigen Beobachtungsschirm. Die sechs noch manövrierfähigen romulanischen Einheiten beschleunigten und bildeten eine keilförmige Formation. Scott war zunächst verwirrt, begriff dann aber, was der Feind damit beabsichtigte. Er wollte die *Lexington* von der *Enterprise* trennen, und wenn ihm das gelang, waren die beiden Raumschiffe der Föderation nicht mehr dazu in der Lage, sich gegenseitig zu schützen und den Verlust einzelner Deflektoren zu kompensieren.

»Navigator – hart Steuerbord, Kurs null vier fünf Komma sechs.«

»Jawohl, Mr. Scott.« Sulus Finger tanzten flink über die Kontrollen.

Die *Lexington* drehte ebenfalls ab und hielt sich dicht an der Backbordflanke der *Enterprise.* Die beiden Raumschiffe waren zwar einerseits sehr groß und massig, andererseits jedoch so wendig wie Barkassen. Mit einem synchronen Manöver gingen sie auf den neuen Kurs, und sie erzitterten sanft, als sich die beiden rückwärtigen Schilde berührten und miteinander verbanden, wodurch ein mattes Schimmern entstand. Scott lächelte. »Gute Arbeit, Mr. Sulu. Sollen die Kerle jetzt mal versuchen, uns voneinander zu trennen.«

Die feindlichen Schiffe reagierten zunächst nicht, doch nach einigen Sekunden lösten sie sich aus der bisherigen Formation. Sie bildeten einen unregelmäßigen Kreis, und ganz plötzlich rasten sie mit maximaler Unterlichtgeschwindigkeit auf die beiden Starfleet-Einheiten zu. Drei näherten sich der Backbordseite der *Enterprise,* die anderen drei der Steuerbordflanke der *Lexington.* Die romulanischen Phaser blitzten, als die Kreuzer vorbeijagten. Die Schiffe der Föderation waren sich zu nahe, als daß sie die Hauptphaserbatterien wirkungsvoll zum Einsatz hätten bringen können. Die *Enterprise* erbebte unter den energetischen Entladungen dreier Volltreffer, und die *Lexington* wurde zweimal getroffen.

Sulu preßte kurz die Lippen zusammen und meldete mit gepreßt klingender Stimme: »Sie hatten es auf unsere Backbordschilde abgesehen, Sir.«

Scotty dachte nach und trommelte mit den Fingern auf die Sessellehne. »Was würde Kirk jetzt machen?« brummte er leise. Und in Gedanken fügte er hinzu: *Übereile nichts, Scotty, alter Knabe. Sonst verschaffst du dem Gegner einen weiteren Vorteil. Geh die Sache ganz ruhig und langsam an ... laß die Romulaner kommen ...* Bei diesen Überlegungen kniff er die Augen zusammen, und er konzentrierte sich auf den Beobachtungsschirm.

Die feindlichen Schiffe drehten ab, aber diesmal zogen sie sich nicht so weit zurück wie nach den vorherigen Angriffen. Vielleicht sahen sie nun eine Chance, den Starfleet-Einheiten endgültig den Garaus machen zu können. Scott straffte die Schultern. »Entfernung, Mr. Sulu?«

»Vierzigtausend Kilometer, Sir.«

»Schärfen Sie alle Photonentorpedos. Verringern Sie das Energieniveau der vorderen Phaserbatterien auf die Hälfte. Desaktivieren Sie die Ladekammern der Backbordgeschütze. Wenn uns die Romulaner mit den Scannern abtasten, gelangen sie möglicherweise zu dem Schluß, die Treffer hätten zu einem Zusammenbruch unseres offensiven Verteidigungssystems geführt.« *Zumindest hoffe ich das,* dachte er.

Einige Sekunden später erfolgte die Bestätigung des Navigators: »Photonentorpedos entschärft und auf Zielerfassung, Mr. Scott.«

»In Ordnung, Mr. Sulu. Jetzt warten wir einfach ab. Bestimmt überlegen die Romulaner inzwischen: ›Na, ob wir sie diesmal wohl erwischt haben?‹ Oh, wir halten eine nette Antwort auf diese Frage bereit. Lieutenant Uhura, ist eine Nachricht von der *Lexington* eingetroffen?«

»Ja, Mr. Scott. Ihre Photonentorpedos sind ebenfalls bereit. Die letzte feindliche Attacke hat sowohl die vorderen Deflektoren zerstört als auch den Steuerbordschild.«

Sie warteten. Es dauerte nicht lange, bis die romulanischen Schiffe näher herankamen. Sie gingen nicht auf Angriffsgeschwindigkeit, gaben nur dann und wann Schub mit den Impulstriebwerken.

»Entfernung, Mr. Sulu?«

»Fünfunddreißigtausend Kilometer, Mister Scott – sie verringert sich weiter, Sir.«

»Zielerfassung fortsetzen, Mr. Suli.«

»Ja, Sir.«

Scott schloß die Augen und zählte langsam bis drei. Dann: »Feuer, Mr. Sulu.«

Rasch betätigte der Navigator einige Tasten. Die *Enterprise* erbebte leicht, als die Torpedos von den Startkatapulten davongeschleudert wurden. Alle hielten den Atem an.

Plötzlich flammte es auf dem Beobachtungsschirm grell auf. Die auf der Brücke befindlichen Mannschaftsmitglieder jubelten. Scott wandte sich an Chekov. »Gefechtsbericht.«

»Wir haben ein Schiff erwischt, Sir! Und die *Lexington* ein anderes ... Ich glaube, Commodore Wesley hat auch noch einen anderen feindlichen Kreuzer getroffen, doch ich kann keine nennenswerten Beschädigungen orten.«

Der Chefingenieur lehnte sich zurück und beobachtete müde die vier noch verbliebenen Schiffe der Romulaner. *Es genügt nicht,* dachte er. *Wir haben ihm ganz schön zugesetzt, aber nach wie vor ist uns der Gegner zahlenmäßig im Verhältnis vier zu zwei überlegen – und unsere Schiffe sind nicht mehr voll einsatzfähig.* Er glaubte fast, das Stöhnen der *Enterprise* zu hören, und es bereitete ihm Seelenkummer. *Du hast dich tapfer gehalten, Mädchen, aber ...*

Uhura drehte sich zu ihm um, und ihre Stimme vibrierte triumphierend. »Mr. Scott! Jemand nimmt Kom-Verbindung mit uns auf, Sir!«

Chekov richtete sich abrupt auf und deutete auf die Anzeigen der Scanner. »Kampfschiffe der Föderation, Sir! Insgesamt fünf! Sie haben gerade diesen Sektor erreicht!«

18. KAPITEL

Zar träumte von heißem Schmerz und der Dunkelheit des Todes. Die Bilder der einzelnen Visionen verschmolzen miteinander und bildeten ein Netz des Schreckens, in dem sich die Fragmente aller Reminiszenzen deutlich zeigten:

Er ließ alle Vorsicht außer acht und hangelte sich hastig in die Tiefe – und doch wußte er, daß er zu spät kam. Das Seil schabte ihm über die Haut – und da war die Leiche seiner Mutter, das Haar wie ein zarter Schleier auf dem Eis ausgebreitet. Erst auf den zweiten Blick fiel ihm auf, daß der Kopf Zarabeths unnatürlich weit zur Seite geneigt war ...
Er hob schützend den Arm vor die Kehle, als die Vitha angriff, und er spürte, wie sich ihm lange und spitze Zähne ins Fleisch bohrten ...
Juan und Dave, nur noch blutige Fetzen, betrachtet in der Erinnerung McCoys ...
Die völlige Leere – Schwärze oder Licht ohne Schatten? – jenes anderen Ortes ... wo? Ein völlig fremdartiger Kosmos, von dem er ein Teil geworden war, nachdem er seinen eigenen Tod in das Bewußtsein der Romulaner projiziert hatte – und dann der Ruf aus der Ferne, der Name, der letzte Verbindungsstrang mit dem, was war. Das verbale Flüstern und mentale Gellen, das er nicht ignorieren konnte, dem er gehorchen mußte, ob er wollte oder nicht ... der Ruf, die Worte, formuliert mit unerschütterlicher Willenskraft ...

Als Zar die Augen aufschlug, war alles dunkel. Die Farben der Traumbilder waren verblaßt, und übriggeblieben war nur ein Empfinden von ... was?

Nach einiger Zeit erinnerte sich Zar. Sie hatten sich in

den Ruinen aufgehalten und eine Rückkehr zu dem Zeitportal erwogen – und jetzt erwachte er hier. Er bewegte sich vorsichtig, spürte im Nacken den vertrauten Schmerz von Nervenbahnen, auf die erheblicher Druck ausgeübt worden war – und plötzlich verstand er. Als er aufstand, wurde aus dem dumpfen Pochen ein heftiges Stechen, das nicht nur seinen Kopf erfaßte, sondern auch in der Magengrube zu rumoren begann. Übelkeit stieg in ihm empor, und er preßte sich beide Hände an die Schläfen, halb davon überzeugt, ihm könne der Schädel von den Schultern fallen, wenn er ihn nicht festhielt.

»Nein ...« Das krächzende Flüstern ließ ihn zusammenzucken. »*Nicht schon wieder.* Bitte ...« In diesen Augenblicken zog er den eigenen Tod dem unfreiwilligen emotionalen Erleben der Agonie einer anderen Person vor.

Zorn entstand in ihm. Als sich Zar auf die Wut konzentrierte, auf das Gefühl der Schande, allein zurückgelassen worden zu sein, ließ der Brechreiz nach. Er errichtete einen mentalen Scheiterhaufen und warf alle negativen Empfindungen darauf, alle Flüche, die ihm in den Sinn kamen, und er entzündete ihn mit dem Feuer jenes Nervengriffes. Die Flammen des Zorns wärmten ihn, verdrängten die Kälte, hielten die Übelkeit fern.

Als die Wut zu einem Fieber zu werden begann, veränderte sich jäh etwas. Ihm war, als betrachte er eins der Bilder Jan Sajiis, ein Werk, das zwei verschiedene Aspekte aufwies, von dem jedoch immer nur jeweils einer beobachtet werden konnte. Schwarze und weiße Konturen – und durch irgendein Phänomen ergab sich daraus ein drittes Bild, das alle Darstellungsfaktoren in sich vereinte. Zar betastete die Decke, die jemand über ihn gelegt hatte, und er vernahm das Echo der Worte McCoys: *So unlogisch das auch sein mag: Alle Väter neigen dazu, ihre Töchter zu sehr zu schützen ...*

Nicht nur die Töchter, sondern auch die Söhne ...

Die Wolke des Zorns verflüchtigte sich, wurde fortgetrieben von einem Wind des Verstehens. Jetzt begriff Zar, was Spock zu dem Nervengriff veranlaßt hatte. Er glaubte, seinen Vater besser zu verstehen als jemals zuvor, und auf dieser Basis entstand ein seltsamer, trauriger Stolz. Der Vulkanier hatte sich dazu entschieden, *ihn* zurückzulassen – obgleich Zar wußte, welch starke gefühlsmäßige Verbindung es zwischen Spock und Kirk gab. Aber nicht Kirk war hier, sondern *er*.

Als sich der junge Mann wieder einigermaßen erholt hatte, wankte er aus dem halb zerstörten Gebäude. Er empfand den an diesem Ort herrschenden Gestank des Todes als unerträglich, und er setzte sich auf einen Felsen, um nachzudenken, zu planen. Spock und Kirk waren gefangengenommen worden und/oder befanden sich in unmittelbarer Gefahr, doch derzeit lebten sie noch. (Aus irgendeinem Grund zweifelte Zar nicht daran, es sofort zu *wissen,* wenn Spock starb – abgesehen von der Sorge, die dem Captain galt.) Und wenn er von der Annahme ausging, daß sie noch gerettet werden konnten, gab es nur ein Ziel für ihn: das Lager der Romulaner.

Zar griff in die Taschen des Overalls und fand sowohl den Phaser als auch den Kommunikator. Bisher hatte er noch kein solches Gerät benutzt, und einige Sekunden lang hantierte er recht ungeschickt an dem Apparat herum. Dann schließlich gelang es ihm, einen Kom-Kanal zu öffnen, und er räusperte sich.

»*Enterprise?* Lieutenant Uhura?«

Das Rauschen und Knistern der Statik drang aus dem Lautsprecher, und kurz darauf hörte er eine überrascht klingende weibliche Stimme: »Zar? Warten Sie, ich schirme die Verbindung ab!« Einige Sekunden lang blieb alles still, und dann meldete sich eine andere Stimme.

»Junge, sind Sie das? Was ist mit dem Captain und Mr. Spock?«

»Ich nehme an, sie sind in Gefangenschaft geraten, Scotty. Wir müssen sie befreien – und zwar *sofort.* Sie befinden sich in Lebensgefahr.« Zar fuhr zusammen, als hinter seinen Schläfen neuerlicher Schmerz zu pochen begann.

»Das Tarnfeld besteht noch immer, Junge. Ich brauche genaue Koordinaten, um eine Landegruppe loszuschicken. Und woher wissen Sie überhaupt, daß Spock und Jim in die Gewalt des Feindes gerieten? Sind Sie den Romulanern entkommen?«

»Ich habe die beiden Offiziere nicht begleitet.« Zars Verzweiflung nahm zu, und er biß sich auf die Lippe. Unmittelbar darauf erinnerte er sich an etwas: »Fragen Sie Doktor McCoy. Er wird Ihnen bestätigen, daß ich genau weiß, wovon ich spreche. Und ich bin auch dazu in der Lage, die Landegruppe in das Lager des Gegners zu führen, ohne daß wir entdeckt werden. *Fragen Sie McCoy.*«

Nach einer kurzen Pause war erneut die brummende Stimme des Schotten zu hören. »Na gut, Junge. Ich werde hier an Bord gebraucht, aber ich schicke Ihnen einige Leute. Sie treffen gleich ein.«

Es fiel Zar noch etwas anderes ein. »Ist Doktor McCoy nach wie vor bei Ihnen?«

»Ja, ich bin hier; was gibt's denn?« erwiderte der Arzt ungeduldig.

»Im linken Schrank meiner Unterkunft befindet sich ein bestimmtes Bündel. Das brauche ich. Würden Sie dafür sorgen, daß es ebenfalls hierher gebeamt wird?«

»Meine Güte, ich bringe es *höchstpersönlich* mit. Ich habe keine Lust, hier herumzuhocken und an den Fingernägeln zu knabbern.McCoy Ende.«

Erleichtert schaltete Zar ab und wartete.

Die Landegruppe bestand aus sechs Sicherheitsbeamten und Doktor McCoy, und Lieutenant Uhura leitete das Einsatzteam.

»Wie ist die Lage an Bord der *Enterprise?*« lautete die

erste Frage Zars, als er der Ausrüstung Uhuras eine Notration entnahm und den Nahrungsriegel hungrig verschlang.

»Wir dachten schon, es ginge uns endgültig an den Kragen, doch im letzten Augenblick trafen der Admiral und vier andere Kampfschiffe ein«, antwortete Uhura. »Einige Besatzungsmitglieder wurden verletzt, doch glücklicherweise haben wir keine Toten zu beklagen. Die romulanischen Kommandanten entschieden sich für eine Sprengung ihrer Einheiten – wir bekamen keine Gelegenheit, Gefangene zu machen.«

»Ich frage mich, ob das hier befindliche gegnerische Expeditionskorps von dem Ausgang der Raumschlacht weiß ...« Diese Worte stammten von Phillips, einem der Männer aus der Sicherheitsabteilung, und gewissenhaft überprüfte er die Zusatzladung seines Phasers. »Wenn das der Fall ist, erwarten sie sicher einen Angriff von uns.«

»Wenn die Kommunikationsgeräte der Romulaner nicht speziell ausgestattet sind, um selbst durch die Barriere des Tarnfeldes Nachrichtenverbindungen zu ermöglichen, so *können* sie gar nichts davon ahnen«, meinte Uhura. »Die energetische Struktur des Abschirmfeldes erzeugt starke Interferenzen, die einen Funkkontakt ebenso unmöglich machen wie ein dicker Schild aus Seli-Irinium. Darüber hinaus konnte ich keine Kom-Impulse des Gegners registrieren, die dem romulanischen Lager auf Gateway galten.«

»In Ordnung.« Zar trank einen Schluck Wasser. »Dann sollten wir sofort aufbrechen, in den getarnten Bereich vorstoßen und nach dem Captain und Mr. Spock suchen. Ich kann sie lokalisieren – glaube ich wenigstens.« Er runzelte andeutungsweise die Stirn und versuchte vergeblich, sich den Schmutz von den Wangen zu streichen: Seine Hände hatten sich ebenfalls mit einer dicken und inzwischen verkrusteten Staubschicht überzogen. »Doch wenn wir sie entdeckt haben ... wie schaffen wir sie aus dem Lager heraus?« »Wir sind nicht kampfstark genug, um einen direkten Angriff durchzuführen«, gab Uhura zu bedenken und strich mit der Fingerspitze durch die Asche, wodurch sich abstrakte Muster bildeten. »Ich halte ein Ablenkungsmanöver für angeraten. Am besten eins, womit gleichzeitig der Tarnfeldgenerator zerstört wird. Anschließend könnten wir Verstärkung von der *Enterprise* kommen lassen.«

»An was konkret denken Sie dabei?« fragte Zar.

Uhura schüttelte den Kopf. »Ich habe den Projektor gesehen, den wir vor einigen Jahren von den Romulanern erbeuteten, aber wir können nicht sicher sein, ob der, mit dem wir es hier zu tun haben, genauso beschaffen ist. Eins dürfte jedoch klar sein ...« Uhura tippte mit dem Fingernagel auf einen Stein, als sie kurz nachdachte und fortfuhr: »Es muß sich um ein ziemlich großes Gerät handeln. Vermutlich hat der Generator solche Ausmaße, daß man ihn nicht so einfach transportieren kann. Ich halte es für sehr wahrscheinlich, daß er sich im Landungsschiff der Romulaner befindet.«

Zar nickte und stand auf. »Dann wissen wir ja, worauf es ankommt. Und außerdem wird die Zerstörung des Shuttles – ob nun der Projektor darin installiert ist oder nicht – den Feind in ziemliche Aufregung versetzen. Brechen wir auf.«

Im Dauerlauf führte Zar seine Begleiter an den Rand des Abschirmfeldes, und er versicherte ihnen, es befänden sich keine Romulaner in der Nähe.

»Offenbar wähnen sie sich in Sicherheit«, sagte McCoy und schnaufte leise, als sie sich in den Schatten einer halb eingestürzten Mauer duckten. »Vielleicht glauben sie, es sei ihrer Flotte gelungen, die Streitkräfte der Föderation zu schlagen. Möglicherweise nehmen sie auch an, wir würden es nicht wagen, zum Angriff überzugehen, solange sich Jim und Spock in ihrer Gewalt befinden. Nun, die Sache gefällt mir trotzdem nicht. Es könnte sein, daß sie nur Katz und Maus mit uns spielen.«

Die geschwungenen Augenbrauen Zars stiegen in die Höhe, und er sah den Doktor ganz verwirrt an. »Katz und Maus?« wiederholte er. »Ist das ein Spiel wie Poker?«

»So ungefähr«, erwiderte Uhura lächelnd und fügte leiser hinzu: »Es bleibt uns nichts anderes übrig, als weiter vorzudringen. Wo ist der Wächter von hier aus gesehen?«

»Etwa sechzig Meter entfernt«, sagte der junge Mann und deutete in die entsprechende Richtung. »Wir haben das Tarnfeld an einer anderen Stelle durchdrungen. Der Captain meinte, das Zeitportal sei Geheimsache, und ich dachte mir, Sie wollten vermeiden, daß die anderen den Wächter sehen.«

»Sie haben recht, Zar.« Uhura biß sich auf die Lippe. »Trotzdem sollten wir überprüfen, ob der Schutzschirm inzwischen aktiviert wurde. Doktor, Sie bleiben mit dem Rest der Gruppe hier. Zar und ich sehen uns die Sache einmal an.«

Nach wenigen Minuten kehrten sie zurück. »Wenigstens bis hierhier sind der Captain und Mr. Spock gekommen«, erklärte Uhura erleichtert. »Nehmen wir uns jetzt also das gegnerische Lager vor.«

Das Rettungsteam ging hinter einigen Felsblöcken auf einer Anhöhe in Deckung und beobachtete die Romulaner. »Neun Zelte, und ein Speicher«, flüsterte der ranghöchste Sicherheitsoffizier Chu Wong nachdenklich und kniff die dunklen Augen zu noch schmaleren Schlitzen zusammen. »Ich schätze, wir haben es mit einer aus rund achtzig Soldaten bestehenden Streitmacht zu tun.«

Uhura richtete den Blick auf die beiden Shuttles, die auf der anderen Seite des Lagers direkt nebeneinander standen. »Wahrscheinlich ist sie nicht ganz so groß, Lieutenant«, hielt sie ihm entgegen. »Es sei denn, der

Gegner setzte ein weiteres Korps ab und schickte die betreffende Fähre anschließend zurück.«

McCoy sah Zar an, der aus trüben Augen in die Ferne starrte. »In welchem Zelt befinden sie sich, Junge?«

Zar erzitterte und zwinkerte, und dann klärte sich sein Blick. »In dem dort«, sagte er fest. »Im dritten von der linken Seite aus gesehen.«

»Sowohl Jim als auch Spock?« vergewisserte sich McCoy.

»Ja.« Zar nickte. Es fiel ihm nicht schwer, die emotionalen Emanationen des Captains zu empfangen, obgleich sie ziemlich schwach und von Schmerz verzerrt waren. Die Lokalisierung der Präsenz Spocks war nicht ganz so leicht, doch schließlich gelang es dem jungen Mann, die Sorge des Vulkaniers zu erspüren, das beständige Bemühen zu einer logischen Einschätzung und Bewertung der Situation. Und Pein war auch Teil dieser mentalen Emissionen, eine Qual, die nur den Körper zu erfassen schien, dem abgeblockten Geist nicht völlig bewußt wurde.

»Ich glaube, sie sind gefesselt«, hauchte Zar. »Und der Captain ist kaum mehr bei Bewußtsein. Vermutlich hat er Verletzungen davongetragen. Sie sind allein.«

»Na schön.« Uhura überlegte kurz. »Zar, wenn Sie für das Ablenkungsmanöver sorgen können, kümmern wir uns um den Captain und Mr. Spock. Sind Sie dazu imstande, in das eigentliche Lager zu schleichen und es unbemerkt wieder zu verlassen?«

Zar griff nach dem Phaser, und ein Lächeln zeigte sich in seinem sonst so ernsten Gesicht. »Nichts leichter als das«, sagte er, und McCoy erinnerte sich daran, diesen Anflug von Arroganz auch schon bei einem anderen Mann beobachtet zu haben. »Geben Sie mir zehn Minuten Zeit und seien Sie dann zu einem raschen Vorstoß bereit. Sie werden schon wissen, wenn es soweit ist.« Der Stoff des Overalls schabte leise über harten Fels, und dann war Zar verschwunden.

Spock lag auf dem granitenen Boden und fühlte, wie Kälte seinen Leib durchdrang. In gewisser Weise kam ihm das gelegen, denn der Frost betäubte den Schmerz in den fest zusammengebundenen Armen und Beinen, die von dem Knebel verursachte Pein, die das Atmen selbst zur Qual werden ließ. In einer anderen Hinsicht jedoch war allein die Kälte schon eine Marter, gerade für ihn: Vulkanier litten bereits unter Temperaturen, die Menschen als wohlige Wärme erachteten. Der Erste Offizier schloß die Augen, konzentrierte sich auf seine Kraft und besann sich auf die Disziplinen des Vedra prah. Er zwang sich dazu, die unangenehmen Empfindungen zu akzeptieren und anschließend zu ignorieren. Bis zu einem bestimmten Ausmaß gelang ihm das auch, doch die dazu nötige Anstrengung erschöpfte weiterhin seine bioenergetischen Reserven. Er begriff, daß er der Erschöpfung nahe war, und wenn er keine neuen Kräfte mehr zu mobilisieren vermochte ...

Wie viele Minuten oder Stunden waren inzwischen verstrichen? Die Müdigkeit beeinträchtigte das Zeitgefühl Spocks, doch konzentratives Bemühen ermittelte einen exakten Wert: Vor zwanzig Minuten und dreißig Sekunden hatte man sie gefangengenommen. Und welche Spanne trennte sie noch vom Tod? Spock lauschte dem leisen Rasseln an seiner Seite. Der Captain atmete zwar flach, aber gleichmäßig – entweder schlief er oder hatte das Bewußtsein verloren. Der Vulkanier wünschte, er hätte es fertiggebracht, auch Jim zurückzulassen. Was ihn selbst anging, so fürchtete er sich nicht vor dem Sterben – es handelte sich dabei nur um das Ende einer biologischen Existenz, der entweder gar nichts folgte oder *etwas* –, doch die Vorstellung des Todes Kirks bereitete ihm einen seelischen Schmerz, den er mit Hilfe der Gedankenkontrolle gar nicht abblocken konnte.

Zeit – welche Frist blieb ihnen noch? Unterdessen war Zar bestimmt wieder zu sich gekommen und hatte sich mit dem Raumschiff in Verbindung gesetzt – bei diesem Gedanken spürte Spock eine jähe und dem Schicksal der *Enterprise* geltende Besorgnis. War vielleicht schon Hilfe unterwegs? Rationalität setzte sich gegenüber Hoffnungen durch. Aus einem inneren Reflex heraus begann der Erste Offizier damit, die Wahrscheinlichkeit zu berechnen, und die Gleichung machte deutlich, wie gering die Aussichten dafür waren, daß man an Bord der *Enterprise* überhaupt etwas von ihrer Gefangennahme wußte. Niemand würde etwas von ihrem Tod erfahren ...

Nein. Als ihm dieser Gedanke in den Sinn kam, wußte Spock, daß er sich irrte. Eine Person mußte wissen, was mit ihnen geschah. In diesem Punkt war er ganz sicher, so irrational und unlogisch eine solche Einschätzung auch sein mochte. Zar würde ihren Tod fühlen, *sein* Sterben – mittels des mentalen Verbindungsstranges. Spock konnte die Existenz dieses emotionalen Bandes nicht länger leugnen. Es war eine Tatsache, die sich nicht in Frage stellen ließ. *Vereint im Geiste, gemeinsames Blut* ... wiederholte er in Gedanken die alte und auf Vulkan gebräuchliche Ausdrucksweise, für die es auch ein menschliches Äquivalent gab: *Von einem Fleisch und Blut* ...

Er verspürte ein intensives Bedauern angesichts des Umstandes, daß Zar ein hilfloser empathischer Zuschauer seines Ablebens sein würde, doch ihm fiel keine Möglichkeit ein, das zu verhindern. Er hoffte, daß ihm die Romulaner einen raschen Tod gewährten – ihnen beiden.

Kirk erwachte aus einem unruhigen Halbschlaf und zuckte zusammen, als die arg in Mitleidenschaft gezogenen Rippen auf dem kalten Untergrund des Gesteins von dem Feuer heißen Schmerzes verbrannt zu werden schienen. Als er wieder einigermaßen bei Sinnen war, begann er damit, das Gesicht auf dem harten Boden hin und her zu reiben. In der Nähe hörte er Geräusche, die denen ähnelten, die er selbst verursachte, und daraus schloß er, daß Spock seinem Beispiel folgte.

Er schürfte sich die Haut von den Wangen, doch nach einer Weile gelang es ihm, den Knebel zu lockern. Er preßte ihn mit der Zunge heraus und bewegte anschließend die Kiefer, um die Muskeln zu lockern. Einige Stoffetzen klebten an seinem Gaumen fest; er sammelte Speichel und spuckte sie aus. »Spock?«

Ein bestätigendes Brummen von dem Vulkanier, dann, mit leiser Stimme: »Captain – sind Sie schwer verletzt? Sie waren eine ganze Zeitlang bewußtlos ... seit Tals uns verließ ...«

Kirk gab ein ungeduldiges Knurren von sich. »Machen Sie sich darüber keine Gedanken. Wenn die Romulaner uns beiden die Fesseln abnehmen, so wissen Sie, was Sie zu tun haben, wenn sich Ihnen eine Gelegenheit bietet.« Er wartete auf eine Bestätigung seines Ersten Offiziers, doch der Vulkanier schwieg. »Verdammt, Spock, das ist ein Befehl! Ich würde es selbst machen, wenn ich dazu fähig wäre ...« Er drehte den Kopf in Spocks Richtung und schenkte dabei der Schlinge keine Beachtung, die sich langsam um seinen Hals zusammenzog. Erst einige Sekunden später begriff er, was für ein Narr er war. Mit voller Absicht bewegte er den Kopf hin und her und versuchte, den Körper zu strecken. Der Strick schnürte ihm die Luft ab, und Kirk versuchte, den Schmerz zu ignorieren, der in seiner Brust auf schier unerträgliche Weise zu stechen begann.

»Jim, nicht!«

Der Vulkanier rollte sich zur Seite und achtete gar nicht darauf, daß sich auch seine Schlinge fester um den Hals schloß. Vergeblich versuchte er, den keuchenden Captain zu erreichen, dessen Bewegungen nun rasch erlahmten. Dann hörte er, wie hinter ihm die Zeltplane zur Seite geschoben wurde – ein gedämpftes Rascheln, dem ein erstaunter Ausruf folgte. »Nein, Kirk!« Die Stimme Tals. Stiefel stießen gegen die Beine des Vulkaniers, als der Romulaner zwischen den Captain und ihn sprang.

Spock hörte ein scharfes Kratzen, und er begriff, daß der romulanische Offizier die Fesseln Kirks durchschnitt. Er horchte angestrengt, und nach einigen Sekunden vernahm er erleichtert ein leises Schnaufen. Kirk war noch nicht ...

Jäh erzitterte der Boden unter ihnen, und das Donnern einer Explosion grollte. Tal verlor den Halt und fiel zwischen seine beiden Gefangenen. Felssplitter und Gesteinsfragmente prasselten an die Außenseite des Zeltes, und kurz darauf verebbte die Druckwelle. Tal sprang rasch auf die Beine, rief Befehle und Fragen, eilte aus dem Zelt und ließ die beiden Föderationsoffiziere allein zurück.

Von draußen her hörte Spock Schreie, das Geräusch eiliger Schritte, und die Stimme des romulanischen Commanders brüllte weitere Anordnungen. Im Innern des Zeltes war es bis auf ein kaum wahrnehmbares Keuchen still. Wiederholt nannte der Vulkanier den Namen des Captains, doch entweder war Kirk besinnungslos oder konnte aus anderen Gründen keine Antwort geben. Ganz plötzlich unterbrach sich Spock, als er auf ein anderes Geräusch aufmerksam wurde – ein Kratzen an der hinteren Zeltwand, dann eine leise Stimme. *Die Uhuras? Unmöglich ...*

Doch er irrte sich nicht. »Dem Himmel sei Dank, daß wir Sie gefunden haben, Sir.« Behutsame und dennoch entschlossene und kräftige Hände lösten die Fesseln, und anschließend richtete sich der Vulkanier auf und zwinkerte, als er die Augenbinde abnahm. Zwar war es einigermaßen hell im Zelt, doch fiel es ihm trotzdem schwer, die Züge Uhuras auszumachen – nach der völligen Schwärze tränten ihm die Augen.

»Der Captain ...«, begann Spock, und das beruhigende Brummen McCoys unterbrach ihn.

»Jim geht es gut – besser gesagt: den Umständen entsprechend. Schock, Erschöpfung, drei gebrochene Rippen – man müßte ihn eigentlich auf der Stelle in die Krankenstation bringen. Doch wie ich ihn kenne, will er lieber ...« Der Vulkanier hörte, wie sich der Injektor mehrmals mit einem leisen Zischen entlud, und dann fügte McCoy hinzu: »Der schlimmste Patient von ganz Starfleet: Will sich niemals ausruhen, meint immer, er müsse alles selbst in die Hand nehmen, meine Güte ...«

Inzwischen hatten sich die Augen Spocks an die veränderten Lichtverhältnisse gewöhnt, und er beobachtete den Arzt, der seinen Monolog hingebungsvoll fortsetzte und einen elastischen Verband um den Brustkasten Kirks wickelte, der sich einerseits all seinen Bewegungen anpaßte und andererseits den insbesondere auf den verletzten Rippen lastenden Druck verringerte. Als McCoy fertig war, kam der Captain wieder zu sich.

»Pille ... Uhura ... Freut mich, euch zu sehen. Wie seid ihr hierher gekommen?« Der Blick seiner nußbraunen Augen richtete sich auf den Vulkanier, und verwundert runzelte Kirk die Stirn. »Ich hatte eben den Eindruck, als sei es zu einer Explosion gekommen – oder fand das Krachen nur in meinem Kopf statt? Hinter meiner Stirn dröhnt es noch immer ...« Er schüttelte vorsichtig den Kopf, verzog das Gesicht und holte tief Luft.

»Nein, Jim«, entgegnete McCoy. »Das eben war Zar. Wir haben ihn losgeschickt, damit er die Romulaner von uns ablenkt, und er hat beide Shuttles in die Luft gejagt. Offenbar mit einem überladenen Phaser.«

»Ist alles in Ordnung mit ihm?« Der besondere Klang in der Stimme des Vulkaniers veranlaßte McCoy, Kirk und Uhura, sich zu ihm umzudrehen.

»Wir haben ihn seitdem nicht mehr gesehen, Sir«, sagte Uhura. »Ich nehme an, er hat sich rechtzeitig aus dem Staub gemacht. Kommen Sie, wir sollten besser von hier verschwinden – wenn Sie sich jetzt wieder bewegen können, Captain.«

»Es geht mir prächtig.« Als Kirk aufstand, offenbarte der Gesichtsausdruck seine Lüge, und bereitwillig ließ er sich von Doktor McCoy und dem Ersten Offizier stützen.

Als sie das Lager der Romulaner verlassen hatten, setzte sich Uhura mit der *Enterprise* in Verbindung.

»*Enterprise,* Scott spricht.«

Uhura reichte Kirk den Kommunikator. »Scotty, ich bin's, der Captain. Wie ist die Lage?«

»Wir haben bereits mit den Reparaturarbeiten begonnen, Sir, doch im allgemeinen sind wir mit einem blauen Auge davongekommen. Keine Toten. Einige Verwundete, davon nur einer schwer. McCoy kann Ihnen in dieser Hinsicht genauer Auskunft geben. Admiral Komack hat Kontakt mit uns aufgenommen; wir stehen nach wie vor in Verbindung. Das Tarnfeld existiert nicht mehr, Sir.« Scott zögerte kurz und fügte hinzu: »Admiral Komack teilt mir gerade mit, seine Sensoren hätten eine Explosion auf Gateway registriert.«

»Kann ich mir denken. Schalten Sie auf den anderen Kom-Kanal um, Scotty.«

Während Kirk mit dem Admiral sprach, drehten sich Spock, McCoy und Uhura um und beobachteten das, was von dem Lager der Romulaner übriggeblieben war. Die Druckwelle der Detonation hatte die in unmittelbarer Nähe der beiden zerstörten Shuttles befindlichen Zelte davongewirbelt, und überall herrschte großes Durcheinander. Einige Föderationssoldaten wanderten auf dem freien Platz umher, die schweren Kampflaser einsatzbereit in den Händen. In einiger Entfernung war das gelegentliche Summen und Pfeifen auf höchste Betäubungsstufe justierter Strahler zu hören.

»Das sind keine Sicherheitsbeamten von der *Enterprise*«, bemerkte McCoy.

»Ich vermute, Admiral Komack hat sofort nach dem Zusammenbruch des Tarnfeldes eine Kompanie heruntergebeamt, Doktor«, sagte Spock, und er wandte den

Blick dabei nicht von den am Rande des Explosionsbereiches am Boden liegenden Gestalten ab. McCoy verstand plötzlich, wonach der Vulkanier Ausschau hielt, und er schloß sich dem Ersten Offizier an, als der ins romulanische Lager zurückkehrte. Die Verletzten und Toten trugen jedoch ausnahmslos romulanische Uniformen. Sie schritten an ihnen vorbei, und dann und wann bückte sich McCoy, untersuchte einen der reglosen Männer und winkte die Föderationssanitäter herbei, wenn der Betreffende noch lebte.

»Im Grunde genommen hatten die Romulaner ebensoviel Glück wie wir«, meinte der Doktor, nachdem er und Spock sich gründlich in dem Chaos umgesehen hatten. »Es hätte schlimmer kommen können. Die Wucht der Explosion wurde zum größten Teil von den Außenstrukturen der beiden Shuttles abgefangen. Zar hat die Detonationen sorgfältig vorbereitet, um so wenige Personen wie möglich ...«

»Pille, Spock!« Die beiden Männer drehten sich um und sahen Kirk, der auf sie zuwankte. »Wie der Admiral meldet, haben unsere Streitkräfte die Lage praktisch überall unter Kontrolle. Ich habe Uhura den Auftrag gegeben, die Gefangenen zu überwachen. Chu Wong und seine Leute suchen zusammen mit anderen Einsatzgruppen nach geflohenen Romulanern.«

»Gut«, erwiderte McCoy fest. »Das bedeutet, Spock kann hierbleiben, um Zar ausfindig zu machen – und ich bringe dich in die Krankenstation, bevor du endgültig zusammenbrichst. Soll sich Admiral Komack um den Rest kümmern.«

»Nicht so hastig, Pille. Du hast eine Sache vergessen. Solange sich nicht dem Sicherheitsstatus entsprechende Personen auf Gateway aufhalten, muß der Wächter ständig geschützt werden. Wir drei sind für diese Aufgabe abkommandiert worden, und wir können erst zurück, wenn alle Föderationssoldaten und Romulaner fort sind. Kommt.«

Zwar behauptete Kirk, er sei inzwischen wieder zu Kräften gekommen, doch sie brauchten eine ganze Weile, bis sie das Zeitportal erreichten. Mehrmals mußte der Captain verharren, um sich auszuruhen, und er schenkte den Protesten McCoys keine Beachtung, der ihn wiederholt dazu aufforderte, sich an Bord der *Enterprise* beamen zu lassen und anderen den Befehl zu geben, Unbefugte von dem Wächter fernzuhalten.

Schließlich sahen sie das große steinerne Gebilde vor sich. Zögernd näherten sie sich weiter, und nach einer Weile kniff McCoy die Augen zusammen und berührte den Arm Spocks. Der Vulkanier war bereits auf den staubigen Dunst aufmerksam geworden, der auf der anderen Seite des Portals emporwallte. Kurz darauf hörten sie ein leises Kratzen. Spock und McCoy liefen los, und Kirk biß die Zähne zusammen und versuchte, rascher auszuschreiten.

Die beiden Offiziere kamen um die Tempelmauer herum, und ihr Blick fiel auf zwei dunkle, sich im Staub wälzende Gestalten. Sie trachteten danach, sich gegenseitig zu erdrosseln, und McCoy hörte lautes Keuchen und ein schmerzerfülltes Knurren. Zur Überraschung des Arztes trugen beide Männer romulanische Uniformen, und er fragte sich verwundert, was den Kampf zwischen den beiden Soldaten ausgelöst haben mochte. Dann zwinkerte er und erkannte die Züge Zars unter einer Patina aus blutverschmierter Asche.

Spocks laute Stimme übertönte das Stöhnen und Zischen, als er rief: »Tal, lassen Sie die Waffe fallen. Jetzt *sofort.*«

19. KAPITEL

Unmittelbar nach der Aufforderung Spocks kämpften die beiden Männer noch wilder miteinander, und der Staub wogte in dichteren Schwaden, so daß McCoy kaum mehr Einzelheiten auszumachen vermochte. Der Doktor hörte seine eigene Stimme, die vor Sorge zitterte: »Spock, Ihr Phaser! Betäuben Sie Tal!« Ein Arm streckte sich, ragte hervor aus dem wie unentwirrbar scheinenden Knäuel aus Gliedmaßen, und die Hand – die Tals, nach den romulanischen Insignien zu schließen – tastete nach der Waffe, die zuvor zur Seite geschleudert worden war. Die Finger schlossen sich um den Kolben. Offenbar entging es Zar nicht, daß sich der Lauf des Strahlers langsam auf ihn richtete, denn er zerrte mit aller Kraft an dem Körper seines Gegners. Spock zögerte und wartete darauf, daß sich ihm freies Schußfeld bot.

McCoy stürzte vor und griff nach dem Phaser des Vulkaniers. »Um Himmels willen, betäuben Sie *beide!* Tal bringt Zar um!« Aus den Augenwinkeln sah er, wie der junge Mann seinem Gegner das Knie in den Unterleib rammte, und er hörte das Ächzen des Romulaners. Dann riß er Spock den Phaser aus der Hand und legte an.

Gerade in dem Augenblick, als McCoy den Auslöser betätigen wollte, stieß Spock seinen Arm beiseite, und gleichzeitig bemerkte er das Aufblitzen einer Messerklinge in der Hand Zars. Der Arzt hörte ein dumpfes Pochen, als Spocks Sohn mit der Waffe auf den Nacken Tals schlug, und der Leib des romulanischen Offiziers erschlaffte und sank zur Seite.

Zar kroch von ihm fort, blieb auf den Knien im Staub

hocken und hielt sich erschöpft an einem Felsen fest. In der nachfolgenden Stille war nur das Atmen des jungen Mannes zu hören – ein unbeständiges Rasseln.

McCoy trat an den reglosen Romulaner heran und drehte ihn um. Er tastete nach dem Nacken Tals, und als er anschließend seine Hand betrachtete, stellte er überrascht fest, daß sich keine Blutflecken darauf zeigten. Kirk gesellte sich an seine Seite, und beide Männer sahen auf, als sich Zar mit förmlichen und fast rituell klingenden Worten an Spock wandte: »So wie ich einen Schatten auf deine Ehre legte, hat sich nun das Licht meines eigenen Lebens verdunkelt.« Zar straffte die Schultern, und seine Lippen bildeten einen dünnen Strich. »Ich habe ihn mit dem stumpfen Ende außer Gefecht gesetzt ... *nicht* der Klinge.«

Tal keuchte und stöhnte, und McCoy lud seinen Injektor rasch mit einer Arzneiampulle, preßte das Instrument auf die Schultern des Romulaners und löste es auch. Nach einem leisen Zischen blieb Tal wieder reglos liegen. »Das sollte ihn eine Zeitlang schlafen lassen, Pille«, meinte Kirk. »Wir nehmen ihn mit, wenn wir uns an Bord beamen lassen.«

»Wie hast du ihn gefunden, Zar?« fragte der Doktor und stand auf. »Und woher stammt die Uniform?«

»Ich kam hierher zurück, um sicherzustellen, daß sich niemand an dem Wächter zu schaffen macht«, erwiderte Zar. »Dann sah ich den Romulaner, der in unmittelbarer Nähe des von uns installierten Schutzfeldgenerators zwischen den Steinen umhersuchte. Da ich die Uniform trug, kam ich nahe genug an ihn heran, um ihn anzugreifen. Die Kleidung habe ich mir von einem der Soldaten ›ausgeliehen‹, bevor ich meinen Phaser auf Überladung justierte und im Shuttle zurückließ.«

»Wenn ich daran denke, daß wir dich nicht mitnehmen wollten, weil Spock fürchtete, du könntest verletzt werden ...« Kirk ließ sich vorsichtig auf eine umgestürzte Säule sinken und schüttelte den Kopf. »Sag mir eins: Hast du schon mal an die Möglichkeit gedacht, eine Starfleet-Ausbildung zu beginnen? Wir könnten jemanden mit deinen Fähigkeiten gebrauchen.«

Zar setzte zu einer Antwort an, biß sich dann aber auf die Lippe. McCoy beobachtete, wie sich das Gesicht des jungen Mannes verdüsterte und sein Blick in die Ferne schweifte. »Ich fürchte, das kommt für mich leider nicht in Frage, Captain.« Er wandte sich an McCoy. »Haben Sie die besagte Tasche aus meiner Unterkunft mitgebracht?«

»Sie steht dort drüben.« McCoy deutete darauf. »Was enthält sie eigentlich?«

»Kleidung«, erwiderte Zar knapp, bückte sich, griff nach dem Bündel und trat dann hinter einen großen Felsen, so daß ihn die anderen nicht mehr sehen konnten.

Der Doktor runzelte verwirrt die Stirn und richtete den Blick auf das Zeitportal, das wenige Meter entfernt in die Höhe ragte, stumm und massiv. »Was für ein Wirbel um einen großen grauen Reif aus Stein, nicht wahr, Jim?«

Kirk nickte, und seine Stimme klang ein wenig melancholisch, als er antwortete: »Und er war die Sache wert, Pille. Ist es noch immer.«

Als Zar in veränderter Aufmachung hinter dem Felsen hervorkam, sah ihn zunächst nur der Vulkanier. Überrascht atmete er erst tief durch, und das machte auch seine Begleiter auf den jungen Mann aufmerksam.

Die lederne Tunika schmiegte sich ihm nun wie eine zweite Haut an den Leib, und über den hohen Schäften der Stiefel spannte sich der dicke Stoff der Hose an den muskulösen Oberschenkeln. Nur der bis zum Boden reichende Mantel aus grauem Pelz paßte ihm noch genauso gut wie vor einigen Wochen. Zar bückte sich, griff nach dem Fellbeutel, der einige seiner aus der Vergangenheit stammenden Besitztümer enthielt, warf ihn sich auf den Rücken und band ihn mit ledernen Riemen fest. Dann sah er mit zwar ruhigem aber doch erwartungsvollem Gesicht die anderen Männer an.

Spock war der erste, der die Sprache wiederfand, und seltsamerweise klang seine Stimme ganz normal: »Du willst zurück?«

»Ja.« Sein Gesicht wirkte nun nicht mehr ganz so maskenhaft und ein wenig lebendiger. Ruhig sah er zu, wie sein Vater aufstand und sich ihm näherte. »*Ich muß*. Wir alle haben unser Leben aufs Spiel gesetzt, um zu gewährleisten, daß die Geschichte so beschaffen bleibt, wie wir sie kennen. Ich habe allen Grund zu der Annahme, daß es in dieser Hinsicht zu einer Veränderung kommt, wenn ich nicht zurückkehre. Ich werde in der Vergangenheit gebraucht ...« Ein dünnes Lächeln umspielte die Lippen Zars. »Ja, Sarpeidon braucht mich, und nicht die Gegenwart – trotz der freundlichen Bemerkung des Captains. McCoy hatte *wirklich* recht. Zwei von unserer Sorte *sind* zuviel. Ich möchte nicht mein ganzes Leben an das Bemühen verschwenden, aus deinem Schatten zu treten, Spock ... Und bliebe ich hier, käme es dazu. Deshalb muß ich gehen. Gibt es denn eine bessere Zuflucht für mich als eine Welt, in der alle meine Fähigkeiten dringend benötigt werden, mein Wissen ... meine Erfahrungen?« Etwas sanfter fügte er hinzu: »Und außerdem ist jener Planet meine wahre Heimat.«

»Aus welchem Grund nimmst du an, es würde sich die Geschichte verändern, wenn du bei uns bleibst?« fragte Spock skeptisch. »Das Leben allein in einer arktischen Wildnis ...«

»Ich werde nicht allein sein. Als Transferziel wähle ich nicht etwa die nördliche Hemisphäre Sarpeidons, sondern die südliche – das Lakreo-Tal.« Zar beobachtete, wie bei der Erwähnung dieses Ortes der erste Glanz des Verstehens in den dunklen Augen Spocks zu funkeln begann.

»Das Lakreo-Tal vor fünftausend Jahren?« Kirk runzelte die Stirn. »Ich ... begreife nicht ganz, was ...«

»Fragen Sie Mr. Sp ...« Zar zögerte und straffte seine Schultern. »Fragen Sie meinen Vater. Ich weiß, daß er sich jetzt erinnert.«

»Das Lakreo-Tal auf Sarpeidon ... vergleichbar mit der irdischen Zivilisation im Zweistromland zwischen Euphrat und Tigris – oder mit den Khal bei R'sev auf Vulkan. Vor fünftausend Jahren kam es in jener Region zu einer bemerkenswerten kulturellen Blüte. Innerhalb recht kurzer Zeit entwickelten die bis dahin einfachen und primitiven Stämme von Jägern und Sammlern die Grundlagen der Zivilisation. Eine Schriftsprache als Äquivalent der verbalen Verständigung, ein elaboriertes Zahlensystem, Landwirtschaft ...« Die unbewegt klingende Stimme des Vulkaniers verklang, und Zar führte die Liste weiter.

»Die Domestizierung von Tieren, das Schmelzen von Metall ... Architektur. Und noch vieles andere. Alles innerhalb einer *sehr* kurzen Zeit. Eine beispiellose Entwicklung in der Geschichte einer Volksgruppe. Eine so jähe kulturelle Evolution deutet für gewöhnlich auf Hilfe von außen hin. Und ich habe allen Grund zu der Annahme, daß diese Hilfe von mir stammte.«

»Aber Beta Niobe ...«, setzte McCoy an und brach wieder ab. Zar nickte ernst.

»Oh, ja, die Sonne wird zur Nova. Aber dennoch hat mein Volk fünftausend Jahre der Zivilisation vor sich, zu denen es ohne mein Eingreifen vermutlich nicht käme. Fünf Jahrtausende – das ist in jedem Fall viel Zeit, insbesondere dann, wenn man sich vergegenwärtigt, daß die Kultur nicht in dem Sinne unterging. Es gibt sie nach wie vor. Alle wichtigen Daten und Fakten sind in den Computerarchiven der Föderation gespeichert und lassen sich jederzeit abrufen – eine Möglichkeit, von der nicht nur ich Gebrauch machte.« Zar atmete tief durch. »Ich *weiß*, daß mich eine solche Aufgabe erwartet – ohne mich wird es nicht zu einem kulturellen Erwachen im Lakreo-Tal kommen. Oder zu einem von anderer Art, und das wäre gleichbedeutend mit einer Veränderung der Geschichte.«

Ein Teil der Anspannung verflüchtigte sich, als der junge Mann offen lächelte. Seine weißen Zähne blitzten. »Laut ausgesprochen hört sich das alles selbst für mich ziemlich arrogant an.«

McCoy räusperte sich vernehmlich. »Darüber würde ich mir an deiner Stelle keine Gedanken machen. Ich bin sicher, du meinst es ernst.« Bei diesen Worten glaubte er zu erkennen, wie der Hauch eines Lächelns für einen Sekundenbruchteil die Lippen des Vulkaniers umspielte und seltsames Leben in die so steinern wirkenden Züge brachte, und er war erst davon überzeugt, sich nicht getäuscht zu haben, als Spock nickte.

»Ich begriff die ganze Sache erst neulich, kurz bevor die Angehörigen der Landegruppe starben. Ich war mit dem Studium der Infobänder beschäftigt, die mir Spock gegeben hatte, und ich befaßte mich auch noch mit einigen anderen, die aus der Bibliothek stammten. Allmählich ergab sich ein einheitliches Bild.« Zar zuckte auf die für ihn typische, fast gleichgültig wirkende Art und Weise die Schultern. »Haben Sie sich schon einmal Gedanken darüber gemacht, *wieso* meine Mutter eigentlich Englisch sprach?«

Im Anschluß an diese Worte machte Zar Anstalten, sich dem Zeitportal zuzuwenden. »Warte«, sagte Spock, und daraufhin verharrte der junge Mann. Der Vulkanier zögerte kurz, und nach einigen Sekunden sprach er mit zwar leiser, aber sorgfältig betonter Stimme weiter. »Ich habe ... Pläne gemacht. Nachgedacht. Ich meine, bevor du deinen Entschluß erwähntest, in die Vergangenheit zurückzukehren. Ich würde mich freuen, wenn du dich entschließen könntest, mich nach Vulkan zu begleiten, um dort meine ... Familie kennenzulernen. Willst du es dir nicht noch einmal überlegen?«

Wortlos schüttelte Zar den Kopf.

Spock seufzte. »Nun gut. Du mußt das tun, was du für richtig hältst. Zuvor jedoch ...« Er trat auf den jungen Mann zu, streckte die Hand aus und berührte seinen Sohn an der Stirn. Zar versteifte sich, entspannte sich dann aber wieder, als die Fingerspitzen des Vulkaniers leichten Druck auf die Haut zwischen den geschwungenen Brauen ausübten, die so sehr denen Spocks ähnelten. Die beiden Männer schlossen die Augen, und eine ganze Zeitlang standen sie reglos und stumm voreinander.

Noch niemals zuvor hatte Kirk zwei Telepathen bei der Gedankenverschmelzung beobachtet. Wie er nun begriff, war eine Berührung an bestimmten neuralen Fixpunkten überhaupt nicht erforderlich. Dieser Kontakt erfolgte undramatisch, still, fast sanft und behutsam. Nach einer Weile ließ Spock die Hand sinken, und die Müdigkeit kam einem Schatten gleich, der sich über seine Züge legte.

Zar schlug die Augen auf, holte tief Luft und zwinkerte. »Vereint im Geiste ...« Der junge Mann wirkte erschüttert. »Die Wahrheit ... ist ein kostbares Geschenk.«

»Gerade du hattest ein Recht darauf zu erfahren, was wirklich geschah.« Spocks Stimme klang dumpfer als sonst, und der Glanz in seinen Augen spiegelte die emotionale Wärme in denen Zars wider.

Nach einem kurzen Zögern wandte sich der junge Mann von seinem Vater ab und reichte Kirk die Hand. »Captain, es wäre sicher besser, wenn die anderen von der Vermutung ausgingen, ich sei gestorben – ums Leben gekommen vielleicht durch die Explosion oder den Kampf mit Tal. Niemand sollte erfahren, daß ich das Zeitportal benutzte.« Er warf einen kurzen Blick auf das große steinerne Oval. »Ich habe den Eindruck, nach mir wird niemand mehr die Erlaubnis erhalten, einen temporalen Transfer zu vollziehen. Diesmal sind wir der Katastrophe nur sehr knapp entgangen.«

»Admiral Komack scheint ähnliche Überlegungen anzustellen, und vermutlich trifft deine Vermutung zu, Zar. Du weißt, was das für Konsequenzen nach sich zieht: Der Rückweg in unsere Zeit bleibt dir versperrt. Außerdem gibt es in der Vergangenheit keine andere Pforte. Bist du dir in Hinsicht auf deine Absichten ganz sicher?«

»Ja, Captain. Eine andere Entscheidung kam für mich nicht in Frage.«

»Dann wünsche ich dir viel Glück. Wie willst du dem Wächter mitteilen, in welcher Epoche der Retransfer erfolgen soll?«

»Er wird es wissen.« Zar klang so sicher und zuversichtlich, daß Kirk diesen Punkt nicht weiter in Frage stellte. Sie schüttelten sich die Hände, und der junge Mann runzelte nachdenklich die Stirn. »Es gibt da eine Sache, die mir nach wie vor Sorgen macht, Captain. Werden Sie Schwierigkeiten bekommen, weil Sie sich über die Allgemeine Order Neun hinwegsetzten?«

Kirk lachte leise, rief sich aber sofort zur Ordnung, als die verletzten Rippen einen stechenden Schmerz verursachten. »Die entsprechende Eintragung im Logbuch besagt, daß du dich freiwillig gemeldet hast, und außerdem bist du erwachsen. Angesichts der besonderen Umstände wird man vermutlich darüber hinwegsehen. Immerhin hast du nicht nur uns gerettet, sondern auch dafür gesorgt, daß der Wächter nicht in die Hände des Feindes fiel.«

Zar hob die Augenbrauen: »Nun, ich habe das schließlich nicht *ganz allein* geschafft ...« Das humorvolle Funkeln in den grauen Augen verblaßte, und Zar beugte sich vor und flüsterte: »Kümmern Sie sich bitte um ihn, Captain.«

Kirk nickte.

McCoys Stimme klang rauh, als er Zar die Hand reichte und sagte: »Gib gut auf dich acht, Junge. Und denk immer daran: Laß dich nicht bluffen.«

»Ich werde Ihren Rat beherzigen. Zuerst jedoch muß ich meinem Volk zeigen, wie man Poker spielt. Erst dann bietet sich mir die Gelegenheit, all die Tricks anzuwenden, die Sie mich lehrten. Stellen Sie sich nur einmal vor, welche Vorteile sich mir bei den kommenden Partien bieten!« Das feuchte Schimmern in den grauen Augen machte deutlich, was wirklich in Zar vor sich ging. »Ich werde Sie vermissen. Wissen Sie, eigentlich waren Sie es, der mich dazu veranlaßte, diesen Entschluß zu fassen.«

»Ich?«

»Ja. Sie sagten mir neulich, ich solle erwachsen werden. Und als ich die historischen Abhandlungen las, wußte ich, es würde alles andere als leicht werden. Doch ich bin bereit, einen Versuch zu wagen.«

»Du wirst es bestimmt schaffen.« McCoy seufzte und versuchte zu lächeln.

Zar trat an den Wächter heran, bückte sich und schaltete den Schutzfeldgenerator aus. Als er sich wieder aufrichtete, sah er Spock an und richtete einige Worte auf vulkanisch an ihn. Sein Vater antwortete mit einer knappen Bemerkung in der gleichen Sprache. Dann legte Zar die eine Hand auf den blaugrauen Fels, neigte den Kopf und verharrte eine Zeitlang still in dieser Position.

Diesmal erklang nicht die Stimme des Zeitportals. Und anstatt des erwarteten Dunstes und der durcheinanderwirbelnden Szenerien im Innern der Pforte formte sich ein einzelnes, deutliches Bild, dessen Struktur stabil blieb. McCoy und die anderen sahen Berge in der Ferne, blaue Flüsse, gesäumt von Wiesen mit grünem und moosartigem Gras. Beta Niobe sah nun nicht mehr aus wie ein bedrohlich aufgeblähter Feuerball und stand hoch am Himmel. Sie wußten, es war Sommer.

Zar drehte den Kopf und bedachte Spock mit einem letzten Blick. »Ich überlasse dir meine Bilder, die der Vergangenheit und der Gegenwart – als ein Symbol.«

Dann sprang er flink und geschmeidig wie eine Katze durch die Zeitpforte.

McCoy und seine Begleiter beobachteten, wie der junge Mann die Welt der Vergangenheit erreichte, sahen ihm zu, wie er den Mantel auszog, sich das Haar aus der Stirn strich, die Wärme genoß und sich die würzige Luft tief in die Lungen sog. Kirk fragte sich, ob Zar sie weiterhin erkennen konnte, bezweifelte das jedoch – und dann plötzlich nahm er eine Bewegung an seiner Seite wahr. Spocks Blick war starr auf den Wächter gerichtet, und er trat auf die Zeitpforte zu, machte erst einen Schritt, einen zweiten ...

Kirk sprang vor, ignorierte den erneut in seinem Brustkasten aufflammenden Schmerz und griff nach dem einen Arm des Vulkaniers. Mit leiser und eindringlicher Stimme sagte er: *»Spock. Zar braucht Sie nicht.«* Und er hoffte, daß sein Erster Offizier auch den nicht ausgesprochenen Zusatz verstand: *Aber ich ... wir alle ...*

Der Vulkanier blieb stehen, und langsam lockerten sich seine angespannten Muskeln. Unmittelbar darauf verblaßte das Bild im Innern des Portals, für immer.

EPILOG

»Nacht« an Bord des großen Raumschiffes. Nur noch matt und trüb schimmerten die Leuchtplatten, und in den Gängen und Korridoren war alles still. Hier und dort schritten leise einige Besatzungsmitglieder dahin, die nach der Spätschicht in ihre Unterkünfte zurückkehrten oder sich gerade auf den Weg gemacht hatten, um den Dienst anzutreten. Selbst das gedämpfte Summen des Turbolifts schien nicht ganz so laut zu sein wie sonst, als Kirk die Kabine verließ und aufs Deck trat. Vor einer Tür blieb er stehen, zögerte und betätigte den Melder. »Herein«, erklang fast sofort eine Stimme aus dem Innern des Quartiers.

Die Vermutung des Captains bestätigte sich: Spock hatte sich überhaupt nicht schlafen gelegt. Er saß an seinem Schreibtisch, und vor ihm stand der eingeschaltete Mikrofilmleser. Auf das Nicken des Vulkaniers hin nahm Kirk Platz. »Ich grüße Sie, Captain.«

»Gruß auch Ihnen, Mr. Spock. Ich wollte nur einmal bei Ihnen vorbeischauen, um zu sehen, wie es Ihnen geht.« Er streckte sich vorsichtig, da er immer noch Rücksicht auf die verletzten Rippen nehmen mußte. »War ein ziemlich anstrengender Tag.«

»In der Tat.« Unter den Augen des Vulkaniers zeigten sich dunkle Ringe, doch irgendwo in den dunklen Pupillen funkelte es. »Die Gedenkzeremonie, die Sie gestern abend leiteten, entsprach in all ihren Aspekten den ... besonderen Umständen, Captain. Ich bin sicher, die Familienangehörigen der Archäologen und auch die Freunde und Kollegen der ums Leben gekommenen Besatzungsmitglieder wissen das zu schätzen.«

Kirk seufzte. »Ich konnte die ganze Sache nur deswegen einigermaßen ertragen, weil ich wußte, daß ein Name auf der Totenliste nicht dorthin gehörte. Oder etwa doch? Ich bin mir nicht darüber klar, auf welche Weise ich mich an Zar erinnern soll. Als jemand, der noch lebt, jedoch durch eine aus vielen Jahrhunderten bestehende Kluft von uns getrennt ist, oder als jemand, der vor rund ... fünftausend Jahren starb.« Spock gab keine Antwort darauf. Sein Blick war auf den Bildschirm vor ihm gerichtet.

»Ist Ihnen aufgefallen, wie viele Freunde Zar selbst in der kurzen Zeit gewann, die er hier an Bord verbrachte, Spock? Christine Chapel, Uhura, Scotty, Sulu – sogar einige Besatzungsmitglieder, die ich nur dem Namen nach kenne. Auch die junge Frau im Range eines Fähnrichs – wie heißt sie doch noch?«

»McNair. Teresa McNair.«

»Ich wünschte, ich könnte ihnen allen die Wahrheit sagen. Das würde es mir sehr viel leichter machen. Sind das seine Bilder?« Kirk trat an die an dem Schreibtisch lehnenden Leinwände heran, und als der Vulkanier nickte, betrachtete er die Darstellungen nacheinander.

»Ja«, sagte Spock und beobachtete den Captain. »Ich habe die Möglichkeit erwogen, einige davon seinen Freunden zu schenken. Es würde sie sicher freuen. Ein Geschenk anstatt der Wahrheit, die sie nicht erfahren dürfen.«

»Das wäre sehr großzügig, und ich weiß, was das für die Betreffenden bedeuten würde.« Kirk biß sich auf die Lippe, starrte geistesabwesend auf das letzte Gemälde, ballte dann plötzlich die Faust und preßte sie auf das nahe Schott. »Verdammt! Wenn ich nur sicher *sein könnte, daß er es geschafft hat! Quält Sie das nicht auch, Spock? Diese ... Ungewißheit?«*

Der Vulkanier sah zu ihm auf, und erneut bemerkte Kirk jenes seltsame Funkeln in den dunklen Augen des Vulkaniers. In der für gewöhnlich so ruhigen und fast monotonen Stimme des Ersten Offiziers vernahm der Captain nun fast so etwas wie Jubel und Triumph. »Er hat es geschafft, Captain. Ich habe einen Beweis, der mir genügt.«

Die langen Finger des Vulkaniers nahmen eine Neujustierung des Mikrofilmlesers vor, und Kirk trat hinter Spock. »Er hinterließ mir seine Bilder. Und er meinte damit sowohl die der Vergangenheit als auch die der Gegenwart. *Hier ist es, Jim. Das Symbol, das er fand, das ihn davon überzeugte, in seine Zeit zurückzukehren zu müssen. Hier.«*

Kirk blickte auf die Monitordarstellung. Ein Teil seiner Aufmerksamkeit richtete sich ganz automatisch auf die eingeblendeten Erklärungen. Es ging dabei um »einen Fries, der von der Wand eines Palastes in der Handelsstadt Neu Araen stammte« und dem man eine gewisse »esoterisch-religiöse Bedeutung« zuschrieb. Doch es war das Bild, das den weitaus größten Teil seines faszinierten Interesses beanspruchte, und die Worte spielten in dieser Hinsicht keine Rolle. Die Hinweise waren auch gar nicht nötig.

Vor einem dunklen und mit weißen Flecken durchsetzten Hintergrund zeigten sich vertraute Konturen: eine große und dicke Scheibe, dahinter die stromlinienförmigen Triebwerksgondeln. Hier und dort waren einige Einzelheiten verzerrt, doch das änderte nichts an dem charakteristischen Gesamteindruck – die Enterprise *auf dem Flug durchs All.*

Das Raumschiff Kirks, und darunter eine Hand, die Innenfläche nach vorn geneigt, die Finger gespreizt in einem Raum und Zeit überbrückenden vulkanischen Gruß.